酒
チャーハ

あ、あの……ご、御令嬢。
もし、お、お嫌でなければ……
その、ですね……い、一曲だけでも

どうか、私のことは
イブラヒムと呼んでください
……イ、イブラヒム様
そ、そして……
貴方のお名前をうかがっても
よろしいでしょうか……？
ぐぬぅっ……！

千夜千食物語

敗国の姫ですが氷の皇子殿下がどうも溺愛してくれています

枝豆ずんだ Illustration 鴉羽凛燈

2

目次

これまでのあらすじ

レンツェの姫君、エレンディラ。王族らしい扱いは一切されず娼婦の子、
と虐げられて暮らしていたが大国アグドニグルの侵攻により前世の記憶が戻る。
発育不全の幼女と食堂勤務のちゃきちゃき日本人の人格がまざり合い、
処刑目前のピンチで飛び出た言葉が「プリンを召し上がりませんか!?」
――「千夜一夜物語」をヒントに、
毎夜新しい料理を皇帝クシャナに献上することを条件に、
レンツェの国民を救う交渉を持ち掛ける。
結果的に第四皇子ヤシュバルの婚約者となったエレンディラは、
アグドニグルで紫陽花宮《スマン・ディネイシュ》を与えられる。
そして改めて皇帝から「千夜千食」の条件が2つ提示されるのだった。
1、二週間後の戦勝記念パーティーに出す料理を考える
2、献上する料理の財源の確保
準備を思いめぐらせるエレンディラだったが、
彼女の従魔であるわたあめがカイ・ラシュに捕らえられたことに怒り、
ドロップキックを見舞わせてしまう。
しかしこれが不敬罪である、と鞭打ちの刑を受け入れることになる。
女神メリッサの力で癒されるも、三日間意識をさまよわせるほどの傷を負うエレンディラ。
そして意識が戻り、シュヘラ・ザードとして新しい人生を生きることになるが――

人物紹介

シュヘラ・ザード（エレンディラ）

レンツェの姫君だが、娼婦の子と虐げられてきた。

アグドニグルの侵攻と真冬の池に落とされたショックで前世日本人としての記憶を取り戻す。

食堂で培った料理レパートリーと腕で、
千夜の間、毎夜料理を皇帝クシャナに献上することを条件に、レンツェの国民を救う決意をする。

ノーと言えるジャパニーズと幼女がまじりあっているため、繊細かつ大胆な性格をしている。

ヤシュバル

アグドニグルの第四皇子（養子）。初対面でずぶ濡れだったエレンディラを助ける。

さらに「レンツェの姫を自分の妻に」と申し出ることにより、その命も救う。

冷静沈着な性格で「氷の皇子」の異名をもつ。

エレンディラをシュヘラ・ザード（麗しき乙女）と名付ける。

クシャナ

大国アグドニグルの皇帝。

国民からの信頼も厚く、力量も十分な女傑。美味しいものには目がないようで……

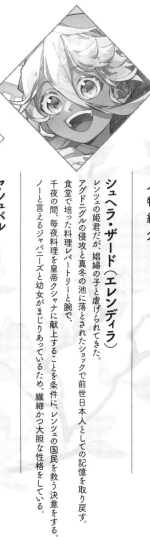

カイ・ラシュ

第一皇子ジャファ・ジャハンの息子、つまりクシャナの孫。
父は獅子の獣人、母は兎の獣人だが、狼の耳をもつ。
華奢な少年だったが、シェラのおかげで肉嫌いを克服。シェラに惹かれるように……

イブラヒム

アグドニグルの賢者。通訳として戦争にも同行していた。
彼女の作る奇想天外な料理とそのレパートリーを、常に解明したい探求心をもつ。

スィヤヴシュ

アグドニグルの医官。
妙にノリが良く、お料理の実況ＭＣもお手の物……

メリッサ

パフェにつられて顕現した神殿レグラディカの女神。
うっかりヤシュバルに滅ぼされそうになるが、シェラと「お友達」になることで回避。

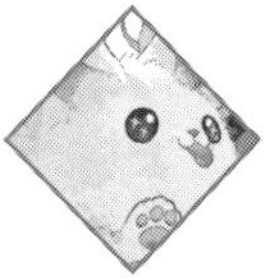

わたあめ

魔獣スコハルティの眷属で、雪の属性をもつ。
真っ白いポメラニアン的魔獣の子ども。シェラのことが大好き。

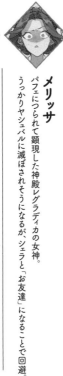

1章　イブラヒムの災難

1　恋に落ちる音がした〜♪

（こんなことに、こんなことになるなんて、誰も教えてくれなかったじゃないか）

なんで自分が。

ローアンの朱金城《しゅきんじょう》で最も高貴な子供である自分が、敗国の、それもレンツェの王族の顔色を窺わなければならないのか。

紫陽花宮《スマン・デイネイシユ》の茶室。色硝子《ガラス》がはめ込まれ差し込む光を受けてキラキラと色付きの影を落としていた。

「へぇー、こんなお部屋があったんですねぇ」

それらを興味津々と、阿呆のように口を開けて眺めているのは死にかけていたなんて嘘に違いないほど顔色の良い少女。カイ・ラシュと同じ年のシュヘラザードというレンツェの奴隷だ。

部屋の隅には女官が控えている。カイ・ラシュの発言が何か「相応《ふさわ》しくない」ものなら即座に父の耳に入るのだとカイ・ラシュは緊張した。

（……母上のためだ）

ぐっと、カイ・ラシュは拳を握りしめ、湧き上がる感情をなんとか堪えようとした。

カイ・ラシュは金獅子の父と、白兎の母の間に生まれた「混血」の獣人だ。

獣人族の中で、白兎族は所謂《いわゆる》「最弱の一族」と蔑まれてきた。弱く何もできず、平原に逃れて草を食べて羊や馬を世話して、何かあればすぐに逃げ出せるように、布の家で暮らしている臆病な民族。

アグドニグルの皇帝クシャナが最初に下した異種族は金獅子だった。最も苛烈に抵抗し、最も脅威であると考えられたゆえと言われている。皇帝は金獅子族を十分の一まで減らし、アグドニグルに忠誠を誓わせた。

獣人たちは恐れ慄いた。あの最も誇り高く最も強い黄金の獅子たちが、獣人たちにとって取るに足らない異種族、白兎族よりも「弱い」という認識だった「人間」種の国に食いつくされた。抵抗する部族は悉《ことごと》く制圧された。アグドニグルの先陣に立っていたのは黄金獅子の戦士たちだった。金獅子の戦士たちは、アグドニグルに下りながら獣人族の王となるために戦って、いや、本当に「下った」のかと、獣人たちは疑った。

猛威を振るい増えすぎた金獅子たちは自分たちで自分たちの一族を養いきれなくなっていたのではないか。アグドニグルの皇帝を凶器として、自分たちが、いや、自分が獣人の王となるために全て企んだのではないか。

ジャフ・ジャハン。黄金の鬣《たてがみ》を持つ恐ろしい獣人。通常の獣人の二倍は大きく、咆哮は竜をも怯ませるという。猛々しい武人で、そして頭も良かった。元は金獅子の下位の戦士の側女の産んだ子だった。

それが、どう上手くやったのか、アグドニグルの皇帝と結託し「養子」となって瞬く間に獣人界を制圧した。

嵐のように他の部族を平らげていく金獅子の牙を、獣人たちはただただ恐れた。次々に送られていく人質という名の子供や女たち。それでも金獅子の勢いを止めることに、それほど役には立たなかった。

白兎族が狙われた際、誰もが一晩も持たないだろうと考えた。

しかし攻め込んだジャフ・ジャハン。白兎族たちが観念し、居住のゲルの中で家族と抱き合い最期の時を待っていた。

その中の一つに、春桃《はるもも》がいた。

真っ白い雪のような白い耳に白い肌。赤い瞳の兎の獣人。

結果、ジャフ・ジャハンは白兎族を金獅子族唯一の「同盟者」とした。麗しく大人しい、春の花のように可憐な春桃をお気に召して、それからすっかり、金獅子の苛烈さは収まったという。

最強の獅子は、最弱の兎を妃として側に置きたいそう大切に大切に、愛された。

そうして生まれた子供が、獅子ではなく狼の耳を持っていたとしても、春桃妃への愛は変わらない程。

＊

「…………」

「……無理しない方がいいと思いますけど」

一緒にいるのが嫌なんだろうなぁ、とさすがに私もわかる。カイ・ラシュ殿下。可愛いお顔をぎゅっと歪めて、一生懸命耐えているお姿。

「……無理なんかしてない」

返ってくるのはぶすっとした声。

ヤシュバルさまに縋りついた言葉に嘘はなかったんだろうけれど、それはそれとして、子供らしい「不承不承」はどうしようもないものだ。

まだ八歳とかそれくらいでしたっけ？

そんな子供が、何かを背負ったように思い詰めてじぃっと、こちらを見ている。

私は息を吐いて、部屋の隅に控えているシーランに下がって欲しいとお願いした。

「しかし」

「子供同士で遊びたいのに、大人の目があったら、のんびりできません」

「……しかし、シュヘラザード様」

シーランは当然難色を示した。私を心配してくれている人の気遣い。

「わたあめ！」

「キャン！」

私が呼ぶと、ぽんっと虚空からわたあめが現れた。一瞬カイ・ラシュ殿下を見て「げっ」という顔をしたようだが（表情豊かな魔獣である）直ぐにキャンキャンといつものように元気よく鳴く。

「わたあめがいますし、何かあったら呼びますから」

こう何度も主人である私が言えば、シーランは譲歩するしかない。扉の外に控えていますからね、と念を押され、私は不貞腐れているカイ・ラシュ殿下にお茶をすすめた。私が煎れたのではなくて、毒見やら何やらちゃんと検品済みのものである。

「……いらない」

「私と仲良くなりに来たんですよね」

「……お前、僕を騙したな」

「と、言いますと」

「死にかけたって聞いたんだ！　お前が、鞭打ちにあって、何もかも、お前の所為《せい》で！　母上は倒れたんだぞ！」

ちゃんと順序良く話して貰いたいが、監視の目がなくなった途端、大変お元気でいらっしゃる。

「春桃妃様が……それはそれは」

心配だなぁ、とは思う。私が神妙な顔をすると、カイ・ラシュ殿下は勝ち誇ったように鼻を鳴らした。

「お前の所為だ！　お前が、紫陽花宮にいたから全部おかしくなったんだ！　鞭で打たれたあの姿、何か妙なまじないでも使ったんだろ！　幻覚か!?　白状しろよ！　あんなに血が出たやつが、三日で起き上がれるわけがない！」

そこは、私が無事でよかったと安心して欲しい～。

まさかのヤラセ容疑を吹っかけられて私は呆れる。

あれ本当に痛かったんですけど～。

しかしまぁ、私に今カイ・ラシュ殿下を苦しめているものがわからないように、カイ・ラシュ殿下に私の痛みがわかるわけがない。

腹は立たなかった。

今も昔も、他人に感情をぶつけられることには慣れている。

『なんにもできないんだから、サンドバッグにくらいなりなさいよ』

頭の中に聞こえてくる声。

今生のものではない。前世の、もはや他人のものだ。私はそっと蓋をしておいて、今聞こえるカイ・ラシュ殿下の声に集中する。

「お前が……お前なんかの方が王族らしかった、なんて……そんな、そんなばかなことあるもんか！　僕は最強の金獅子ジャフ・ジャハンと、最も父に愛された春桃のたった一人の息子なんだ！」

どうも、あの鞭打ちの一件後、心無い者たちが私とカイ・ラシュ殿下を「比べて」いらっしゃるよう。

レンツェの王族、あの姫は身の程を弁《わきま》えている上に、健気で自ら鞭打ちを受け入れた。粛々と刑を受け、命乞いもせず、他人に頼らず、幼い身ながら八つの鞭を見事に耐えた。

それに引き換え、カイ・ラシュ殿下の不甲斐無さよ。

と、そのように。

そう言えば、シーランが「お見舞いの品が、あちこちから届いていますよ」と言っていた。ヤシュバルさまは無表情だったが「シュヘラの気に入った物があるのなら、その送り主に礼の文をしたためておこう」とおっしゃっていた。

……王宮内で、私の味方、あるいは印象を良く思ってくれている（あるいは、ヤシュバルさまと懇意にしたいと考える）人たちの存在。

「なのでここで、男を見せて私と仲良くしてイメージ回復しないとまずいんですよね⁇　私を怒鳴りつけてる場合じゃないですよ」

「キャンキャン！」

仲良くすごろくでもやります？　追いかけっこは無理ですけど、だるまさんが転んだとかならできそうですよ、私が鬼やるんで。

あれこれ提案するが、カイ・ラシュ殿下は嫌がった。

「お前が謝れ！」

「え、なんで？」

「皆の前で、おばあさまの前で！　全部自分が悪いって、僕は何も悪くないって謝れよ！」

それをやったらますますカイ・ラシュ殿下の株は下がると思う。

この子、どうして私に謝りに来たはずなのに私に謝らせるのか……。

「うーん、うーん……とりあえず、鞭打ちは本当なので……あ、見ます傷??」

「は?」

「痛みは大分マシになってるんですけど、まだ皮膚がなくって、ちょっと、あ、べちゃべちゃなんですけど～」

「キャッ!?　キャワン!!　キャワワン！」

あのめちゃくちゃ痛かったやつを嘘扱いされるのはさすがの私も「ふざけんな」と思うので、いそいそと服を脱いで包帯をとく。

「……………………は?」

包帯の下の布には薬がたっぷり塗られているので、剝がす時にぺりぺりっと、ちょっと手間取った。背中は自分からは見えないが、上手く剝がれたかな?

こんな感じです、と見せると、カイ・ラシュ殿下が真顔になった。

「おまっ!!　なんで、取ってるんだよ！」

ぐいっと、私が剝がした布をカイ・ラシュ殿下が素早く取って背中に当てる。

「あの、もうちょっと優しく……痛いです」

「あっ、ごめ……じゃなくて……馬鹿なのか!?」

「いや、だって、殿下が嘘だって言うから」

慌てて私の体に包帯を巻きつける殿下のお顔は真っ白だ。

……さっきまで疑っていたのは本当だろうに。

「なんで生きてるんだ……こんな傷、お前は、人間種だろ」

茫然と呟く殿下。何かショックを受けたようなお顔だが、私の鞭打ち現場見てましたよね？　と、思うけれど、どうやら途中で春桃妃様が倒れたので一緒に出て行ったらしい。その上、護衛の方々が「殿下のお目に入れさせるわけには」と体で塞いでいたようで、音しか聞いてないとか……。

なるほど、それはまぁ、疑いたくもなる、か？

言葉ではっきり言えずとも、なんとなくカイ・ラシュ殿下も気付いているのではないか？　あれらが完全にただの不幸な事故、偶然ではなくてそれとなく仕組まれたこと。王宮で八つまで生きてきて、肌で感じられていないのなら、それはそれで頭がお花畑でいらっしゃる。なんとなく「おかしい」と思っていて、けれど疑う先が、アグドニグルの王族であるから定められず、そうなれば私に向くのも自然だろう。

「……なんで」

「はい？」

「……なんで、お前は、僕を恨まないんだ？」

「と、おっしゃいますと」

「……僕の所為で、こんな目にあったんだ。僕はお前に謝るどころか、謝れって言った。お前はどうして、僕に言い返さないんだ」

眉間に皺を寄せて問われる。

なんで、と言われましても。

「殿下の所為じゃありませんから」

実際、こういうことは慣れている、としか言えないのだが、それを言うのもなんだ。私が小首を傾げて答えると、カイ・ラシュ殿下は息を呑んだ。

「っ……！」

まるで自分が殴られたかのような顔をして、一瞬泣きそうな表情。そして、ぎゅっと、唇を噛み締め、顔を伏せる。

「……僕の所為だ」

「……………殿下？」

「僕の所為だ！　僕が……肉が食べられなくて、嫌で、母上を悲しませたくなくて……ッ！　叔父上の宮で勝手をして……！　お前に蹴られたのなんて、痛くもなんともなかったんだ！　でも、僕は父上の子だから、金獅子の子だから！　僕を害したやつは裁かれないといけないって！　そう、お前に、僕が……何もかも、押し付けたんだ！」

ごめん、と、ごめんなさい、と、ボロボロと涙をこぼしてカイ・ラシュ殿下が謝ってくる。

自分の所為だと。

自分が未熟で、考えが足りなくて、そして、心が弱かったから、とそう、しゃくりあげながらもはっきりと、おっしゃる。

「え、え、え……」

「クゥン、クン……」

突然の少年の大泣きと懺悔《ざんげ》に、私とわたあめは狼狽《うろた》える。

おろおろと私たちはカイ・ラシュ殿下を慰めようと頭を撫でたり、服の裾を引っ張ったりするのだが、ますますカイ・ラシュ殿下は泣いてしまった。

「ぼ、僕に優しくするなよ……！　僕は、な、なんにも、返せないんだ……ッ！」

「えぇぇえぇぇえぇ……」

大丈夫この子、色々追い込まれてない？　大丈夫??

アグドニグルの王族の子育て、大丈夫？

よそのご家庭の育児に口出しはしたくないが、心配になる。

わたあめのもふもふボディでもカイ・ラシュ殿下を落ち着かせることはできなかったッ！

「え、えぇっと、えぇっと……」

優しくするな、と泣く殿下に、私は頭を悩ませ、あ、と思いついた。

「優しくしますよ！　だって私、カイ・ラシュ殿下のこと好きだし！」

好きなひとには優しくなれる。

シーランが言っていた。

私も、アグドニグルの人たちに優しくして貰って戸惑った。どうして、なんで、私はレンツェの人間なのにと、戸惑った。

「カイ・ラシュ殿下はこうして……謝ってくれましたし、私の傷のために泣いてくれて……嬉しいです。だから、私、殿下のこと好きですよ」

「……っ」

だから頼む泣き止んでくれ。なんか私が泣かしたような感じで嫌だというとても自分のための説得なのだが、カイ・ラシュ殿下はなぜか顔を真っ赤にして、黙ってしまった。

「……お、お、お前……」

「シェラです」

「………シェラは、僕のことが好き、なのか？」

「好きですよ！」

敵じゃないよ！　友好的な関係を築きたいと思っているよ！

全力で友愛オーラを出して両手を広げフリーハグ！　とアピールする。

「………父上に、話してみる」

おっ、仲直りできたってご報告かな？　いいんじゃない？

よしよし、と私は頷いて、なぜだか「え」という顔をしているわたあめの前足を取ってハイタッチした。

＊

「なるほど！　つまり君は我が息子カイ・ラシュを側室にすることで此度の一件を許そう、ということか！」

「違いますね」

「ワッハハッハッハハ！　アグドニグルの王族を二人も娶ろうなどと中々に豪胆な女子よ！」

豪快に笑い飛ばされる黄金の獅子の獣人ジャフ・ジャハン第一皇子殿下。

子供二人が仲良く手を繋いで「仲直りしました！」報告に来たのに、どういうわけかその発想。何がどうしてそうなるのか、全く以《もっ》て理解できない。

ヤシュバルさまとジャフ・ジャハン殿下は紫陽花宮の中庭にて歓談されていた。私の否定の言葉が聞こえないなどその大きな耳は飾りですかと聞きたくなるが、まあ、無視されるんだろう。

一見明るいカラッとした人好きのする笑みを浮かべながら、このジャフ・ジャハン殿下は始終ずっと私のことを「人格のある対等な存在」とは欠片《かけら》も思っていない。私がレンツェの王族という理由ではないだろう。ご自分のご子息であるカイ・ラシュ殿下に対してもそのような目をしている。

「ヤシュバルさまは誤解なさっていませんよね？」

「私は君の後見人だ。君が好ましいと思う男性がいるのなら、応援しよう」

「えぇえぇえ……」

私のお婿さん予定のヤシュバルさまは一妻多夫ＯＫなんですか？　いや、まぁこの世界の権力者はそういう倫理観なのかもしれないけれど。

「カイ・ラシュ殿下も、側室なんて嫌ですよね？」

「殿下はつけなくていい。その、僕も、シェラと呼ぶわけだし……なんならカーラでも……」

もじっと、何故か頬を赤くしてカイ・ラシュ殿下が言う。

カーラ、というのはどこから来たのか。

そっと私の教育係でもあるシーランが耳打ちしてくれた情報によれば、アグドニグルでは女性であるクシャナ陛下が皇帝となられている。そのためか、女性が当主になることについて他国（レンツェとか）のような偏見や差別はない。伴侶の男性には、女性的な名前を愛称としてつけられる習慣があるそうだ。

え、それは嫌がらせじゃないのかと心配になるけれど、それを受け入れる男性側は深い愛情を示す証となり、女性側はその真心に報いるよう誠心誠意男性を愛し守ることを誓うそうだ。

「……いや、え、あの、カ……カイ・ラシュで。カイ・ラシュは」

ジャフ・ジャハン殿下のご長子であらせられるのに、敗国の王族の……それも側室という立場でいいのか。

いいわけないよね？

普通に考えて、アグドニグルの王族というだけで降るように良い縁談があるはずだ。ヤシュバルさまはもう私のものなのでいいとしても、カイ・ラシュだって私のところじゃなくてちゃんとした家のお嬢さんをお嫁さんに迎えるべきではないのか。

うーん、と私が悩んでいると私の隣に立っていたカイ・ラシュが握る手の力を強くした。

「……」

「……」

少し震えている。顔こそ、父親であるジャフ・ジャハン殿下の前で笑顔を浮かべているものの、繋いだ手から、あまりよろしくない感情が伝わってきた。

（あ、なるほど）

こうして二人でこの場に来るまでは、カイ・ラシュも私に「ただ好意を持たれた」「これから交流を続けてよいか」と、そういう話をするだけだったに違いない。

けれどジャフ・ジャハン殿下。

私たちが何か言う前に、ただのこの表面的な情報だけわざと受け取って、切り捨てやがった。

（……私は、カイ・ラシュの家庭環境のことは、全く知りませんけど）

躾《しつけ》目的、なんて愛情深いものではなかったのか。

明らかに獅子ではない獣人の特徴を持ったご長男。肉を食べず母親を困らせる子供。あげく、皇帝陛下の前で醜態を晒して周囲の評価を、敗国の姫より下げた息子。

いらないのだ。

獅子の獣人の特徴を持たぬ子。

肉を拒否する弱々しい子。

王族としての自覚が乏しく、器無しと蔑まれた子。

勇猛果敢な黄金の獅子たる第一皇子殿下には、いらない子なのだ。

（で、私に押し付けますか）

カイ・ラシュもそれを理解した。私より早くに理解して、捨てられた子供。ここで私が断れば、どうなるか。

（うわ、嫌な人～）

私の鞭打ちの原因となった人物を、普通にお婿さんに迎えると思うのか？　それともあえて側室という身分に落とし込んでやることで溜飲を下げろということか。

つまり、ジャフ・ジャハン殿下の中で私とカイ・ラシュの価値は……私の方が、高いと判断されたのだ。

ヤシュバルさまがどこまで話しているのか知らないが、私は祝福を受けた存在らしい。

レンツェの王族、敗国の奴隷姫。

しかし、祝福を受けた者で、皇帝陛下に「利用価値あり」と存在することを許され、将来的には祖国の統治すら、条件付きで許可を頂けている。

その私に、「お前を傷付けたものを好きにしていい」権利を与えてくださり尚且つ、カイ・ラシュが親に見捨てられた存在と気付かせて「お前の所為だ」と、私に罪悪感を覚えさせてくれやがろうとなさっている。

そして更に、自分の息子が結婚するのだからと、私に支援を申し出てくるルートまで見えた。

そうなるとレンツェでアグドニグルの王族の権力争い勃発だ。ヤシュバルさまと、ジャフ・ジャハン殿下、どちらがレンツェの実権を握るか。私というトロフィーを手に入れるか。

ひとの国で止めて欲しいし、そもそもレンツェは今は何の価値もないはず。なのに第三皇子という、どうして皇子たちはレンツェにちょっかいをかけてくるんだろう？

まぁ、それは今はいいとして……。

「…………私に、カイ・ラシュを？」

「どうだ？　同世代で、同じ苦労を分かち合う者同士であれば孤独も少ない。息子はきっと姫君の役に立つだろう」

私も親に不要と見捨てられた王族だからですね？

つまりジャフ・ジャハン殿下は私の身の上についてもご存知というわけだ。

……まぁ、見捨てられたうんぬんにそれ以後のことについてはあくまで私の推測。本当はただ『息子を気に入ってくれたのか！　婿にどうだ！　弟が先約か！　なら側室で！』と何も考えずに提案してきている可能性も、ゼロではない。

私は空いている方の手で額を押さえ、前世でよく会社員の人が口にしていた言葉を返した。

「この件は一旦持ち帰らせてください」

「だめだ、今結論を出せ」

提案じゃないね、脅しだね！　ジャフ・ジャハン殿下！　嫌いになりそう！

*

「………」

私の前に山と積まれた肉、肉、肉、肉。

「どうだ、シュヘラ姫よ！　これなるはリブ山を駆ける大角羊《イル・ヤンケル》に、重蹄牛《バッメット》、兜鰐《バ・ゲンダ》の肉もあるぞ！」

清涼なるヤシュバルさまの紫陽花宮に……充満する、肉を焼く匂い。

集められた使用人たちはほぼ獣人で、紫陽花宮の人もいるにはいるが、暑苦しい筋肉と火の中に投げ込まれる肉の、あまりに原始的な調理方法に完全に戸惑っていた。

「その、すまない。シェラ。これは、その……」

「いいえ……いえ、なんていうか……豪快で、話を聞かない方ですね……お父君は」

「すまない……」

なぜ第一皇子殿下とその配下の方々が、紫陽花宮で勝手に原始人のような焼肉パーティを始めているのかといえば、簡単だ。

私に考える時間をくださったんだって！　優しいね！

こうして一緒にお肉を食べて騒げばきっとカイ・ラシュ殿下のことを受け入れようって思えるぞうだよ！　なんで!?

「シュヘラ、この肉なら君も食べられそうだ」

「ありがとうございますヤシュバルさま！　って、そうじゃなくてー！」

「わたあめ君も、こうした肉は珍しい。食べられる機会は少ないから食べておきなさい」

「キャワーン！」

唯一の頼みのヤシュバルさまは何故かこの妙な宴に好意的だ。ご自分の宮が土足で荒らされるのをそんなに気にしないのか、獣人たちが大きな葉にくるんだ肉を炎へ投げ入れて焼き、焼けたそれを配るのを黙って見ている。そして良さそうな肉を見つけては自ら貰いに行って、私とわたあめに食べさせる。

「幼少期はこうして、他の家族と屋外で食事をすることは良い経験になると聞いた」

なるほどー！　休日にママ友やらご近所ファミリーでバーベキューするやつですねー！

誰だヤシュバルさまに妙なアドバイスしたの！

というかヤシュバルさま、完全に子育てについて迷走している気がする。

「キャワン、キャン」

「うん？　わたあめ、どうしたの？」

「シェラの魔獣は肉が好きじゃないんだな」

折角ヤシュバルさまから頂いたお肉を、わたあめは嫌がった。

「そういえばわたあめ、殆どキャベツしか食べないですもんね」

「……シュヘラ、それは本当か？」

「え、はい」

時々伝令のお兄さんからジャーキーを貰っていたけれど、それも少し食べてあとは神殿にやってくる野良猫たちにあげていた。

「……」

私が答えると、ヤシュバルさまは目を伏せてしまわれる。

「あの、どうかしました？」

「……本来魔獣というのは、他の獣の肉を食べて力をつける。肉食の獣人族もその特性があるのだが……」

ちらり、とカイ・ラシュの方を気にかけるようにしてヤシュバルさまは説明をしてくださった。

「おそらくわたあめ君は、小さな頃からあまり獣を狩れずに植物ばかりを口にして肉食の習慣がないのかもしれない」

「そうなんですか。わたあめ、お肉食べないと強くなれないんだって」

「クゥーン……」

そうなのか、というような顔をわたあめもしたけれど、お肉を食べよとしてぺろり、と舐めて、顔を顰《しか》めた。

「しかしわたあめ君。肉を食べねば、魔力は増えない。シュヘラの魔獣として、力のない者は望ましくないのだが」

「キャワワン……」

「わたあめ」

嫌なものは嫌だろう。私は凹んでいるわたあめの前にしゃがんで、ぽんぽんと頭を撫でる。

「無理しなくていいんですよ」

「キャン！　キャン！　ケ、ホッ！」

もと思う。


「わたあめ……」

肉を食べないと死んでしまうならともかく、生きる分には魔獣は基本的には魔力と自然エネルギーで生きているので、問題はないそうだ。ただ強くはならないだけ。それなら、別に無理しなくてもと思う。


けれどわたあめは違うようで、無理にでも食べようとして、むせる。

「肉を食べられぬ者はそうだ。無理に食べても、消化できない」

ケホケホと戻してしまうわたあめに、カイ・ラシュ殿下が水を飲ませてくれた。

「僕もそうだからわかる。まぁ、僕の場合は……牙が違うんだけど」

「カイ・ラシュはお肉が嫌いなんじゃなくて食べられないんですか？」

失礼だが見かけは狼とか犬っぽいのだから、お肉を食べられないわけじゃないと思っていたが。

首を傾げると、カイ・ラシュは大きく口を開けた。

「？　なんです？」

「牙があるにはあるが、その他の歯はシェラと同じだろう？」

「言われてみれば……」

肉食獣の歯は基本的に鋭い。肉を嚙み切れるようにできているはずだが、カイ・ラシュの牙は犬歯とその下の歯の合計四本は尖っているもののその他は私たち人間と同じように見える。綺麗に揃った、平坦な歯。草をよく嚙んで消化できるように嚙み合わせが良くなっているのが特徴だ。

「わたあめも、カイ・ラシュも、つまり食べられるのならお肉を食べたい、という意思があるということでよろしいんですね？」

悩みを抱える一人と一匹に、私は首を傾げて問いかけた。

＊
（思えば、憐れな子供ではある）

離れた場所で食事をしている息子を眺めながら、ジャフ・ジャハン、黄金のたてがみを持つ巨軀の獅子の獣人は目を細めた。

少しレンツェの王女が姿を消した。一時間ほどして戻ってきた時には、深めの皿に何か料理を持ってきていて、それを息子が食べていた。遠目からは野菜の塊。大きく眼を見開いて、驚き、そして「美味《うま》い」とその口が呟いたのはわかった。

ジャフ・ジャハンの息子でありながら、肉を好まず野菜を口にする軟弱なカイ・ラシュ。厳しく育てようと思ったのは僅かな間だ。素質がない、素養がない、器でもない。牙が違う。あれでは勇猛果敢な武人にはどうしたってなれないと、ジャフ・ジャハンの諦め、いや、切り替えは早かった。

（俺のようなものの元になど、生まれねばよかったものを）

息子に感じるのは憐憫のみだった。

ジャフ・ジャハン。偉大なる獅子の子、というのは、半分だけだ。先代族長の側女が産み落とした、姿だけは立派な獅子。けれど母がひた隠しにした秘密を、母の死に際にジャフ・ジャハンはそっと、自身にだけ打ち明けられ、それ以降ずっと、その事実が暴かれることを恐れていた。

獅子の母は白狼の男に乱暴され、孕《はら》んだ。ひた隠しにした母の事実。母の名誉のために、自身の名誉のために、知られるわけにはいかない。見かけはどこまでも、ジャフ・ジャハンは立派な黄金の獅子なのだ。

己のようなものは他人を愛せず疑い警戒して、渇いて生きるのだろうと、その覚悟。

それなのに、うっかり愛してしまった。

踏み付けて蹂躙されるべき貧弱な一族の、弱々しい女。

春に咲く花のような柔らかな微笑みを浮かべる、麗しい女。

兎の獣人の、春桃。

愛してしまった。

己の牙も爪も、恐れるのに、震えるのに、春桃はジャフ・ジャハンの瞳を見つめて微笑んでくれる。

生まれた子供が狼の特徴を持っていた時、周囲は春桃の不貞を疑った。春桃が自分を裏切るはずもないことは、ジャフ・ジャハンが誰より確信している。周囲の疑惑を「違う」とジャフ・ジャハンが一言いえばいいものを、言えなかった。

それらを春桃は静かに受け流してくれて、ジャフ・ジャハンの名誉を守ってくれた。

白い狼の特徴を持つ息子。

カイ・ラシュ。

ジャフ・ジャハンの息子。

愛してはいない。愛するということが、自分はできると思っていた。春桃を愛している。だから息子も愛せると思っていた。

だが、無理だった。疎んでいるわけではない。それはなかった。ただ、家臣の子供と、同じ程度の感情しか持てない。関心はなかった。興味も、持てなかった。

その時の自身の、自身へ対しての失望。

己は結局、まともではない。

春桃だけが特別だったのだ。自分の息子なのに愛せず、しかし、ジャフ・ジャハンは思考を切り替えた。

第一皇子の息子としての環境は全て与えた。育て、見守って、そして「王の器ではない」と判じた結果、それならばこの場所はいても苦痛なだけだろうと、そう考えた。

「ジャフ・ジャハン」

「レ＝ギン」

呼ばれて振り返ると、血の繋がらない異種族の弟が手に皿を持って立っていた。ヤシュバル・レ＝ギン。ギン族の男。皇帝クシャナの懐刀と呼ばれている第四皇子。通常は北部の守護をしているが、コルキス・コルヴィナス卿が皇帝の不興を買ってかの地に送られたので首都ローアンに戻ってきていた。

「シュヘラがこれをお前にもと」

「なんだそれは」

料理だというのはわかる。多くの肉食の獣人は、生肉あるいは少し焼いた肉を主に食べる。しかし族長、王族、身分の高い者は手間をかけて調理したものを食べることが「上品」であるという風潮もあった。

ジャフ・ジャハンは戦場以外はできるだけ、そうした「料理」を食べるようにしているものの、チマチマとした「料理」が新鮮な肉より美味いと思ったことはない。

「ひき肉に香辛料を加えて葉野菜で包んだ物だそうだ」

「確か、そんな料理は食べた覚えがあるな。サルマ、だったか？」

塩漬けにした葡萄《ぶどう》の葉に肉団子を包んだ料理があったはずだ。ジャフ・ジャハンが思い出して皿を見直すと、記憶にある料理とは少し違う気もする。

以前食べた料理よりかなり大きく、そしてスープがたっぷりと入っている。

肉の匂いも確かにするが、殆どが野菜の匂いだ。ジャフ・ジャハンは顔を顰めた。獣人向けの料理ではないな。そう言うと、レ＝ギンも頷く。

「だが、私も食べたが、肉の量の方が多い」

肉料理だが、肉料理らしくない料理だとレ＝ギンに言われ、ジャフ・ジャハンは自身もその料理を食べてみた。大きな獣人の口ではひょいっと、一口にできる野菜の包み。

……噛めばじゅわり、と口内に広がったのは肉汁……だが、肉々しくはない。ナッツ類が混ぜ込んであり、きっと肉が「くさい」と感じる者には受け入れられやすい味なのだろう。たっぷり入ったスープは赤茄子《なす》の味がした。

カイ・ラシュが食べているものと同じものだろう。

なるほど、肉の苦手な者でもこれなら食べられる。

飲み込みながらジャフ・ジャハンは察し、これを作ったというレンツェの王女のことを考えた。

皇帝クシャナが、あの少女を望まれている。

何をさせる気なのかと、その詳しいことはジャフ・ジャハンにもわからない。ただ、服従か死を他人に選択させることばかりだったはずの皇帝が、まるで恩でもあるかのようにあの王女には特別な配慮をしている。

焦土にするはずのレンツェを保留にしているのもあの王女との約束があるからだそうだ。

千夜料理を作るという。何を馬鹿なことを。そんなことでレンツェを許すのかとジャフ・ジャハンは呆れた。

ジャフ・ジャハンだけではない。誰もが呆れ、だからその裏に何かあるのだろうと疑っている。

「レ＝ギン。こうした手間のかかった料理、皇帝陛下は喜ばれると思うか？　陛下が美食家であらせられるという話は聞いたことがないがな」

多くのアグドニグルの軍人がそうであるように。食事というものはできるだけ手早く済ませて他のことに時間を割きたいと考えているはずだ。レ＝ギンもそうだろう。ジャフ・ジャハンはこれまで種族の違う弟が何かを美味しそうに食べている姿、食事を楽しんでいる姿を見たことがない。

「陛下の御心はわからないが、少なくとも、この料理を喜ぶ者がこの場にはいる」

弟が目で示すのは、カイ・ラシュだ。

好むと好まざるとにかかわらず、獅子の血を引くカイ・ラシュは肉を食べるべきだった。体の成長、魔力の量に極端に影響する。それを口にできて、その上拒否反応がなかったことは、当人にとってどれほど喜ばしいことか。ジャフ・ジャハンとて、わかる。

あの王女なら、カイ・ラシュが獅子でなくとも、気にしないだろう。

「お前は本当にあの幼女の婿になるつもりか？」

「……」

「成長するまで見守って、どこぞの男にやるくらいならカイ・ラシュにくれ」

ヤシュバル・レ＝ギンが国を持とうとしているなどという噂。皇子たちの警戒心。そんなものは無駄だとジャフ・ジャハンは歯牙にもかけていない。

何かを欲することなどない男だぞ。

国なんぞ欲するものか。何かを得ればそのままアグドニグルに献上するばかりの男。レンツェを押し付けられて何を考えているのか知らないが、あの幼女の婿になり一国を支配する欲などあろうはずがない。

ならカイ・ラシュに譲ってくれないかとジャフ・ジャハンは言った。

同じ年に、それなりに気も合いそうな二人に見えるではないか。

カイ・ラシュの未熟さも気にしなさそうな妙に達観したところのある少女。

「アレはこの国も、金獅子の重責も背負えぬ小物よ。他所へ行けるのなら行かせてやりたい」

「親とはそういう考えが出るものか？」

レ＝ギンに問われジャフ・ジャハンは首を傾げた。

「どうであろうな。俺は親として「どう振る舞うべきか」というのはわかるが。親心から言ったわけじゃない。自分の部下が、合わぬ場所にいるのなら、別の場所を勧めるだろう」

＊

「……美味いな」

「知ってます」

三つ目のロールキャベツを平らげたカイ・ラシュの呟きに私はフフン、と鼻を鳴らした。椅子の上ではわたあめも「キャワン！」と口の周りを真っ赤にして、大変喜んでいる。

ロールキャベツ。

手間がかかって、一人暮らしが絶対に作りたくない料理ナンバーワン、ではないだろうか？　ひき肉にあれこれナッツやら刻んだニンジン、玉ねぎ、塩コショウやら好きなブツを加えて俵状にするのはまだいい。

まずキャベツの下ごしらえ。

芯が固く包みにくいので厚みが均等になるように不要な部分はそぎ落とす。そして茹でて柔らかくする。これが、とても……面倒くさいものだ。

お店のメニューなら良い。だが自分自身だけのためにこの手間をかけるかと問われれば……既製品を買う者が多いのでは？　というか、それなら別にロールキャベツなど食べず他の御惣菜を買う。わざわざキャベツ巻きにした肉団子を食べる必要性がどこにあるのだろうか？

「まぁ、そもそもこの料理……手間をかけるために生まれた説があるんですよね……」

「うん？　なんだ、それは」

「いえね。一般家庭……平民の人たちは、使用人とかいないので家のことは全部女の人がやるじゃないですか」

「そういう話は聞いたことがあるぞ。男が外に働きに出る、女は家を守るのだな」

「はい。で、家事は昔と比べると便利な道具が沢山発明されて、時間がかからなくなっていくわけじゃないですか」

この世界に洗濯機や掃除機があるか知らないが、まぁ、人間は「楽をするために工夫する」生き物なので、家電製品はなくとも生活の知恵はあるはずだ。

「工夫が……技術の発展によって生活が「便利」になります。そうすると、これまで時間を取られていた分が「空き」ます」

日本は戦後、高度経済成長期。インフラが整い、家電製品の一般化が進んで、洗濯や掃除の一部を人力以外で行えるようになった。そうなると、急激に進化したのが「家庭料理」だ。

「家族に「美味しい物」を食べて貰おうと、手間をかけることができるようになったんです」

外食に行かずとも、家庭で手のかかった美味しい物をハレの日でなくても食べられる。家族に食べさせてあげられる。

ロールキャベツはそのうちの一つと言えるだろう。

「……そうか」

私の説明に、カイ・ラシュ殿下は少し照れたようなお顔をされた。

「……家族、か。シェラは僕をそう思ってくれてているんだな」

違いますが、違うと言えない雰囲気ですね。

「うん、これなら……僕でも、肉を食べられる。シェラ、他にはどんな、お前の知ってる肉料理があるんだ？」

「色々、まぁ、ありますよ」

野菜が好きで肉があまり好きでないなら、チキンライスとかもいいだろう。卵を載せてオムライスにすれば視覚的にも華やかで楽しいはず。グラタンなんかもいいかな。あれこれ、思い浮かぶものはあるけれど。

「また作ってくれないか。こうして、肉を食べ続けられれば、背も伸びるし力も強くなる。シェラを守れるくらいの男にはなれるはずだ」

「あ、すいません、無理です」

断るとカイ・ラシュ殿下が傷付いた顔をして、そして苦笑する。

「そ、そうか。そう、だよな……僕など、」

「私これから忙しいんですよ。カイ・ラシュに作るのが嫌っていうわけじゃなくて……」

私は皇帝陛下との約束をカイ・ラシュに話した。

「……それは、大丈夫なのか？」

「料理の品数なら、そんなに心配じゃないんだけど……」

「そうでなくて、おばあさまのおっしゃっているのはつまり、商会の確保ということだろう？」

この辺り、しっかり教育を受けているカイ・ラシュの頭の回転は速かった。

食材の確保と納品を引き受けてくれる商会を見つければひとまずの課題はクリアになる。

支払いに関しての問題もあるが……。

「ローアンの大商人は皆、父上や叔父上といった王族の誰かしらの「御用達」だ。ヤシュバル叔父上も懇意にされている商会があると思うが……」

その商会が食材に関して詳しいか、というのはあまり期待できないだろうとカイ・ラシュは言う。ヤシュバルさまは食に拘《こだわ》りがなさそうだし……お付き合いのある商家の強みが食材、という可能性は低いだろうな。

「……やはり、僕を側室に迎えるという約束だけでもした方がいいんじゃないか？」

カイ・ラシュは今度は私の身を案じて提案してきた。

父親に認められていなかろうと、カイ・ラシュはアグドニグルの王族で彼が望めばある程度の商人を呼べるだろう。

それに。

（この焼肉パーティーにしても、単純に、狩りによる獲物の入手として考えれば第一皇子の持つ軍事力の高さを。肉を〝商品〟として入手したのであれば財力と、この量が「たいしたことではない」と、常時から大量消費できる量の確保ができるルート、商会の存在を、察することができるんですよねぇ……）

〝レンツェの王族の生き残り〟には必要なものだ。

「……いえ、大丈夫です。カイ・ラシュの心配してくれる気持ちはすごくうれしいんですけど……長期的なことを考えると、それはちょっと」

第一皇子の派閥に依存することになる。

「しかし、」

「考えがないわけじゃないんですよね。残り一週間ちょっとでどこまでできるかって話なんですけど、まぁ、やってやれないことはないと思います」

鞭打ちで寝込んだ期間がもったいなかった〜、と言えばさすがにカイ・ラシュが気にするのでそこは言わず。私は頭の中でやるべきことをリストアップした。

2　お金はあるところから貰えばよかろう!

「イブラヒムさん、お金ください」

「嫌ですが？」

翌日、私は陛下からのお見舞いの品を持ってきたイブラヒムさんを迎えるなり、開口一番に頼んだ。そして却下。水のように流れる容赦のなさである。

怪我が治りたてで、本日もベッドの中にいる幼女に対して優しさとかないんですか？

「そこをなんとか」

「なんとかなる理由がありますか？」

「いたいけな幼女の背中を打ったお詫び的な？」

「ッハ」

バカげたことを、と一笑に付《ふ》された。

「たとえあれで貴方が死んでいたとしても、私に罪悪感などありませんよ。処刑人が職務を全うした場合、貴方は処刑人を人殺しと思いますか？」

「いえ、全く」

「でしょうね。そういう貴方になぜ私が罪悪感を覚えると思うんです。少しは私を恨んでから言いなさい」

「かわいげ～かわいげのロスト～」

「なんとでも」

フンと鼻を鳴らして私を見下すイブラヒムさん。

わたあめが同席していたらまた噛まれるぞ！　しかし、今はヤシュバルさまの魔獣のスコルハティさまとドッグラン……じゃなかった、魔獣たちの訓練場に行っている。おやつ時には戻ってくるらしい。

「あぁ、そういえば改名されたのでしたっけ。今後はシュヘラザード様とお呼び致します」

「別にシェラとかシュヘラでいいんですけど」

「ッハ」

また一笑。イブラヒムさんはいちいち人を小馬鹿にしないと息できないんですね。大変ですね。

「さっきの件ですが、何もタダでお金くださいってわけじゃないんですよ」

「貴方に私と取引できるようなものがあるとは思えませんが」

未だにプリンの作り方にたどり着けてない人が何を言ってるんだろうな……。

しかしまぁ、私はプリンの作り方を売りつけて、というつもりはない。欲しいのは大金だ。プリンのレシピ一つで手に入れられる金額は、たかが知れている。

いそいそと、私はベッドの下に隠していた物を持ちあげて膝の上に乗せる。

「……それは」

おや、とイブラヒムさんが眼鏡を軽く持ち上げる。賢者のイブラヒムさんは当然御存知らしい。

芋です。

丸くてゴツゴツとしていて、私の掌より大きい芋。素手で触ると気触《かぶ》れるので布越しです。

「毒がありますよ。なぜそんなものを?」

「これ、食べられると思いますか?」

「……食べる、という行為は可能でしょう。しかし、毒があるため摂取量によっては死にます。いえ、少量でも灼熱感に喉の腫れ、呼吸困難に陥り、多量であれば内臓機能に深刻な影響を齎《もたら》すでしょう。まず――安全な食材ではありません」

そんなものがなぜここにあるのか。

この芋はどこでもよく育つ。しかし、悪臭とその花の姿がおぞましく忌み嫌われた存在だそうだ。寝込んでいる私に「こんな花があるんだよ！　面白いね！」と見せてくださった。子供と遊ぶ才能があまりないようだ。

「この毒芋が食用可能かつ、貴族の方々にとって価値のある食材になるとしたら、どうでしょう？」

「不可能だ」

考える素振りを見せず、イブラヒムさんは即答した。

私がこの芋を見せた時から、イブラヒムさんの頭の中ではこの芋の使用方法、利用価値を考え尽くされていたのだろう。答える言葉には確信があった。

「一般的な調理方法として、あく抜きや塩を加えることで食用可能になる植物はあるが、その毒芋の持つ毒性はその程度では無効化できない。更に、栄養として期待できるものもない。花は数年に一度咲く程度、その姿は禍々《まがまが》しく観賞用にも適さない」

利用価値がないとイブラヒムさんは様々な知識と思考の末にご判断されたご様子。

ええ、そうですよね、普通、そうなりますよね。

うんうん、と私もその話を聞きながら頷いた。

「でもこれ、食べられるんですよ」

「何を馬鹿なことを」

「いえ、本当に。乾燥させてすり潰して粉末状にして水と合わせて捏《こ》ねて石灰水と炭酸水加えて丸めて煮て固めると栄養価のない食材になります」

「は?」

「その完成形がこちらに!」

「は………?」

ノンブレスで言い切った私の言葉についていけないイブラヒムさんを放って、よいしょっと、またベッドの下に上半身を伸ばして隠してあった「完成形」を取り出す。

「はい、こちら、毒芋を乾燥させてすり潰して粉末状にして、水と合わせて捏ねて、石灰水と炭酸水加えて丸めて煮て固めて作った、栄養価のない食材です!」

デーン、と取り出したのはお皿の上に乗ってぷるぷると震える灰色のブツ。

日本の食に対する狂気を代表する食材、こんにゃくさんです!

*

(もしかして、とは思いましたけど……本当に、ちゃんと思い出せる)

頭の中に浮かぶ知識を私はゆっくりと確認した。

こんにゃく。蒟蒻《こんにゃく》。

食に対して、どっからどう見てもクレイジージャパン代表選手、の面をしているが由来は中国だと言われている。

私の前世の日本人からすれば「海の外の国」にあたる場所から伝来したそうだ。

その国の昔の書物には『害虫に備えるには虫を捕らえる他ない』と示されながら、結局イナゴに地上を食い散らかされてはどうしようもない。けれど地面の下の芋は無事だから、それを灰汁《あく》で煮て凝固させて、酢や蜜をかけて食べると良いとあるらしい。

十六世紀にはその製法『切って灰汁で煮て、洗って、灰汁を換えて更に煮る。固まるので薄切りにして酢で和えて食べる』というものも記録されている。

日本には〝薬用〟として伝来して、整腸作用のある薬、冷え性、糖尿病が改善するなど考えられた。お寺の精進料理に取り入れられ、京のどこぞのお寺の○○殿の作るそれは味が良いと評判を得たそうだ。

……と、ここまでは普通だ。

ここまでなら「へぇー、変わった食べ物もあるんだなー」程度で終わった。

江戸時代になると「こんにゃくは他所で買うより自家製のものの方がしっかり固く、味が良い」と言われるほど庶民の間でも広がっていった。

はい、ここです。

ここがポイントです。

流行《はや》ったんですよ、庶民の間で、手間暇かけて本来食べられない、害虫被害でそれしか残らなかった危機的状況でも、食事療法が必要なわけでもない、平時の庶民の間で……カロリーゼロの、たたつるっとしただけの、ブツが……流行ったんです。

江戸時代というのは、簡単に言ってしまえば戦国乱世の終わった「次」の時代。

けして手放しに「平和だった」と言うわけではないが、乱世は「終わった」時代だ。

食文化が大きく進む江戸時代。

蒟蒻芋の主な生産地は、常陸《ひたち》国は水戸藩。腐りやすい蒟蒻の生玉は長距離運送や長期保存は無理だった。ここで「まぁ、蒟蒻は水戸とか江戸の外の名物だなぁ」と諦めれば歴史は変わっただろう……具体的には、桜田門外の変で井伊大老は襲われなかったに違いない。

何故って？

襲撃犯は元水戸藩士。

水戸藩はその頃には立派な蒟蒻の名産地。出荷元。明治時代に水戸藩の専売品から解禁されるまで、蒟蒻商売は水戸藩の独壇場。

蒟蒻で儲けた豪商たちが、資金提供をしたと言われている。

何故水戸藩がって？

元々日持ちしなかった蒟蒻（こんにゃく粉）を、日持ちするような製法を発明した方がいらっしゃいました。水戸藩の方。その方のおかげで、水戸藩から各地にこんにゃく粉が出荷され……江戸で大いに流行りました。

『蒟蒻百珍』なんて料理本ができるくらい。

実際百種類あったわけではありません。当時『卵百珍』とか『豆腐百珍』とか、そういうタイトルが流行ったくらいの認識で。

まぁ、とにかく。水戸藩の何某殿のおかげで蒟蒻が『一般的』になり、もっと美味しく、もっと色んな食べ方をと発展していったのです。

元々は薬用、精進料理、普通の食品ではなかったこんにゃくを……ここまで一般化した、日本という国の食に対しての、妥協のなさ……。

江戸時代も色々あるけれど、その後の明治大正時代の洋食もまた……いや、この話は今はいいとして。

（……うーん、やっぱり、思い出せるんですよねぇ）

私は首を傾げた。

普段、前世の記憶は霞がかったようにおぼろげだ。指で触ると明るくなる道具やら、思い出そうとしても直ぐには思い出せない。

だというのに、こと、料理に関係して思い出そう、とすると途端に鮮明になる。

スィヤヴシュさんに蒟蒻芋を見せて貰って浮かんできた前世の知識。試しに一緒に作って貰ったらできました、こんにゃく。

……私って何なんだ？

「……この毒物を食べろと？」

私の持つお皿の上のこんにゃくを眺めて、イブラヒムさんは顔を顰めた。

自分の知識で「有害」認定している物を「大丈夫食べて！」とぐいぐい押し付ける外道さは私にはないです。

それに調理してませんしね！

「興味を持って頂けたなら、この後美味しく調理しますよ！」

「……貴方の言う、その製法で毒性に関しての問題が解決できるとして、これを私に見せてどうしろと？」

「先日、鞭で打たれる時に周りにいたのは貴族とか偉い人、お金持ちの豊かな方々ですよね？」

質問に質問で返すのはよくないが、私は確認した。イブラヒムさんは頷く。

「この食品の利点は栄養価が低いことと、整腸作用、便秘解消の効果があります。そして」

この先は、私の「そうであってくれ～」という期待もあるのだが……思い出せ！　あの鞭打ちの時に連れて行かれた先の……集まった人たちの……ふくよかだったり血色がよかったり……皆しっかり、栄養の行き届いた体であったことを……！

「この食品、こんにゃくはお肉やお魚とは違います。もちろん、美味しく頂けるものであると確信していますが、体を健康的に整えるための健康食品として、富裕層の方々に売りつけられます！」

裕福ってことは肥満症とかあれこれ悩みない？　あるよね？　あるって言って！

いや、別に自分の目的のために他人の不幸を願っているわけじゃありませんよ！

ただ栄養失調の私の悩みとは逆に、豊かな人にも悩みってあるよね！　そうだよね！

正直、私は説明が上手くない。

こんにゃくの魅力を頭で理解はしているが、口で説明ができない。

なので、イブラヒムさんに話しているのだ。

イブラヒムさんは頭が良い。頭が良いと自分でもご理解されている。そういう人は、他人が話している言葉の意味や理由、深みを自分の知識と結びつけて、勝手にあれこれ考えて「利用できるか」判断してくれる。

頑張ってイブラヒムさん！　なんかそれっぽい感じの理由を！　見つけてお願い！

＊

（確かに、有効な食品ではある、か）

沈黙し思案しながら、イブラヒムは頷いた。

イブラヒムは常にアグドニグルの抱える問題について、改善策を探している。皇帝クシャナの望む世界の実現のために、必要ならば幼女の背を鞭打つこととて躊躇《ためら》いはない。

そのイブラヒムの頭の中に、アグドニグルの貴族がかかる所謂「贅沢病」というものがあった。

貧しい者はかからない。裕福な商人や貴族、あまり運動をしない文官などに見られる。

不眠、言語障害、突然の心臓麻痺、脂肪の溜まりやすい体は疲労しやすく、病にかかりやすかった。

整腸作用とシュヘラザードが話した時に、興味が湧いてきた。

便秘というものは侮れない。そこから不眠や心の不調など様々な体調不良の原因となる。

それを解消できる食品。

製法を聞くに、確かに栄養価は限りなく無に等しいだろう。水分、食物繊維を多く含み、またあの弾力のありそうな見た目から、飲み込むには何度も顎を動かし、嚙み締める。

となれば、満腹感を得られやすいだろう。製法から芋としての味はほぼなく、その分他の味と混ざりやすい、食べやすくなる、ということだ。

あの毒芋は、日陰でも育つ。

飢饉にも強く、瘦《や》せた土地でもよく育つ。

だから、貧しい村で栽培させて数を確保することは、そう難しくない。

問題は味だが、どうせこの姫のことだから、また妙な料理にするのだろう。そしてそれは、美味しいのだろうとイブラヒムは諦めている。

見た限り、ぷるん、とした弾力のある食品。

プリンのなめらかさとはまた違う。どんな味がするのかと、イブラヒムは興味が出てきてしまった。

まったく、これがあの姫のやり口なのだとわかっているのに。

内心舌打ちしたくなる。

この姫。

頭の悪そうな、実際悪いのだろう、損得勘定の中に自分を入れない馬鹿者。

そのシュヘラザード様。

他人が善悪の判断の他に動く、心を動かすのは「興味」「関心」だとわかっている。

最初に出されたのは毒芋だ。

それが食べられる、その上、医療食としても優れているのだと言う。

なぜ教育を受けていなかっただろうレンツェの姫が、賢者のイブラヒムが知らないことを知っているのか。その謎がもう、だめだ。そこからして興味を持ってしまう。

その姫が、口から出まかせではなくて、実際あれこれ作ってみて、その結果をイブラヒムは知っている。

(貧しい村の、飢饉対策に育てさせる、のではない。飢えを凌ぐための「食料」としてではなく、富裕層に需要のある「特産品」として、出荷することができれば……国の支援を受けねば生きられなかった村が、変わることができるようになる)

イブラヒムはそのためにどんな準備が必要か、どんな支援をどれだけ続けて、自立を促せるか、考えることができる。

大きな金の瞳をきらきらと輝かせて、こちらを見る異国の少女。

少し上がった口の端は、イブラヒムが興味を持って、そして差し出した品をどう扱うかを確信しているような、楽しんでいるようなそんな笑みの形になっていた。

＊

「そ、想像以上に……お、大きい」

ローアンの街のド真ん中。観光名所にもなっているという翡翠《ひすい》通りに続く広場。巨大な噴水は魔法を組み込んだ仕掛けがされており、六時間ごとに発動するらしい。

街の中の地面は全て舗装されている。広場には市場が出ており、利用する人々の顔は明るく活気があった。

「ふふん、そうでしょう。ローアンはアグドニグルの首都です。全ての技術と文化がこの都に集結し、皇帝陛下のおわす朱金城を中心に、大陸に並ぶもののない大都市、荘厳なるローアンと称えられる場所になったのです」

私の隣で自慢げにしているのはイブラヒムさん。胸を張り、いかにこの街が優れているのかの説明をしてくださる。

都の人口は百万人程（レンツェは小国で国民の人口全てで十万人程なのでもう国としての規模が違う。本当、なんで喧嘩売ったんだろうかレンツェの王様）。碁盤の目状に整備された道路、街は東西南北に区画されていて中心が朱金城。

外側は高い城壁と「一生懸命魔術部隊が掘りました」という人間の常識を無視した堀に囲まれ、日暮れから夜明けまで外門は閉じられる決まりだそうだ。

アグドニグルの属国、あるいは同盟国、交流のある国や種族がこの街にやってきて、住んで商売をしているという。

　広場の周りにはアグドニグルの人間だけでなく、肌の色や骨格の違う人間、それだけではなく獣人や背の低いドワーフ？　のような種族もいた。

「エルフとかいないんですかねぇー！」

「える、はい？」

「えっと、耳が長くて肌が白くて、長寿の種族？　みたいな……全員もれなく美形な」

「また妙なことを……それ吸血鬼じゃないんですか？」

「うーん、全体的に善の側な、直射日光が大丈夫で森とか自然を愛する種族はいません？」

「それなら、精霊族にいるかもしれません。が、あの連中はアグドニグルを目の敵《かたき》にしていますから交流はありませんね。森林に引きこもってうじうじと魔術研究をしているだけ。それを世に広め世界を発展させようなどとは思ってもいない愚物どもですよ」

　そのうちアグドニグルに村を焼かれそうですね。

　私が相槌を打つと、イブラヒムさんはふん、と鼻を鳴らした。

　ところで私たちは二人とも、宮殿にいる時の恰好ではない。ラフな町民……ちょっと裕福な家の子供とその兄、という設定が通じる装いだ。賢者であるイブラヒムさんは普段ブラブラと街中を歩ける身分ではないので、きちんと護衛もいる。私たちから見えないように隠れて。

　さて、なんでイブラヒムさんと街に出ているのかと言えば簡単だ。

「それで、シュヘラザード様。約束は日没までの観光、でよろしかったですね？」

「はい」

まず単純に、私は皇帝陛下のお作りになった街と、アグドニグルの人たちを見たかった。

市場で流通しているもの、屋台や料理屋で出される食文化。

「こんなこと、別に私にさせずとも第四皇子殿下に頼めばよかったでしょう」

「ヤシュバルさまは……隠れて護衛とか……駄目そうですし、一緒についてきそうなので……」

「まぁ、確かに。公務もありますから、困りますね。殿下を連れ出されては。おい待て、それなら私なら連れ出してもいいのか？」

「イブラヒムさんはほら！　街のこともお詳しそうだし！」

けして暇人だと思ったとか、変装すれば目立たないとか、そういう意味じゃない。

ヤシュバルさまは立ってるだけで目立つのでお忍びで観光は絶対無理だ。

「カイ・ラシュも誘いたかったんですけど」

「……正気か？」

「え、私たち友達になったんですよ？　聞いてないんですか？」

「……交流があったのは聞いていますけど」

「同じ年の友人というのは人生にとても大切ですよね」

「…………」

ちょっと情緒が心配なところもあるけれど、同じ宮殿住まい、これから色々仲良くできたらいいな！　と私が前向きに言うのをイブラヒムさんは胡乱《うろん》な目で見てくる。

「よくそんな言葉を吐けますね。彼が望んで貴方が鞭打たれたのでは？」

癇癪を起こす子供。王族で、他の人間の手には負えないところのある厄介者。関わっても面倒しかない、というのがイブラヒムさんのカイ・ラシュに対しての評価なのだろう。

「そういう者と関わろうなどとは」

「関わると面倒、厄介という意味では私もそう変わりませんよ」

「…………貴方に関わっているのは、成り行きです」

「そうですか、ありがとうございます」

お礼を言うとイブラヒムさんは嫌そうな顔をした。

それから私はイブラヒムさんの案内でローアンの都を観光する。

区画がきちんと整備されているので、市街地と商売エリアははっきり分かれている。当然、お城に近いエリアは富裕層の暮らすエリアで、そういった人たち御用達の高級店が立ち並ぶ。

庶民エリアは露店なども多く出ていて、買い食いしたいと言うと「戦時でもないのに屋根と椅子のない場所で食事など嫌です」と拒否された。

ここで兄妹設定を生かして駄々を捏ねた。『初めてのローアンで我がままを言う小さな妹さん』と『初めて二人でお出かけして緊張しながら妹を躾けるしっかり者の兄』だという周囲の人たちに温かい眼差しを向けられるのを耐えきれなくなったイブラヒムさんが焼き鳥のようなものを買ってくれた。

「味が濃いですね」

「でしょうね。こうした屋台の料理は肉体労働をする者が購入するのです。塩気の強い、味の濃いものが好まれるのでしょう」

「次は何か甘い物が食べたいですお兄さま」

「ふざけるな置いてくぞ」

イブラヒムさん、時々素が出ますよね。

初見は眼鏡をかけたインテリイメージでしたが、今は元ヤンが一生懸命真面目に振る舞っているように見えてきます。不思議。

しかし口ではそう言いながらも私を置いていくことのないイブラヒムさん。

私がとてとてと少し早足でついて行ける速度で、手でも繋いでくれたら楽なのだが、それはやはり嫌がられた。

「それで、次は、商人でしたか」

「はい。良さそうな商人の方がいたら、仲良くしておきたいと思いまして」

「……あの毒芋なら政府の政策の一環で生産を命じれば良いのではないですか？」

「それも是非、行政としてお願いしたいんですけれど、それだけだと弱いと思うんですよね」

私が街に出たいとお願いしたもう一つの理由はこれだ。

毒芋危なくないヨ！　お金になるヨ！　は、イブラヒムさん曰く、今のところめぼしい産業のない街や村に政府の命令で育てさせ数の確保が可能だという。

ただ、それだけではだめだ。

富裕層で、また都市の住民の間にも流行って貰わないとザックザクお金は稼げない。

政府だけでなく、商人の方々が「これは金になる」と商品として扱って頂けるようにならないと。

「商人に何をさせるんです？」

「それは、アグドニグルで最も――のある、皇帝陛下に――して頂いて、――を、――して。――すると、単純に考えて……どうです？」

ここぞ、と私はイブラヒムさんの服を引っ張りかがんで貰って耳打ちした。

「…………本気か？」

「どうです？　イブラヒムさんから見て、上手くいくと思いますか？」

驚くイブラヒムさんに私が問いかけると、一瞬イブラヒムさんは面白そうに口元に笑みのようなものを浮かべ、そしてすぐにそんな顔を私の提案でしてしまったことを嫌がり、いつもの顰めっ面に戻る。

「そうですね、それは中々…………興味が、あります」

＊

「そうそう。折角ですから、是非シュヘラザード様にご案内させて頂きたい場所があります」

「嫌な予感しかしませんね??」

屋台で水分補給も済ませ、次はどこへ行こうかと聞いてみるとイブラヒムさんがにっこりと、微笑んで提案してくださいました。私のことを好いていない人間のこの態度は胡散臭くて仕方ない。断りたいところだが、今回のローアン観光の主導権はイブラヒムさんにある。

嫌な顔をする私を全く気にせず、イブラヒムさんは歩き出した。

……正直、私の体、体力は戻っていないし背中は痛いしで本調子ではないのだけれど、配慮のない賢者さまである。

「この辺りは治安も悪いですからね、私から離れないように」

「……なんです、ここ？」

「奴隷市場ですよ」

今まで歩いて来たのは舗装された道に、綺麗に清掃が行き届いた街並みだった。それが打って変わって、薄暗くじめじめとした雰囲気のあまり長居したいと思えない場所。

木箱の上に腰かけているのは片脚のない中年男性で、その首には鉄の首輪がついていた。腕には火傷らしいあとがいくつも残っている。私とイブラヒムさんの方を見て「金持ちの家の子供だろう」と判断すると愛想よく声をかけてくる。

「そこの旦那さまにお嬢さま。奴隷をお求めですか？　自分なんてどうでしょう。足はこの通りですが、義足を作って頂ければその辺の軍人より戦えますぜ」

また別の、子供連れの女性も私たちに近付いてきた。

「お嬢さまの遊び相手は如何《いかが》です？　この子は我慢強くて、お嬢さまのどんな遊びにも笑顔でお付き合いさせて頂きますよ」

「……え、えっと、あの……」

「一々相手にする必要はありませんよ。行きますよ」

奴隷市場って……こんなにフリーダムなものなのか？　私は戸惑った。なんとなくのイメージでは、奴隷は地下とか檻に入れられて、奴隷商人が管理して売りに出されるもの、買い手を見つけられて引き渡されるもの、と思っていたのだけれど……。

「あぁいう連中は自分で奴隷になった者たちです」

「……自分で？」

「奴隷には種類がありましてね。――貴方は、卵や油の特性は知っているのに、こういうことは知らないのですか」

呆れるため息を一つ。イブラヒムさんは群がってくる奴隷たちを睨み付けて退けると、私をぐいっと、引き寄せた。

「彼らは他国からの流れ者です」

アグドニグルでは自分から奴隷になることを選択した他国の人間は、皇帝陛下の財産という扱いになり最低限の生活を保障されるという。

納税の義務はなく、奴隷市場の区域で衣食住を提供される。そこから国内全域へ奴隷として売られ主に男性は肉体労働、女性や子供なら軽作業用という扱いで、単純な「労働力」として扱われるらしい。

「皇帝陛下の財産であるゆえに、選択奴隷たちに対して不当な扱いをした者は罰せられます。彼らは、そうですね……負傷し、夫や家族を失い、他国では生きられなくなった者、国に見捨てられた者の末路、と言えるでしょう」

「……どうして、自分から奴隷になるんです？」

奴隷という単語は、どう聞いても良い身分だとは思えない。私はレンツェの国民の奴隷化を阻止するためにこの国にいるわけで、自分から望んで奴隷になっているという人たちがいるのは……あまりに、想像を超えた世界だ。

「一番楽だからですよ」

「……楽？」

「わかりませんか？」

楽だから。

……奴隷になるのが？

私はもう一度、周りにいる奴隷だという人たちを見る。

誰もが首や手足に鉄の拘束具をつけている。服は私がレンツェで着ていた物よりマシだけれど、お世辞にも上等だとは言えない、簡素なもの。

年齢や種族様々、性別も男女どちらも同じくらいの人が奴隷になっていて、管理職だと思われる身なりの良い若者たちに必死に頭を下げ、短い言葉で軽く扱われている。

「……楽な生き方には、見えませんが」

「貴方にはそうでしょうね。しかし、世の中には、自分から仕事を見つけ、居場所を作り、他人と関わって生きていくより、奴隷になることを選ぶ者もいるのですよ」

「……」

皇帝陛下の御名により、命の安全と最低限の生活は保障されている。主人に仕え、望まれることをただ行えば、生きていける。

「片脚を失った者が人並の生活を取り戻そうとすればどれほどの努力が必要か。夫のいない女が子供を育てるのに、どれほどの苦労が必要か。それをするより、奴隷になった方がマシだと、そういう者が、アグドニグルで奴隷になることを選ぶのですよ」

「……普通、国の支援とか、あるのでは?」

「ええ、もちろんです。国家とは、国民の生活を守るために存在する機能であるべきですからね。例えば我が国は職業軍人が負傷した場合、恩給が支払われます。軍内あるいは国の機関での再就職、仕事の斡旋も行い、生活支援に関してかなり力を入れているつもりです。寡婦や戦争孤児に対しても同様に遺族年金制度もあります。しかし、彼らはアグドニグルの民ではありませんからね」

他国にはそういった支援制度がなかった。あるいはあったとしても、彼らはそれより、アグドニグルで奴隷になることを選んだと、イブラヒムさんは再び言う。

「そして次に、あぁ、彼らと目を合わせないように」

イブラヒムさんが入ったのは大きなお店だった。体躯の良い人が何人もいて、イブラヒムさんに頭を下げる。支配人らしい人が慌てて出てきて、挨拶をした。

「これはこれは……当店に、何かお求めで?」

「犯罪奴隷というものはどういうものか、妹に教えてやりたいと思いましてね。見学だけで申し訳ありませんが」

そっと、イブラヒムさんは拳《こぶし》ほどの大きさの袋を支配人さんに渡した。金属のぶつかる音。賄賂ですね、と私でもわかる。

支配人さんは袋の中身を確認することなく、にっこりと微笑む。

「えぇ、えぇ。妹様思いでいらっしゃいますね。当店の商品は安全性と品質に関して間違いはございません。ぜひ、えぇ、ごゆっくりとご見学ください」

＊

犯罪奴隷、というのはその名の通り犯罪者が刑罰として奴隷になった場合を指すそうだ。犯罪者全てが奴隷になるというわけではなく、それ相応の裁判を経て、とのことだけれど、主に殺人者や重罪人が多いという。

案内されたのは私が想像した通りの、地下室。牢の中に鎖で繋がれた人たちが入れられていて、私たちが下りて来たことにこれといって目立った反応は示さない。

無気力、と言っていいだろう。

「犯罪奴隷を買う者は単純に消耗品として「命」を欲する場合です。使い捨ての肉の盾とかですね」

「……使い捨て、ですか？」

「鉱山の肉体労働などにも送られることもありますが……我が国では労働法がありますので、他国のように苛烈過酷な環境ではないのです。むしろ単純労働なので学のない選択奴隷に人気なんですよ」

「ええええ……」

「それに考えてください。シュヘラザード様でしたら、犯罪奴隷と先ほどの上の選択奴隷、どちらを雇用したいですか」

え、お給料出るの？　と驚きだが、出るそうだ。もちろん正規の金額よりずっと少ない（奴隷の主人は奴隷の購入費と、年間使用料を国に収める代わりに、奴隷の賃金は正規の雇用の十分の一以下で良いということになっているそう）。

雇用主として、犯罪者は扱いづらい。

上にいた人たちは皆わけありだそうだけれど、犯罪者よりマシな気もする……な？

単純な、安全な労働は全て選択奴隷の人たちが担うのなら、犯罪奴隷に割り振られるのは命の危険の高い仕事ばかりになる。それは、当然だろう。

いかん、感覚がマヒしてきた。

私はくらくらとする頭を押さえ、もう一度牢を眺めた。

牢の隅で無気力に縮こまる犯罪奴隷たち。全員が男性だった。女性は犯罪奴隷になるまでの犯罪を犯すことがほぼなく、また稀にいたとしても「何をしてもいい女」として金持ちが即座に購入するそうだ。

牢の中の犯罪奴隷たちはただ何をするわけでもなく、何の役目もなくただ生かされているだけの日々。いずれ買われて、消耗品とされる。死ぬことしかもう目的のない者たち、というわけだ。

「……レンツェの人たちは、犯罪奴隷になるのですか？」

「いいえ、貴方の国の者たちは戦争奴隷。戦利品として、人権のない無給で酷使してよい「物」という扱いになります」

選択奴隷のように最低限の生活を保障されることもなく、犯罪奴隷のように裁判を経て「自業自得」の末に奴隷になった者たちとも違う。

ただ国の選択に巻き込まれただけの者たちが、容赦なく「物」として扱われる。

イブラヒムさんが私をここに連れて来た理由。

奴隷というものがどういう扱いを受けるのかを、言葉ではなく実際に見せて教えようという意図なのだろう。

「戦争奴隷は市場に出回ることはありません。国の労働力として各地に派遣、あるいは元の場所での肉体労働につかされるでしょう」

私はこれまでぼんやりと、国民が奴隷化する、というおぼろげなイメージを持っていた。

イブラヒムさんはそれをはっきりと形にする。

レンツェの管理はアグドニグルの役人たちが行い、レンツェの人々の財産は全て没収され、レンツェの人間に求められるのはただ「労働力」のみ。農耕用の家畜のような、そんな存在になる。

私はあの城の外を知らない。

けれど、レンツェの人たちにだって想像した未来や、願いや夢があったはずだ。生活があって、例えば将来どんな仕事に就きたいか、考えて努力していた人。誰かと結婚しようと用意をしていた人もいただろうし、懸命にお金を貯めてどこかへ行こうとしていた人もいたかもしれない。

そういう人たちの「人生」が全て、レンツェの始めた戦争で。レンツェの王族のしたことの結果で、全て、何もかも台無しにされてしまったのだ。

＊

俯く私を黙って地上に連れて行ったイブラヒムさん。私が落ちこんでいる、あるいは悩んでいるとでも思ったのかイブラヒムさんにしては歩調がゆっくりだった。

支配人さんたちにもてなされ、歓談している間も私はずっと黙り続けていた。

そして、支配人さんに丁寧に送り出されたところで、私はイブラヒムさんの服の裾を引っ張る。

「とりあえず、最初に売り込みに来たおじさん、おいくらですか?」

「買うんですか!?」

「え、だって……ひやかしはよくないですし……」

折角来たんだし……誰か買っておかないと……。

「……貴方これから、奴隷を解放するために陛下とやりあうんですよね?」

「そうですけど？」

「なのに奴隷を買う、と？　……彼らに同情したのですか？」

「え、選択奴隷の人たちは自分たちで選んだわけですし……そもそもレンツェの人間じゃないので、私の救済対象外ですけど……？」

私のこと、慈悲深い聖女かなんかだと思ってるんですか、まっさかー、という顔をするとイブラヒムさんがひくり、と目じりをひくつかせた。

何やらぶつぶつ文句を言っているイブラヒムさんを放って、私は木箱の上に腰かけているおじさんに話しかける。

「こんにちは」

「こんにちは、お嬢さま。良い奴隷はいましたかい？　あんたくらいの年の子なら、遊び相手を選びに来たのかねぇ」

スキンヘッドの中年男性。片足は膝から先がないけれど、その他の体には筋肉がついている。まだ選択奴隷になって日が浅いのか、それとも鍛錬を欠かさなかったのか。

「私はシュヘラザードと言います。おじさんは？」

「マチルダさん。あなたの購入を検討しているのですけれど、少しお話よろしいでしょうか？」

「マチルダだよ」

「…………は？」

ごつごつとした顔に似合わぬ可愛らしいお名前の、マチルダさんは目を見開き、そして渋い顔をした。

「お嬢さま、大人を揶揄《からか》うもんじゃありませんよ。そういうことを、ここで言っちゃ、いけませせん」

「本気です」

「……なんであっしなんで？」

「最初に声をかけてくださったので、ご縁ですね」

「……」

不審がられて警戒されている。無理もない。私はできるだけニコニコと、人畜無害な幼女の顔で話をする。

「利き腕は左手ですか？」

「……そうですが」

「もしかして、以前は何か……火を使うお仕事をされていたのでは？　それも、随分長く」

「……どうして、それを」

不信感が、素朴な疑問に変わってきた。瞳に、私に対して「揶揄ってくる金持ちのガキ」から「自分のことを知っている？　不思議な子供」という興味のある色が浮かんでくる。

「……生まれはフランク王国の、パン屋の倅《せがれ》でした。父親の跡を継いでパン職人になりましたが
……」

「マチルダさんの腕の火傷の跡は、戦闘や拷問でつくものとは違います。同じ場所ですから、窯や、

熱した鉄板が触れたりしてついたのではありませんか？」

「……なるほど、腕を突っ込むのは利き腕だ。左腕に多くついてりゃ、左利きだとわかるわけか」

パン職人がなんだって片脚を失うことになったのか。フランク王国は徴兵制で他国との戦争が起きた時に、マチルダさんも兵士として参加し、そして負傷した。

お店は妹とその婿がやっていくこととなり、最初はそれなりに頼られて『兄さんはここにいていいのよ』と言われていたそうだ。

「……いていい、だなんて、そもそもおかしな話でしょう？　あっしの店で、あっしの……いや、これは、お嬢さまに言うようなことじゃ、ありませんね」

「嫌なことがあったら吐き出していいと思いますよ」

「……奴隷相手に妙なことをおっしゃる」

へらり、とマチルダさんが笑った。笑うとえくぼができる。

「妹夫婦が店をきりもりできるようになりますとね、あっしは邪魔ものですよ。平民の買える義足は手入れも大変ですし、あっしもまだ片脚に慣れねぇで、夫婦の手を借りなきゃ着替えやしょんべんもできやしねぇ。そりゃあ、お荷物だったでしょう」

妹に子供ができて、生まれて『兄さん、悪いんだけど……』と、言いにくそうに言われたのは使っている一階の部屋を明け渡して欲しいということ。

マチルダさんは階段の上り下りができないから、一番広い一階の部屋を使っていた。そこを出産した妹と子供が使いたいという。

マチルダさんは黙って明け渡した。既に、居候は自分だったと言う。

二階の部屋で、一日中閉じこもっていたそうだ。

物音をたてて赤ん坊を起こしてしまわないように、迷惑をかけないように、邪魔をしないように、息をひそめて、排せつは壺の中に。食事は売れ残ったパンが夜になると部屋の前に置かれるので、そっと部屋に持って行く。

「で、こりゃ駄目だと思いましてね。アグドニグルっちゅう外の国、あそこなら奴隷であってもそう酷い目にはあわないと、そう聞いてツテを使って、人買いに身を任せたわけですわ」

自分を売ったお金は妹の出産祝いに渡したと、マチルダさんは笑って言う。

「妹にまとまった金を渡してやれてよかったよ」

「……」

潰れないかなー、そのパン屋ー、潰れないかなー、と私は話を聞きながら心底思っていたけれど、
マチルダさんは気にしていない様子。

でも、潰れないかなー。

「こっちに来る間に、アグドニグルの兵士は待遇も良いと聞きやしてね。選択奴隷が兵士になれるのかわかりませんが、体も鍛えて置いて損はありませんから。しかし、まさか、お嬢さまのような子供に声をかけて頂くとは……本当に、ひやかしじゃないんで？」

「いけませんよ」

「あ、イ……お兄さま」

マチルダさんと私の会話に割って入って来たのは、当然イブラヒムさん。

「そもそも貴方、お金なんて持っていないでしょう」

「ほら、お嬢さま。お兄様のおっしゃる通り。さぁさ、早く家にお帰りなさい」

「今の話を聞いて、ハイさようならはちょっと……」

「どうせ同情を買うためのでまかせ、作り話です。選択奴隷にはよくある嘘ですよ」

憐れませて買わせる。同情するような主人は人が好《よ》いから、待遇も良いだろうという打算で作り話をすることはよくあるそうだ。

「作り話ならいいんですよ……潰れるべきパン屋はなかった、ということですから」

「潰れ……いやいや、あっしの妹の店を潰されちゃ困りやすが……」

多分本当の話だろうと私は思う。

そもそも幼女に嘘を言ってどうなるのか。揶揄っていると思ったから揶揄い返した、というのもあるにはあるが、マチルダさんはそういうタイプではなさそうだ。

「お兄さま買ってください」

「嫌ですが？」

「そこをなんとか、したほうがいいと思います」

お高いんですか？　と聞いてみると、マチルダさんは「働ければいい」タイプで、金額は一番安い価格帯だそう。お値段、なんと屋台の焼き鳥十本と同じくらいのお値段。

「貴方に私を脅せるのですか？」

ふん、とイブラヒムさんが馬鹿にするように鼻を鳴らした。

この場の決定権、主導権は自分だという高圧的な態度。

私は困ったように頬を片手で押さえ、小首を傾げる。

「具体的にはヤシュバルさまに『イブラヒムさんが犯罪奴隷のいるところに、まだ鞭打ちの傷も心の痛みも回復していない私を連れて行って、レンツェの奴隷化についてご教授してくださいました』って報告します」

＊

「毎度お買い上げありがとうございます。是非今後ともどうぞ御贔屓《ごひいき》に」

口ひげが特徴的な支配人さんの丁寧なお見送りを受けて、私たち三人は奴隷市場を後にした。

「いやぁー、有意義な体験でした。社会見学、大切ですね！　とっても勉強になりました！」

本当はローアンの有名な商会など訪ねてみたかったけれど、良い収穫があったので今日は（私の体力的に）ここで切り上げるべきだろう。

帰りの馬車の中。私の隣にはイブラヒムさんがぶすっとした顔で頬杖をつき、窓の外を見ている。

私の向かい側にいるのはマチルダさん。戸惑うような顔をして、所在なさげに大きな体をぎゅうっと、できるだけ小さくしようと身を縮めている。不自由な片脚は、奴隷市場の支配人さんがサービス、とかで義足をくださった。義足を使っていたことはあるようで、やや不慣れながらマチルダさんの歩行は安定していた。

「……」

「あの……お嬢さま。あっしは、いったいこれから……いや、そもそも、なんだって奴隷を同じ馬車に乗せて……それに、この馬車……金持ちの商人、っていう以上の、貴族の持ち物じゃあ、ございませんか？」

私とイブラヒムさんの間に会話が一切ないので、耐えきれなくなったのか、それとも驚きが薄れて段々と恐怖が募ってきたのか、マチルダさんが質問してくる。

「……このお方はさる王国の王女殿下であらせられる。私は彼女の付添人として街に出たイブラヒムと言う」

「イブラヒム……さま……？　もしや、あの……三大賢者の……」

「他国の者であってもそのくらいの知識はありますか」

ふん、とイブラヒムさんが鼻を鳴らした。マチルダさんの同乗を嫌がったイブラヒムさんの態度は冷たい。

「ある程度の頭がある者なら身の程を弁えるくらいして貰いたいものですね。王女殿下は幼くていらっしゃる」

意訳すると、私は世間知らずなので奴隷と一緒の馬車に乗ったり対等に会話しようとするだろうが、マチルダさんは奴隷の自覚があって心得ているのなら、未熟な主人が何を言おうときちんと立場を弁えろ、ということである。

「も、申し訳、ございません」

サッ、とマチルダさんの顔が羞恥心から赤くなった。頭を下げようとするのを、私が止める。

「マチルダさんの主人は私です。なので、イブラヒムさん、教育的指導はご遠慮ください」

「奴隷を持つ者になったのです。それも貴方が自ら望んで。そうであれば、そのように、相応しい振る舞いをなさって頂かねば困ります」

「マチルダさんには一緒に来て頂いて、早々にやって頂きたいことがあるんです。一緒に馬車に乗って説明をした方が効率的じゃありませんか」

「お嬢さま、賢者さまのおっしゃる通りでございます。あっしは奴隷、奴隷は奴隷らしい扱いってものがございます」

私がイブラヒムさんと口論になると思ったのか、マチルダさんが申し訳なさそうな顔で言ってくる。自分のことで貴方が賢者さまと争う必要などありません、と困ったような笑顔で訴えてくる。

「お嬢さま、ではなく私のことはシェラと呼んでください」

「シェラ様?」

「はい。ヤシュバルさま、これからお会いする、第四皇子殿下がつけてくださった名前です」

「お、皇子様!?」

私が王女だということにも驚いてくれたものの、アグドニグルの皇子様の存在はそれ以上の驚きを示してくれた。大きく眼を見開き、そしてぐっと、膝の上に置いていた両手を握りしめる。

「……お嬢さま、いったい、あっしに何を……?」

「シェラです」

「シェラ様……」

「いいですか、マチルダさん。私のことは、絶対にシェラと呼んでください。私をシェラと呼ぶ人は、私が好きで、そして私のことを好きな人です。私を好きな人のことを、ヤシュバルさまは疎んだりなさいません」

ヤシュバルさまは、私を奴隷市場に連れて行ったイブラヒムさんのことを怒るだろうとは私にでもわかること。マチルダさんを連れ帰れば私が言わずともこの事実はバレてしまう。なのにイブラヒムさんは私のためにマチルダさんを買うしかなかった。

なぜなら、買わなければ私は素直に報告するけれど、買って頂ければ、ヤシュバルさまに私が無理を言ってイブラヒムさんに頼んだ、という話をするからだ。

「……皇子様と一緒にいらっしゃるお嬢さま……シェラ様が、あっしのような奴隷を買ったこと、皇子様はお叱りになるんじゃありませんか？」

「それはありませんね」

と、答えたのはイブラヒムさん。

「第四皇子殿下はシュヘラザード様を善良で真心のある保護対象だとお考えになられていますから。貴方のような、見るからに……見目も悪く学もない、買い手もつかなそうな年のいった奴隷を連れ帰れば、シュヘラザード様が同情されたのだろうとお考えになられるでしょう」

「イブラヒムさんってまず相手を馬鹿にしないと喋れないいんですか？」

「人が最も不快に思うのは事実の指摘だそうですね」

流れるような皮肉と悪意のオンパレードである。私にやり込められたのが気に入らないのでしょう。まぁ、お金を出して頂いた身、私に関しての悪口なら放っておきますが、マチルダさんをどうこう言うのはよろしくない。

友達いないんだろうなぁ、イブラヒムさん。

＊

（一体……何が、どうなっているのか……）

奴隷の証の首輪だけはそのまま、粗末な服はこれまで故郷にいた頃でさえ着たことのないような上等な服に替えられた。良い服で恐縮していると、着替えを手伝ってくれた女が「それは使用人の服です」と言う。

連れて行かれたのは、本当に、王宮だった。

紫陽花宮の、氷の皇子の噂は奴隷であるマチルダとて聞いたことがある。アグドニグルは大陸を征服しようとしている侵略国家ではあるが、半面、北の地の魔族から人間を守る剣であることは子供だって知っている。

その大陸の覇者の懐刀と呼ばれる皇子。凍てつく氷は吐く息さえ凍らせ、戦場は絶対零度の氷の世界、誰も彼もを物言わぬ氷の像に変え砕いて道に敷き詰めると言われていた。

その皇子殿下の宮に滞在しているという、マチルダのご主人様。白い髪に砂色の肌の、異国の幼女。黄金の瞳をきらきらとさせて、賢者相手に物怖じしない勝気なご様子。

マチルダが紫陽花宮に連れて行かれると、宮の入り口に立っていた黒衣の男が駆けてきた。真っ白い顔に、作り物のように整った顔。黙っていれば女どもが黄色い声を上げるのさえ躊躇われるような品の良さのある男が、マチルダの目からも気の毒なくらい狼狽えて駆け寄ってきて、お嬢さま、ご主人様、シェラ様を抱き上げた。

立て続けにおっしゃっていた言葉は、熱が出るとか、まだ歩くのは無理だ、だとか、なぜ自分に声をかけなかったとか、そういうものばかり。腕に持っていた分厚い毛布でぐるぐると、シェラ様を包み込んでしまわれる。

シェラ様の兄君か、それともお若く見えるが父君だろうか。そんなことを思った一瞬、けれどこの、過保護で心配性な男が第四皇子殿下であると知り、マチルダはただただ驚いた。

そうして、自分はそっちのけで皇子殿下はシェラ様を抱えて奥に行かれてしまい、マチルダはシーランという女性に身なりを整えるように言われた。

身支度を終えると、シェラ様が呼んでいるとかで別の部屋に連れて行かれる。

「いきなり一人にしてすいませんでした」

「いえ……あっしは別に……」

そこは寝室のようだった。毛の長い絨毯に、煌々と燃える暖炉。天蓋付きの大きな寝台にちょこん、と押し込められているのはマチルダのご主人様のシェラ様だ。

「シェラ様、あっしにはこのような場所は……あまりにも場違いすぎます。何のお役にも立てないでしょう。どうか、あっしを元の場所に戻してください」

「まさかの辞職希望……せ、せめて……試用期間を……」

マチルダの申し出にシェラは困ったような顔をした。

シェラの枕元に椅子を持ってきて座っているのは第四皇子殿下。奴隷が主人の寝室に入ってきたこと、直接言葉を交わしていることを、皇子殿下はどのように思っていらっしゃるのか。先ほどとは打って変わり、無表情であるので何もわからない。

マチルダは恐ろしくなった。

なぜ、なんだって自分が王宮に住んでいる王族を主人に持つことになったのだろう。奴隷市場にひょっこりとやってきた身なりのよさそうな男女。本気で買って貰おうと思って声をかけたわけでもなかった。奴隷を初めて見るかもしれない少女が、奴隷市場に悪い印象を持たないように気安い言葉を投げただけ。緊張していた顔が笑顔になるのを見たかっただけ。子供は笑っているべきだと、そう思っただけ。

王宮に住んでいる人間に自分がしてやれることなんか何一つないだろう。

マチルダは故郷でのことを思い出した。

役に立たない、居場所のない惨めさをよく知っている。ただ息をするだけの、物を食べて下から出すだけの肉の袋に成り下がった、あの気持ち。最初は好意的に接してくれている人たちが、自分を無能無価値厄介者と、疎んでいくあの変化がどれだけ恐ろしく、苦しいものか。

（賢者さまは最初から、あっしを無能で無価値と、そう、思ってくれていらっしゃった）

あの視線こそが正しいのだ。

マチルダは奴隷市場でそれなりに上手くやっていた。

買い手はいなかったが、あの区域の雑用や相談事なんかを聞いて、そこそこ、上手くやっていたのだ。

王宮で、王族に気紛れに買われるより、あのままあの場所にいた方が良い。

「どうか、お願いいたします。シェラ様、いいえ、お嬢さま」

必死に頭を下げて懇願する。

皇子殿下も一緒でいらっしゃるのだ。きっと自分の訴えは「当然」だとそうご判断頂けるに違いない。マチルダは答えを待った。

「あの……とりあえず、パン……焼いてくれませんか……食べたいので……そもそものために、買ったわけですから……」

暫《しばら》くの沈黙の後、返ってきた言葉はマチルダの劣等感も何もかも、まず一旦置いておこうという、あまりにも配慮のない言葉だった。

3　熱々チーズとろとろピッツァ!

正直に言おう。

私は大変、ストレスを溜めていた。

前世の記憶を思い出してからの過酷な出来事の連続に、自分自身が一体前世日本人の自意識が中心なのかそれともこの世界の住人としての意識が主なのか、定まらない不安定さ。

その上、王族としての振る舞いを求められたり、理不尽な状況に陥っても「なんとも思ってません」というような顔をし続けて、何も感じていない、わけないだろうと言いたい。

そもそも私が幼女の意識だったらとっくに発狂しているだろう数々。

前世の記憶の、それなりに惨めな人生経験があったから「まぁ、そういうこともある」と心を殺すことに慣れていたけれど。

加速するストレスは留まるところを知らないね！

「なので今から、私が望むのは……私のための私がプロデュースする私が食べたいお料理ですッ！」

寝室に押し込められた私に提供されるのは常に消化の良いお粥や果物、それに乳製品である。

アグドニグルの主食は麺や蒸した饅頭《まんじゅう》のようだ。お米もあるにはあるが、炊いて食べる文化はなく、お粥にして食べる。

不味くはない。むしろ宮廷料理人の方々がヤシュバルさまに命じられて作ってくださったお食事は病人食とは思えないほど美味しい。美味しいが、美味しいけど、私はもっと、がっつり食べたい。沈んだ顔をするマチルダさんのご事情やお気持ちを考慮したいとも思うのだけれど、それよりも！

「チーズとかたっぷり載った……トロットロのッ、ピッツァが！　ピザが！　食べたいのです！」

もっちりとした歯ごたえに、トマトソースの濃厚さ、トッピングは茄子でも鶏肉でも野菜たっぷりでもなんでも可！

とにかく私は今……ッ！

「焼いた小麦製品が食べたいッ！」

「はーい、シェラちゃん。力説するのはいいし、一生懸命なのも可愛いけどねー、その前にまず、君は反省しよう？　ちゃんと叱られよう？　ね？」

ベッドの中で訴える私に突っ込みを入れたのは、スィヤヴシュさん。手には革の鞄。入り口に立っていてシーランに迎え入れられる。親子関係な二人だけれど、仕事中なので二人の間にそれらしい表情は浮かばず使用人と、本殿付きの心療師という態度だ。

「スィヤヴシュさん、こんにちは」

「はい、シェラちゃん。こんにちは。君ねぇ、殿下の執務中に殿下の許可なく紫陽花宮を出て行ったら駄目だろう？」

にこにことしているスィヤヴシュさんだが、声には咎める響きがあった。すぅっと、冷えるような声に、私はびくり、と強張る。

「スィヤヴシュ」

「ヤシュバル殿下、甘やかさないように。さっきまで止める俺を凍らせてまで街に降りようとするくらい心配だったんだから、ちゃんとしないといけませんよ」

「……無事に戻ってきたのだから、もういい」

「よくないよねー、シェラちゃん、きっとまたやると思うんだよねー」

……はい、やりますね。また街に降りようと思っていました。

私は反応しなかったが、心の中ではがっつり頷く。スィヤヴシュさんもそれがわかったようで、にこにことした顔のまま、小首を傾げる。

「シェラちゃんもね、イブラヒム様が一緒ならいいと思ったんだろうけど……駄目だからね？　君は問題を起こしたばかりで、今は療養中というより謹慎中って考えて欲しかったな。それに、そもそも君はレンツェの王族なんだから、扱い的には囚人だと自覚してくれないと困る」

「スィヤヴシュ！」

パキンッ、と、スィヤヴシュさんの顔があった空間が凍った。既《すんで》のところでスィヤヴシュさんが一歩後ろにのけぞり、事なきを得ている。

「スィヤヴシュ。下がれ」

「殿下」

「下がれ」

「……ちゃんと言い聞かせてくれよ、ヤシュバル。僕はもうシェラちゃんの背中に傷が増えるのは見たくないからね」

ヤシュバル様に二度言われて、スィヤヴシュさんは頭を下げた。口調は素のもの、ご友人としての言葉なのだろうとわかった。

私は申し訳なくなり、スィヤヴシュさんに謝罪をしようとするが、目の合ったスィヤヴシュさんは無言で首を振る。それは自分には不要だ、という意味。

「……ヤシュバルさま、ご心配をおかけして申し訳ありませんでした」

「……」

スィヤヴシュさんが出て行く前に、私はヤシュバルさまに頭を下げる。

「……君が悪いわけではない。イブラヒムが君を連れ出したのだから」

「いいえ、イブラヒムさんには私が頼みました。私が無理を言ってお願いしたんです」

「……イブラヒムが君のお願いを聞くとは思えないのだが」

それはそうだ。

私に好意的、ではない人だとヤシュバルさまもご存知。

「脅したんです」

「……脅し、なんだって？」

「はい。私が、背中の傷が痛いなーって、すっごく痛くて死んじゃいそうだなーって、いや、あの、ヤシュバルさま、嘘ですよ!?　今現在は痛くはないですから、そこ！　慌てないでください！　スイヤヴシュさんさんも鞄から薬出そうとしないで！」

二人ともステイ！　と、私は両方向から来る二人に両手を広げて待ったをかける。

「つ、つまり……わ、私は卑怯にもイブラヒムさんが私を鞭打ったのを逆手に取って……街に連れて行ってくれないと痛くて恨みますーと……脅したのです」

「あぁ、それならば仕方ないかなぁ」

「あぁ、それなら仕方ないいかなぁ」

うんうん、と二人は納得される。納得するんですか、それで。

ええぇ、と私は単純さに驚きつつ、ぺこり、とまたヤシュバルさまに頭を下げた。

「なので、ごめんなさい。街を見てみたくて我がままを言いました」

「……」

「ほらほら、ヤシュバル、ちゃんと叱らないと」

「……今後は、」

「そうそう」

「今後は、イブラヒムではなく、何か頼み事があるのなら私に言いなさい」

「違う！」

突っ込みを入れ続けるスィヤヴシュさん。疲れません？

「君の保護者は私なのだから、君は私を頼るべきだ」

「ヤシュユバルッ、君ねぇー！　そういうことを言ってるんじゃないんだよなぁ、僕はぁ！」

違うよ！　とヤシュバルさまの胸倉を摑む（不敬）スィヤヴシュさんを完全に無視して、ヤシュバルさまは言葉を続けた。その状態で無視できるってすごいですね。慣れてるんですか。

「あ、あのう……あっしは、いったいどうしたら……」

「あ、マチルダさん。いましたよね、そうそう、いましたよね」

部屋の隅っこで小さくなっているマチルダさん。この状況で放置され続けどうしたものかと困り切ったお顔でいらっしゃる。

私はぽん、と手を叩き、こちらに来て欲しいと手招きをする。

「ピザ作れますか？」

「ぴ、ぴざ？」

「強力粉と薄力粉に塩とか油とか混ぜて、イースト菌……は、ないかな。とにかく、発酵させて、薄く伸ばして焼くパンです」

「あっしはフランク王国の、長細いパンや巻きパンなんかしか作ったことがありませんが……」

ピザ生地はないらしい。そうかぁー……。でも作り方は私が知っているし、大丈夫だろう。

必要なのは……幼女の体力や小さな手ではなく、パン職人の腕だ。

私はマチルダさんにあれこれと説明をしてみる。

「……なるほど……それなら棒で伸ばすより遠心力を使った方がようございますね」

先ほどまで居心地の悪そうだった様子が、打って変わって、真剣な顔つきになる。

「二種類の粉を混ぜるのは薄く伸ばせるようにするためでございやすね」

「あ、はい。なんだったか、グルテン？　とかが、関係するとか」

「あっしは学がないもので、細かいことはわかりやせんが……強力粉は弾力がよく出る粉でございましてね。ただそれだけですと伸びませんので、薄力粉を混ぜ合わせると、強さが弱まって伸びるのでしょう」

「な、なるほど……」

「平たく伸ばして上にあれこれ具を載せる、その上パン生地はふっくらとさせたままというのでしたら、空気が潰れないように棒ではなく、空中で回して伸ばすのがよろしいでしょう」
パ、パン職人すごぉい……私のわやわやな説明で、ピザ回しにまで行きついてる……。
もしかして、マチルダさんってかなり腕のいいパン職人さんだったんじゃないか……？

思わぬ買い物とはこのことか。

「……なるほど、なるほど。シェラ様の小さい手では難しいでしょう。それにアグドニグルの料理人も、麺はよく伸ばせるでしょうが、パン生地じゃあ勝手が違いますからね」

「作ってくれますか？」

「あっしは役立たずじゃないと、思い出したくなりましたよ」

スキンヘッドをぺちりと叩いて、マチルダさんは苦笑する。

私は隣にいるヤシュバルさまの手を握ってお願いした。

「ヤシュバルさま、ここでピザを作りたいので……道具一式用意して貰ってもいいですか？」

「……ここで？」

さっき頼ってって言われたので、早速頼ってみます。

ヤシュバルさまは「ここで……？」と二度瞬きをされてから、口元に手を当てる。

「……私も参加してもいいだろうか？」

「……私は、ヤシュバルさまも一緒にやって頂けるのなら面白……楽しいと思います」

「その流れだと僕も参加していい？」

……皆でピザ回しするんですか？

はいはい、と挙手するスィヤヴシュさん。そして目の端では素早くシーランが動いて、アンに粉類その他の材料、台、手洗い道具一式を用意するように命じているのが見えた。

丸く整えられたピザ生地を三角にした手で徐々に平たくし、左右の掌で交互に持ち替えていく。指を四本揃えたまま優しく両手の間で回していくと生地がどんどん伸びていく。伸びきって両手から両手首、両腕までの大きさに広げて、ひょいっと、回せば薄いピザ生地の完成。

「と、いう感じでございますね。これなら誰にでもできやすすでしょう」

ふぅ、と一息ついたマチルダさん。思ったより単純でよかったと安心したような笑顔と言葉に、

「……どこが？？？？」

私は思わず突っ込みを入れてしまった。

材料を混ぜ合わせ発酵させて暫く、用意ができたと私の寝室にテーブルや道具が揃えられ、まずはマチルダさんが「こうしたらできるだろう」と考えてやってくださったピザ生地伸ばし。

派手なピザ回しというわけではない。手元で地味にゆっくり行われた動作だが、丸いもっちりと

した塊がどうしてあんな一瞬で平たくなっていくのか。

「うーん、べちゃべちゃするなぁ……」

「……粉を沢山付ければいいのではないか？」

「それだとパサパサして美味しくないんじゃない？　うーん、簡単そうに見えたんだけどなぁ」

　スィヤヴシュさんやヤシュバルさまは早速トライされているようだけれど、見た目があんなに簡単そうだったピザ回しの難易度の高さを私はよくわかっている。

「もう一回、やってみせください」

「？　はい、シェラ様」

　真剣な顔でお願いする私と対照的に、マチルダさんは「どうして？」という顔だ。

……マチルダさん。パン屋の息子とおっしゃっていた。ということは、生まれてからほぼゼロ距離で小麦やパン作りに接してきていて、生地の扱いはお手の物。あまりに身近にありすぎて、自分にとっては当たり前すぎて……それがどんな価値のあるもの、他人にとっては難しいものか理解してないタイプですね！

「ですからね、シェラ様。これは、こうして、こう、で、こう、すればよろしいのですよ」

「？」

「ワッツハプン」

「いえ、なんでも」

　ちょいよい、ひょいっと、と、また一瞬で広げられるピザ生地に私の顔は前世の記憶にある「宇

宙猫顔」になっているだろう。

「あ、もしかすると、難しいかもしれやせん」

「やっとわかってくださいました!?」

「気付かず申し訳ない。シェラ様の手は小《ちい》せェからなぁ。この半分くらいの大きさがよろしいでしょう」

「そうだけど違う!」

確かに幼女の手にマチルダさんが伸ばしたのと同じ大きさの生地の塊は大きいが、問題はそういうことでもない。

しかしニコニコと生地を半分に割って「どうぞ」とこちらに用意してくれるマチルダさんにこれ以上突っ込みを入れられるだろうか。無理だ。

「……なんだ。確かに、簡単ですね」

「イブラヒムさん!?」

悪戦苦闘する私たちと違い、端っこのテーブルでいつのまにか生地をまんべんなく伸ばしていたのはイブラヒムさん。

一番不器用そうだと思ったのに!

「なんです?」

「いえ……なんていうか、手慣れて?　いらっしゃいますね??」

次の生地にと取り掛かるイブラヒムさんの手つきはとても、ピザ生地初心者には見えない。ひょいひょいっと扱う。マチルダさんほどではないにしても、その手つきには迷いがなかった。

もうすっかり、ピザ生地がべちゃべちゃになり心が折れかかっているヤシュバルさまたちとは正反対だ。

「……当然です。私は賢者として塔に迎え入れられる前は孤児でしたからね。物乞いをするために……いえ、この話はいいでしょう」

途中で話を切り上げるイブラヒムさん。

……そう言えば、ギン族のヤシュバルさまや、シーランさんと同じくアグドニグルの人間であるスィヤヴシュさんとかは身元がわかってたけれど、イブラヒムさんはどこの生まれとか、どこの部族の方とか、そういう話は聞いたことがなかった。

物乞いをするために大道芸を覚えたのか、それともパン屋の手伝いをしていたのかはわからないけれど、イブラヒムさん、苦労された時代があるようだ。

さて、いくつかのピザ生地が良い感じに伸ばされたところで、私は生地の発酵中に作っておいたピザソースをたっぷりと塗りたくる。

「……それは？　赤唐辛子、ではなさそうだが……そんなに塗るのか？」

「赤茄子です。玉ねぎとか色々みじん切りにして、お砂糖と胡椒と香草とか……混ぜて、煮詰めたものです」

ケチャップとかあれば簡単なのだけれど、残念ながらアグドニグルにケチャップはない。

「その上に、お肉とか野菜を沢山載せます。どうぞ。キノコなんかもいいと思います」

「……これなら私にもできるだろう」

ピザの上の具はシーランとアンがあれこれ切って用意してくれていた。

みじん切りなどもそうだけれど、私も手伝いたかった。しかし、ヤシュバルさまが「シュヘラに刃物を持たせた者は処罰する」と、紫陽花宮の皆さまに厳命されているそうだ……。

私の年齢は小学校低学年として考えて……包丁くらい、使えるはずなんだけれど……。

お皿の上に並べられたトッピングの野菜や肉を、ヤシュバルさまは隣の私のピザを見ながら見様見真似で並べていく。

「……あまり重ねない方が良いのではないか？　焼きムラができる」

「はい、そうですね。でも具の時点ではそう難しく考えなくて大丈夫です」

「？　そうか」

「見て見て！　シェラちゃん！　ねぇ、これ、僕、才能あると思わない？」

ほらほら、と得意げにスィヤヴシュさんが見せてくるのは野菜を使って花の絵のようなものを作ったピザ生地。

「わぁ！　すごい、綺麗ですね！」

「でしょう！」

「でもこの上にチーズをかけるのでほぼ見えなくなります～」

「えぇえぇ!?　え!?　や、やめてー!?」

「チーズをかけないピザはちょっと……」

それにチーズを載せて焦げないように調節するので……と、私が説明するとスィヤヴシュさんは真面目な顔になった。

「……よし、待ってね！　僕、必死で……計算するから……この僕の絵が崩れない……最適な量を……！」

「チーズはいっぱいかけた方が美味しいんですけど……」

「シェラちゃんはヤシュバルの方のピザに好きなだけかけたらいいよ！　僕の子には触らないでー！」

そこまで言う⁇

ドントタッチミー、とばかりに私からピザ生地を守るべく体を使うスィヤヴシュさん。

「シュヘラ、あれは放っておくように。私は構わないから、こちらには好きなだけチーズをかけなさい」

「あ、はい」

じゃあ遠慮なく、と私はヤシュバルさまのピザ生地の上にチーズを載せていく。

といって、アグドニグルにピザ用のとろけるチーズがあるわけではない。そもそもあまりチーズを召し上がる文化はないようで、どうやって手に入れたのかというと、ヤシュバルさまの一族であるギン族は遊牧民族に部類する一族で、ご実家からの贈り物（仕送り？）として定期的に送られてきている。

ヤシュバルさまは「子供には乳製品を与えるべき」という発言をされていたが、ギン族に常食する習慣があったゆえかもしれない。

チェダーチーズのような風味のチーズ。丸い塊を刻んで頂いて、それをピザの上にたっぷりとかける。

……ヤシュバルさまがチーズ特盛許可をくださったの、私が乳製品を食べるのを良しとしているからだろうな。

「ヤシュバルさまのご実家にチーズがあってよかったです」

「親族が……何種類かのチーズを作っていたはずだ。これまで興味がなかったが、いくつか取り寄せてみよう」

何種類ものチーズ!?

なんという魅力的な……。

「もしかしたら、ローアンには距離的に持ってこられない、フレッシュ……現地でしか食べられないチーズもあるかもしれませんね……！　ヤシュバルさま、帰郷のご予定とかあります？」

「……行きたいのか？」

「ヤシュバルさまの一族（の作るチーズ）に興味があります」

「……そうか」

ふむ、とヤシュバルさまは少し考えるように目を細めて黙る。

……ご家族仲がそんなに良くない、という可能性もあるが……チーズを定期的に送ってきてくれる関係なのだし……大丈夫か？

「……いつでも顔を出すように、と言われてはいる。夏の頃に、一度……君を連れて行くのも良いかもしれない」

「前向きに検討して頂きたいです。ありがとうございます」

どんなところなのだろうなぁ、と私が呟くと、ヤシュバルさまは少し懐かしそうなお顔をされた。

「……故郷は、とても美しい場所だ。夏の夕暮れは草原をどこまでも黄金に輝かせる。空は高く広く。夜になれば幾千幾万の星々が煌めき、月の光は眩しく影を作るほどに明るい。日が昇る時間は、世界はこれほどまでに美しいのかと心が震えるほどだ」

「ヤシュバルさまは故郷を愛していらっしゃるのですね」

何気なく言った言葉だが、ヤシュバルさまは目をぱちり、と、まるで驚いたような反応をする。

「……それは、ないだろう」

「そうなんですか？」

「あぁ。私は大半をアグドニグルで生きている。客観的に、美しいと思うが、愛着はない」

あると思うけどな～。

どこで見ても夕陽も朝日も星も綺麗なものだ。けれど、それを感情を込めて言葉にできるというのは、愛がないとできないんじゃないかと、そう思う。

「私にとって、アグドニグル、そしてローアンこそが守るべき尊いものなのだ」

不思議そうな顔をする私に、ヤシュバルさまは、まるでご自分に言い聞かせるかのようにおっしゃった。

＊

窯で焼かれたピザ生地は表面はカリッとしていて、しかし中はもっちりとしっかりとした弾力。香ばしいトマトの香りの中にはニンニクや香草のアクセントが混ざっている。カットの仕方は三角形になるよう、真ん中から切っていく方法を取った。

「美味しい……美味しいぃいいいい……ッ！」

あっつあつの、トロけたチーズに、トッピングはキノコと茄子、アスパラガスっぽい野菜。お皿を使って口元に寄せてぱくりとやれば、そうそうこれこれ……ッ、この味ですよ……ッ！

「美味しい、美味しい」

もぐもぐと、私は只管《ひたすら》ピザを食べるだけの幼女となる。

この味だ。

ニンニクがたっぷりと効いたトマト多めのソースに、もっちもちなピザ生地。クリーミーなチーズがこれでもかというほど載っていて、伸びる伸びる……！

窯焼きはしたことがないのでマチルダさんの絶妙な焼き加減に期待するしかなかったが、さすがパン職人！　最高！　グッジョブという以外何も言えない……！

「これが……ぴざ、なるもの」

「チーズを焼くのは知ってるけど、こういう風に食べるのは考えたことなかったなぁ」

「熱いのでお気をつけて。ヤシュバルさまは手から食べるのに抵抗とかありませんか？」

「……問題ない」

カトラリーを使ってお上品に食べられなくもないけれど、ピザはこう、こう、かぶりついて食べるべきではないだろうか。

炭酸飲料が飲みたい～。

「こってりしてて、でも野菜がたくさんだからさっぱりもしてるね。赤茄子の味がすごく爽やかだ」

「あぁ、悪くない」

よし、スィヤヴシュさんとヤシュバルさまに高評価ですよ！

「でも、こういうの……お酒が欲しくなるなぁ。冷たくした、ほら、フランツ王国の葡萄酒。白いの、あれ美味しいんだよねぇー」

「私の宮で酒が出ることを期待するなよ」

「皇子なんだからお酒の一本や百本あるくせに……！」

言いながらお二人はぺろっと、ピザをまるまる一枚あっという間に食べてしまう。

この間にも何度かマチルダさんがピザを窯に入れたり出したりで続々と焼けはするのだが……。

成人男性の胃袋の容量を舐めていた。

「どうです、イブラヒムさん。お口に合いますか？」

「……貴方はまた、妙な物を」

「ピザがですか？」

「……この料理は……歴史に残る、文化の一つとして、扱われる程の、現在のアグドニグルの文化を変えてしまうほどのものだとの自覚はありますか？　ないんでしょうね。貴方は。一体なぜ、どうしてこんな……現代の常識を超えたものをそうやすやすと出すのか」

ピザがですか？？？

私が首を傾げていると、イブラヒムさんはため息をついた。

「……一度作り方さえわかってしまえば、あとは誰にでもできるものでしょう。このソース？　なるものを常備しておけば、いつでも気軽に焼けるものです。貴方の口ぶりから、上に載せる具はなんでも構わないのでしょう？　それこそ、焼いた生地の上に生野菜を合わせてもいい」

ぶつぶつとイブラヒムさんはピザについてあれこれ「利便性」「合理的さ」を語った。手で食べられるところ。窯で焼いているので食中毒のリスクも少ない。チーズ、野菜、肉を使い栄養面でも問題なく、食べるのは片手でも可能なため野外活動時に食べることもできる。

上に載せる材料を豪華なものにすれば、もてなしの料理にもなるだろうとまで言って、イブラヒムさんは額を押さえた。

「あの毒芋と同時に流行ればどうなるでしょうね。栄養価が高すぎるピザに、ほとんど栄養価がなく体の掃除をしてくれる毒芋の料理。……流行るでしょうね。夜会や食事会で食べ過ぎた者が、家では簡素な料理を望むのは、当然のことですから。そうなれば、これまで麺に使用していたものとは違う小麦の需要も増えていくでしょう。我が国ではパン食はそれほど盛んではありませんでしたが……場合によっては商会の力関係が変わります」

そこまでは考えていなかったですね。

ピザに関しては私が食べたいから作ったまでのこと。美味しいじゃないですか、ピザ。

けれどここで否定してもイブラヒムさんは納得してくれなさそうなので、私はにこにこと笑っていることにする。

「……なるほど、わかりました」

私が黙っていると、イブラヒムさんが何やら、頷く。不本意だが、というお顔をしながらも、ピザを手に取り、私の顔と見比べて、目を伏せた。

「明日までに、商会を探してきましょう」

何がわかったのかまったくわかりません。

でも商会はお近づきになりたかったし、イブラヒムさんが探してきてくれるなら間違いはない……だろう。多分。私はとりあえず笑ってお礼を言うと……

「小麦の生地の上に乳製品を載せて焼いた料理の匂いがするんだがー！」

バーン、と、窓から、皇帝陛下が入ってきた。

＊

「見舞いにやったイブラヒムが中々戻ってこないからどうしたものかと思っていれば……なぜこの

私を差し置いて……お前達はピザパーティーをしているんだ？　うん？」

乱入してきたのは赤い髪に青い瞳の、この国の最高権力者である皇帝陛下。クシャナ陛下は今は素早く用意された椅子にふんぞり返って、テーブルの上に並べられたピザを前に不満そうな声を出した。

「し、試作品なので……」

「レンツェの、じゃなかったな。確か新しく名を……シュヘラザード。シェラ姫か。シェラ姫の作る物なのだから美味いに決まってる。試作でもなんでも、私にも寄越すが良い」

とりあえずイブラヒムさんがいそいそと陛下にピザを取り分ける。皇帝陛下はなぜか酒瓶を持参されていたので、金の杯にトクトクと赤いお酒が注がれた。

……何しに来たんだろう、この人……。

「おぉ、まさにまさしく、この艶やかなチーズの濃厚さに、これは鶏肉か？　普通のパンや饅頭とは違う生地が合わさって、なんとも美味なることよ……！」

もぐもぐと皇帝陛下が上機嫌でピザを召し上がられる。

……大変お喜びになられて何よりではありますが……皆が一生懸命作ったのを……当然のように、なんの労働もしていないのに一番良い席でたらふく食べようとするこの勢い……。

……メリッサだ！

女神メリッサと同じ感じだ！

さっすが皇帝陛下！　女神様と同じ傍若無人さだね！

私が感心していると、三種類のピザを一切れずつ食べて満足された皇帝陛下が、口元を布で拭きつつ、私に顔を向けた。

「うむ、美味かった。これで良いぞ、シェラ姫」

「はい？」

「本来ならもう少し意地悪をしてやりたかったが、先の刑罰の件もあるゆえ、戦勝会にてそなたの出す料理、このピザで良い」

体調からの、準備期間の短さを考慮してくださるという意味だ。

ピザ……確かに、色んな種類を用意すれば誰でも好きな味の一つくらいは当たる。

「しかし、陛下。冷めてしまうと……あんまり美味しくないです」

「そなたの料理だけ保温の魔法をかけないといった件か。――聞くが、本来はどういう料理を作ろうと考えていた？」

「海苔《のり》巻きにしようと思っていました」

私は素直に答える。

「海苔巻き、というのは……お粥などに使うお米を、〝炊く〟という方法で調理して、竹で作った道具で具と一緒に巻き込んでいくものです」

本当は海苔巻きを沢山作ってお出ししようと考えていた。

アグドニグルのお米は、多分私の知るインディカ米に近くてジャポニカ米のように炊いてももちもちはしない。

だから炒飯《チャーハン》には適していても、海苔巻きには向かない。が、水を多めにして塩やオリーブオイルなどを加えるとパサパサするインディカ米でも海苔巻きを作るくらいの粘度を出すことができるのだ。

「具はエビや、野菜、お肉、なんでもいいと思いました。切ったものをくっつけたまま大皿に載せていれば、表面が乾燥するのを少しは防げると思いました。お米の外側には海苔を板状に乾燥させたものを張り付けています」

「……のりまき……」

私の説明に、イブラヒムさんたちは首を傾げていたが、皇帝陛下はなぜか片手で顔を覆い肩を震わせてしまった。

「そーかー、あの米でもできるのかー、諦めてたわー、そっかー……食べたかったー……」

「あの、陛下?」

「うむ、何でもない」

「しかし陛下、とても不思議な料理のようでございますが、致命的な問題が」

そっとイブラヒムさんが陛下に耳打ちした。

「致命的な問題……?」

「その表面に使用するというノリとやら。おそらくパッツェルだと思いますけれど……原材料の岩苔猪《ガンローモ》は冬の間は海底深くに沈んでおります。近海に迷い込んだ種の討伐予定もありません」

「……はい?」

海苔の話をしていますよね？

なぜそこで生き物？　の話が出てくるのか。

私が首を傾げているとヤシュバルさまが説明してくださった。

「岩苔猪《ガンローモ》というのは海に生息する巨大な魔獣だ」

「……まじゅう」

「その巨体、とりわけ角の周囲に生えている藻は珍味とされていて、高級品だ。三十メートルほどの大きさの岩苔猪《ガンローモ》の角から取れる加工された海苔《パツェル》は、そうだな、このくらいの壺一つ分だ」

その大きさはなんと幼女《わたし》の拳サイズである。

そんな珍味が……さすが異世界。

しかし、いやいや、いや。

違います。私の言ってる海苔はそういうものじゃありません。

「違います、私が使いたかったのは……藻とかを加工したノリです。ありますよね⁇」

「……ありませんが？」

「港町とかにないんですか⁉」

「聞いたことがありませんね。というか、なぜそんなものを食べる必要が？」

どうして……。

海苔……ないのか。

嘘だろ、と私はショックを受けた。

岩苔猪《ガンローモ》の角に付いた藻は高級食材なのにその辺の岩に生えてる藻は食べないとか何でですか……!

しかし私は唐突に思い出した。

海苔文化のあった前世ジャパン。そういえば、海に面したその他の国々にも……なかったわ。海苔。

そもそも日本人は消化できるけど海外の人間は消化しきれないとかなんとかそんな話も聞いた記憶がある。

……蒟蒻に引き続き「どうして食べようと思ったクレイジージャパン」代表、海苔だったのか……ッ!

「シュヘラ……どうしても、海苔が必要だというのなら、私が岩苔猪《ガンローモ》を討伐してくるが……?」

「うう……ヤシュバルさま……ありがとうございます。でも、海の底なので……お気持ちだけで」

「海水を凍らせて割れば海底も歩ける。問題はない」

?.?.?.

あまりにさらりと言われるので「そっかー」と頷きそうになりますが、モーゼしたあとに更に凍らせるとか言ってます???

「……えぇっと、大丈夫です。お気持ちだけで……」

とりあえず、今回はピザにしますから大丈夫!

メリッサに人間辞めてないはずと言われたヤシュバルさまだ。どうかそのままでいて欲しい!

「ところで、このピザ。持ち帰りたいのだが、十枚ほど。良いか？」

「まだ続々と焼いて貰ってるので問題はないと思いますけど……陛下、十枚も召し上がるんですか？」

「美味い物ゆえ、私の元で働く者たちにも配ってやりたくてな」

当たり前だけれど、この紫陽花宮のように皇帝陛下にもご自身の寝所を構えた宮がある。そこの女官たちへのお土産だということで、私はマチルダさんにお土産用に包んで欲しいとお願いした。

「……へ、へぇ……そりゃ……って、シェラ様ッ！　こ、この……こちらの……お人は」

窯のある調理場から私の寝室に戻ってきたマチルダさんは部屋の真ん中でふんぞり返っている皇帝陛下を見るなりバッ、と平伏した。

「あ、あっしのような者が……ご尊顔を……ッ、ど、どうか……平に、ご容赦くださいッ！」

奴隷は皇帝のお顔を見ることすら罪になるのだろうか。怯えるマチルダさんに、皇帝陛下はさらりと長い前髪を揺らした。

「良い良い。そなたがこのピザを焼いた職人か。奴隷のようだが。選択奴隷か。これの焼き加減、実に見事である」

「へ、へぇ……！」

「シェラ姫が、そなたのような職人技術のある奴隷を得たことは幸運であった。励むが良い」

「は、ははぁー!!」

私がお願いしても採用辞退する気満々だったはずのマチルダさんが、感極まったようなご様子で皇帝陛下に頭を下げ続ける。こ、これが……カリスマ……？　これが、王族としての経験値の差なんだろうか!?　ずるいよ陛下！

ちょっぴり不満には思ったけれど、無事にマチルダさんが雇用できてよかった、と思うことにするべきか……。

私は自分もピザを口にしながら、うーん、と首を傾げた。

2章　神殺し

1　聖女騒動

「……シェラ、僕の……僕を、君の同伴者にして欲しい」

「いいですよー」

「えっ!?」

皇帝陛下の御帰還と戦勝をお祝いするパーティーまであと一週間となった頃、カイ・ラシュが遊びに来た。お土産に沢山の毛皮や貴重な織物を持ってきてくださったので何かお願いごとでもあるんだろうなぁとは思っていたけれど、少し挨拶をしてお茶を飲み、気が楽になる頃に申し込まれた内容。

私が二つ返事でＯＫを出すと、カイ・ラシュは驚いた。

「い、いいのか!?」

「そうして欲しくてお願いしてきたんですよね？？？　なんで驚くんです」

「……いや、お前は……叔父上と一緒に出られるかとばかり」

アグドニグルの宴は、百年程前は別に男女セットで出席とか、そういう、いわゆる西洋の夜会のような風習はなかったらしい。けれど様々な国と交流（侵略とも言う）していくにつれ、そういった海外の文化が宮中にも取り入れられ、いわゆるパーティーはパートナーあるいは異性の親族、友人の同伴で参加となっている、らしい。

シーランにその話を聞いた私も、てっきりヤシュバルさまが当日エスコートしてくださるのだと思っていたけれど、皇帝陛下のご子息枠であるヤシュバルさまは当日、皇帝陛下とご一緒に出てこられる。（独身者のみ）なのでスィヤヴシュさん、あるいはイブラヒムさんあたりに頼もうかと、今日当たりくじ引きかジャンケンを二人にして貰うつもりだったのだが。

ジャフ・ジャハン殿下は春桃妃様やカイ・ラシュを伴っていらっしゃるだろうし、カイ・ラシュは私と一緒でいいのだろうかと、そのことを聞くと、彼は顔を曇らせた。

「……」

「どうかしました？」

「……父上と母上は、今回の宴に参加されないんだ」

「え!?」

いいのか、それ。

「……母上が懐妊された。表向きは、暫くは病床ということになる。――宴の暫く後に、正式な発表があると思う」

「あ……」

レンツェを攻め込んだ理由を、私は思い出した。皇帝陛下の身に起きたこと。このタイミングで春桃妃様がご懐妊されたという発表は皇帝陛下の御心にどんな棘を刺すかわからないという配慮ゆえ、だろう。

……皇帝陛下は、春桃妃様のご懐妊を喜ばれると思うけれど、お立場の弱いらしい春桃妃様は周囲の目や噂に敏感で、過剰とも言えるほど身構えていないとならないのかもしれない。

「えぇっと、カイ・ラシュ。おめでとう！　弟か妹ができるんですね！」

「……ありがとう」

「それで、つまりジャフ・ジャハン殿下の名代としてカイ・ラシュが参加するってことですよね？」

「……そうなる」

「大役ですね」

先ほどから沈んだ様子なのは、その所為だろうか。

まだ子供なのに父親の代役なんて大変だなぁ。

「でも、私でいいんですか？　自分で言うのもなんですけど、私、今回の戦争の原因となった国の王女ですよ？　心象悪くなりませんか？」

「……シェラがいいんだ」

「あら、まぁ」

耳をほんのり赤くして言うカイ・ラシュ。

大丈夫？　その好意に、罪悪感を紛れさせるための生存本能含まれてない⁇　と、私は疑ってしまうけれど、まぁ、それはそれ。

「……は、母上に、話したら、母上も……賛成してくださって、それで……宴の衣裳、ど、どうせお前は……アグドニグルの服をそんなに持ってないだろうからと……す、好きな色とか、あれば……蒲公英宮《ババール・ディネイシュ》にもっと、沢山布がある」

なるほど、それであの大量の布か。

「カイ・ラシュはどんなのを着るんですか？」

「ぼ、僕は……母上の一族の伝統衣裳を着ると思う。色は青で、あ、シェラは知らないかもしれないけど……アグドニグルでは、おばあさま以外は紫を多く使った服を着ちゃいけないんだ」

「赤じゃなくて？」

クシャナ皇帝陛下といえば、その御髪の色から赤をイメージする。

「う、うん……本当はおばあさまも赤をご自分の色にされたかったみたいなんだけど、赤はアグドニグルでも人気の色だし、陛下が独り占めするのはよくないってなって。従来通り、一番作り方の難しい紫にされたんだ」

庶民の方々にはかえって「皇帝陛下が自分たちに譲ってくださった最も高貴な色」として赤、朱がますます好まれるようになったとか。

「シーラン、私は宴の時の衣裳……レンツェのドレスで行くべきですか？」

「……わたくしの一存では決めかねることではありますが……第四皇子殿下は、そのおつもりでご衣裳のご手配をされております」

置かれている立場を考えてみる。

皇帝陛下はその宴の席で、私が皇帝陛下に料理を捧げることなどを正式に発表されるとおっしゃっていた。それなら私はレンツェの王族として参加するべきなのだ。

カイ・ラシュがレンツェの王族を同伴者として連れていることは、憶測が飛ぶだろうし心象が悪くなると思わなくもない、が、ここで先日の鞭打ちの件も影響してくる。

幼い皇子と王女の和解が、あの鞭打ち事件を知っている人たちの間に印象付けられるのだ。

そして、それは次の世代のアグドニグルと、レンツェの未来に繋がる。

カイ・ラシュは先日の駄々下がりになった評価を回復できるし、私にとっても悪い手ではない。

もしかすると、春桃妃様はそこまでお考えになられて、カイ・ラシュをここへ送ったのかもしれない。

一先ず私はカイ・ラシュに当日のエスコートをお願いし、その後は二人ですごろくなどをして遊んだ。アグドニグルのすごろく……これ、前世の人生ゲームに……すごくよく似ている気がするんですが、まぁ、娯楽は似通うものである。

＊

そのあとの一週間は、あっという間に過ぎた。

問題らしい問題と言えば、イブラヒムさんが紹介してくれた商人が狐の獣人だった。金獅子一族がトップに立つアグドニグル獣人社会では「狐は嘘つきで信用ができない」という独断と偏見による差別で商売が広げられず困っていた（全くそんな様子はなかったが）ところを拾われたとかで……。「この御恩はお返し致します」と慇懃《いんぎん》に、とても礼儀正しくお辞儀をされた時に「こいつ絶対裏切るタイプだ」と思ったくらいだ。

まぁ、胡散臭い狐の商人さんの話はまた今度にするとして。

私は宴のための料理の材料の手配や、当日のマチルダさんの動き、紫陽花宮の人たちに手伝って貰いたいことなどあれこれ準備に追われた。

当日私は宴の参加者になるため実際のところ私が料理を作るわけではない。

私はあくまで料理を指示して、人に作って貰い、それを献上する。私の管理、指示能力も問われるということだ。

失敗はできないし、けれど何かあった時に対処できるようにと様々な打ち合わせをして、当日を迎えた。

「シェラ、では、行こう」

煌びやかな青と銀糸の衣裳で着飾ったカイ・ラシュはお伽噺《とぎばなし》の王子さまのように愛らしかった。

美少年〜、ピンと伸びた白い耳も素敵ですね、と褒めるのは嫌味なので黙るがとってももふもふだ。

「はい、カイ・ラシュ。迎えに来てくれてありがとうございます」

「……ぼ、僕は今日、君の同伴者だからなッ。母上が、シェラによろしくと言っていた。それと、この髪飾りを……」

「生花ですか？」

「魔法がかけてあるから、三日は枯れない。うん、シェラの真っ白い髪に、青い花がよく似合う……だ、だろうと、母上が！」

「ありがとうございます」

対する私はレンツェのドレスだ。

アグドニグルが中華風ファンタジー溢れる国なら、レンツェは西洋ファンタジーな国だった。ヤシュバルさまが用意してくださった（急遽仕立てたのだろう）レンツェのドレスはフリルやレースがたっぷりついている。

主な色は青と白。白はアグドニグルでは死人の色とされているけれどレンツェでは高貴な色である。神聖ルドヴィカでも白は最も聖なる色とされているので、私が身に着けても不興は買わない。白いレースのついたボンネット帽子にカイ・ラシュが青い生花の髪飾りをつけてくれて、姿見に映る幼女は……よし、最高に美少女！

「カイ・ラシュ殿下。シェラ姫をどうかよろしくお願いします」

「あぁ、わかった」

くるくると回って自画自賛する私を放置し、スィヤヴシュさんがカイ・ラシュに話しかけた。本日早朝よりヤシュバルさまは本殿に行かれていてそのまま宴に参加されるそうだ。それで紫陽花宮はシーランとスィヤヴシュさんが私の支度を受け持ってくれて、スィヤヴシュさんも私の後から特級心療師として参加されるらしい。

「それじゃあ行ってきます！」

お留守番の紫陽花宮の皆に「お気をつけてー！」「姫様ッ、大人しく、大人しくしているんですよー！」と心配されつつ、私はカイ・ラシュと馬車に乗り込んだ。

「……カイ・ラシュが一緒で、本当によかったです」

「な、なんだ……突然」

宮一つを丸々使っての大宴会。

正面の大門から花や提灯、飾りの数々が華やかにこの夜を作る。開催時刻は日暮れからというのに、真昼のように明るいのは魔法の灯りが惜しげもなく屋外にも使われているからだった。

着飾った身分の高い、老若男女様々な種族の人たちが次々にやってくるのを私は用意された休憩室の窓から眺めた。

さすが第一皇子殿下の名代として来たカイ・ラシュのための休憩室は豪華で居心地がいい。二階部分にあり、部屋子までついている。

「……疲れたのか？」

「いえ、そうではなくてですね……」

皇帝陛下がいらっしゃるまでまだ時間もある。レンツェの王女である私がうろちょろして心無い言葉を浴びせられないようにと配慮してくれたのか、会場に着くなりカイ・ラシュはこの休憩室に私を案内してくれた。いつでもここで休める、という説明のすぐ後に私が長椅子にぐったりとしたので、カイ・ラシュは気遣ってくれる。

「こういう場に、全く慣れていないといいますか、どう振る舞えばいいのか……カイ・ラシュはさすがです。全然、違和感もないし、堂々としてるし……」

前世で、突然都内の高級レストランに連れて行かれた時の記憶を思い出す。

まだ学生だった子供が、どんなに恰好をマシに繕われたってテーブルマナーも、そういう場でどんな振る舞いをすればいいのかわからず居心地が悪かった。

飲み物一つにしても、今飲んで良いのか、全部飲んだら駄目なのかとか、そういうことを考えてしまって、何もわからない自分が恥ずかしくて情けなかった。

のが、リメンバー。

「はぁ～……」

この休憩室までカイ・ラシュに伴われて歩いて来たのだけれど、私の同伴者は完璧だった。私の歩く速度に合わせて、周囲の視線に必要があれば応える。けれど、第一皇子の長子という身分は、誰かれ構わず近づけるものではなくて、そういう「こちらが声をかける者を選ぶ側」というのをごく当然と受け入れて実行している顔だった。

……我がまま放題で、てっきり根性のない甘ったれ、だと思っていたカイ・ラシュだったのに、横目で見る同い年の少年は、ちゃんと高貴な生まれとお育ちのお方だったのだ。

綺麗な恰好をさせて貰った美少女ではあるが、その中身はどうしたって無教養な幼女。レンツェの王女のエレンディラにあるのはその半分流れる王家の血と縋りつく王族の誇りだけで、紫陽花宮のシュヘラザードにあるのは、ヤシュバル様から頂く庇護だけだ。

「シェラは国でも王族としての教育は受けていなかったんだろ？　なら、こういう場は、これから慣れていけばいいじゃないか？」

「慣れますかねぇ～……カイ・ラシュはどれくらいで慣れました？」

「僕は生まれた時からずっとここで育ってるんだぞ。慣れる慣れないの問題じゃない」

「そうでした～」

はぁー、と私はまたため息をつく。

「僕は少し出てくるが、一人で大丈夫か？」

挨拶回り、という下っ端的なことではないだろうが、カイ・ラシュはジャフ・ジャハン殿下の代理なのだ。お仕事をしなければならない。私が「大丈夫ですよ」と請け負うと、胡散臭そうな顔をされた。「……絶対に、大人しく、ここで待っているんだぞ？」と念を押される。

いや、出て行きませんよ……。

私はすっかり気後れしていたのだ。

豪華絢爛な、アグドニグルの王族主催のパーティー。

上流階級、それこそ国の中心人物たちが揃う場に出席できるのは、セレブ中のセレブ、ということだ。そういう人たちの中に、自分が入っていこうという気にはなれない。

まぁ、私のピザが好評かどうかは、ちょっと気になるけど……。

カイ・ラシュを見送り、私は再び参加者の観察をすることにした。高所から眺めると、このセレブだらけの中でも誰が「格上」で「格下」か、そういうのがわかる。

羽振りのよさそうな商人や、女性たちの尊敬の眼差しを受けているご婦人。見るからに歴戦の勇士というような老武将。それらを囲む、モブ。

華やかな世界だ。戦争があって、一国が滅んだとはとても思えない。いや、勝った国なのだからこの賑やかさも当然か。それに滅んだのは皇帝陛下を害したレンツェである。誰もが勝利とレンツェの滅亡を喜ぶのは、当たり前のことだった。

「……あ、バルシャお姉さん」

眺めていて、おや、と私は顔を上げた。

真っ白い衣裳に身を包んだ、いかにも聖職者です！　という軍団が入ってきた。レグラディカの大神殿のおじいちゃんたちと、それに聖女であるバルシャお姉さん。皇帝陛下の勝利をお祝いするパーティーなのだから、聖女様がいらっしゃる、ということもあるのだろう。私に気付いてヒラヒラ、と手を振ってくれるバルシャお姉さんに、私も手を振り返そうとして、顔を引き攣らせた。

「メ、メリッサー!?」

バルシャお姉さんの一歩後ろに控えているのは……小柄な、お世話係の神官見習い、とかそういうのではなかった。

私と目が合うとニンマリ、と笑う、大神殿レグラディカの神である女神メリッサは口をパクパクさせて私に告げてきた。

『来ちゃった♡』と。

＊

「おーほっほほほ！　来てあげたわよ！　この女神たるあたしが！　態々《わざわざ》！」

「えぇえぇえ……なんでいるんです？　なんで来たんですー？　ここアグドニグルの本拠地ですよ？　信仰心なんて得られませんよー？」

「不敬！　ちょっとは喜びなさいよ！　友達でしょ！」

バルシャお姉さんたちを放置し、とっとと私のいる休憩室まで入ってきたメリッサは私の向かいの長椅子に腰かけて不満そうに口を尖らせた。

「あんた、この前死にかけたっていうのに、全然神殿に来ないし？　別に、心配だったわけじゃないけど？　でも、折角治したのに死なれたら困るから？　会いに来てやったのよ」

「それは、どうも……ありがとうございます」

「なのにあんたったら！　その顔色！　お化粧でごまかしてるけど、ちゃんと食事してる？　睡眠はとれてるの？　！　神の目はごまかせないわよ！　あんたの精神、ボロボロじゃない！」

「まぁ、一回全部バラバラに、更地にした方が新しく建てやすいってこともありますよ」

「何の話!?　人間の話をしてるのよ!?　あたし！」

私の周りの人たちは皆、私を大切にしてくれてるなぁ、と微笑ましい気持ちになりつつ、私はメリッサに手を伸ばして頭を撫でた。

「心配してくれて、ありがとうございますメリッサ」

「べ、別に……心配してるわけじゃないって言ってるでしょ！　不敬！　神の言葉を疑うなんて不敬！」

「そうですね、でも、ありがとうございます」

何度もお礼を言うと、フン、とメリッサが鼻を鳴らした。照れてしまった彼女はこれで、もう私のことをあれこれ言ってこないだろうと私は頷く。

「折角ですから、メリッサ。表に出てパーティーを楽しんできたらどうです？」

「はぁ？　この女神たるあたしが俗物どもに交ざって？」

「美味しい料理が沢山出てるって話ですよ。私も料理を提供しました。ピザって言うんですけど、とっても美味しいですよ」

「ふ、ふーん……はっ、駄目よ！　あたしは今日……あんたの側を離れないって、決めてるんだから」

「私の？　なんで？」

心配だから、というだけの理由ではないような口ぶりだ。そう、なんだか、私の身に何か起きると予感していて、そのために側にいると、決意しているような。

「別に、いいじゃない！　あたしの勝手でしょ！」

「うーん……でも、私はレンツェの……今回の戦争の原因となった国の王女なので、あんまりあちこち出歩くつもりはないんですよ。メリッサも、折角来たのにこの部屋に閉じこもりっぱなしでいいんですか？　こんなに賑やかな宴、神殿にいたら滅多に参加できませんよ？」

「う、うっ……」

「メリッサ、お祭りとか好きそうですし。もったいないですね」

「うぅっ……で、でも、それなら、そ、そうよ！　あんたが、一緒に出られればいいんじゃない！」

人の話聞いてた??

私は出ないって言ってるんですけど、メリッサはぽん、と手を叩く。

「あの、メリッサ」

「時の神のクロスト・ノヴァ様、どうか奇跡をお与えください」

「は？」

女神であるメリッサが、お祈りするように両手を胸の前で組んだ。すると、淡い光が私を包み込み、僅かな痛みの後に、視界が一気に高くなる。

「……？」

「あら、あんた、白髪じゃなくて、本当は銀髪だったのね？　つまり何かあって真っ白になってたってこと？　まぁいいけど」

きらきらと視界の端に映るのは見慣れた白い髪ではなくて、メリッサが言うような銀色の髪。

「……？？？」

「ドレスはサービスよ！　感謝しなさいね！」

「……状況の説明をしてくれませんか？？？」

「？　簡単じゃない。あんたの時間を十年、進めたのよ」

ワッツハプン。

さらり、と言われた言葉に私は立ち上がり、部屋に備え付けてある姿見の前に立つ。

「……え、ええええええ!?」

鏡に映っているのは、砂色の肌に見事な銀髪の美しいお嬢さん。すらりと伸びた四肢と、触れれば壊れてしまいそうな華奢な体。残念なことに胸部の肉付きの方は限りなく平坦に近いが、女の価値は胸部の脂肪ではない。

メリッサの言うサービスのドレスは青と白の、アグドニグルのデザインのものだった。

「こ、これが……私」

と、とんでもない美女じゃないか……。

「ねぇ、これで一緒に出られるでしょ？　これなら誰もあんたをチビのシェラだって思わないわ！」

驚く私を気にせず、嬉々としてメリッサが腕を引き、連れ出した。

＊

「礼儀作法？　あんた、そんなこと気にしてたの？」

「……いや、大切だと思いますよ。そういうの」

メリッサに連れ出された私は、できる限り目立たないようにと部屋の隅にいたかったのだけれど、そんな私の緊張はメリッサには関係なかった。

「このあたしに数々の不敬をはたらいてるあんたがなんで今更、凡俗どもに畏《かしこ》まりたがるの？」

「そ、それを言われるとそうなんですけど……うーん、なんて言えばいいのか」

場の空気、と言うのだろうか。

もしメリッサが最初に登場した時、厳かで神聖極まりない、まさに神、ご降臨！　であれば、私は畏まったかもしれない。が、この女神様の登場シーンは……思い返してみても「どこに敬う要素が？？？」という感想しか抱けないな。

「……こういう、人が沢山集まった場所で、礼儀作法を知らない人間だって、周りの評価を受けたり、そういう目で見られるのが怖いんです」

「ふーん？　他人の評価が大事なの？」

「信仰も似たようなものじゃありませんか」

「そうかしら」

言いながら、メリッサは堂々とした足取りで大広間まで歩いて行った。メリッサは聖女のお付きとひと目でわかる、白をベースにした簡素なデザインのドレスだ。それなのにどこか神々しさを感じるのは彼女が神様だからだろう。どんな装いであっても侮っていい立場の存在ではないと、そう自認しているメリッサの内面がよく表れている。

「でも、今のあんたにそんなことは関係ないわよ」

「どうして？」

「だって、今のあんたは何者でもないわ。誰もあんたの名前を知らないし、あんたがどう振る舞って、何を感じたって、今夜限りのことだもの。それでも、あんたが他人の目が怖くて気になるっていうなら、あたしが全員の目を見えなくしてやるわよ」

ほーほほほ、とメリッサは何でもないことのように笑う。笑うと、この女神様は幼く見える。私があいまいに微笑み返すと、メリッサは部屋の中央に設置されている料理のテーブルを指差した。

「ほら！　あっち、あんたの料理もあるんじゃない？」

「あ。ありますね。見えます？　メリッサ。平たい、色んな色のやつです。ピザって言いまして、チーズがたくさん載ってて美味しいですよ」

このパーティー用に私は六種類のピザを用意した。

野菜がたくさん載ったオルトラーナ（菜園のピザ）。

鶏肉と赤唐辛子を使ったピッツァ・ディアボラ（悪魔のピザ）。

半熟の目玉焼きを載せたビスマルク。

キノコをたっぷり載せたボスカイオーラ（きこりのピザ）。

チーズとトマトソース、バジルを使ったマルゲリータ。

焼いたピザ生地の上に、後からサラダやハムを載せるピッツァ・ビアンカ。

六種類を一気に出し続けるのではなくて、最初は六種類を一枚ずつ、次に二種類を時間ごとに補充していくようにマチルダさんにはお願いしてある。

パーティーはブッフェスタイル、と言って良いのか。給仕の人に言えば料理を取ってくれるのだけれど、立って食べるのが主らしいが、女性は会場の四隅に設置されている屏風の裏の椅子を使用している。

皇帝陛下やヤシュバルさまたちはまだいらっしゃっていないけれど、既に大勢が到着していて人の塊、グループ分けができていた。

「あらやだ。あんたの料理、あんまり手が付けられてないじゃない」

「え、あ、本当だ……」

他の料理の減り具合と比べてみると、確かにピザの売れ（？）行きは悪かった。

え、なんで？

見慣れない料理だからだろうか。

「いいわよ、あたしが全部食べるから」

「それはちょっと……メリッサも、他のお料理を楽しんでくださいよ」

他の料理を食べればピザが不人気な理由もわかるかもしれない。

私は給仕の人にお願いして、減りの早い料理と、そうでない料理を取り分けて貰い、食べてみることにした。

「……あー、なるほど」

まず一つ目、と行く前に私は気付いて頭を抱える。

給仕のお兄さんが取り分けてくれたお盆の上には、小鉢が六つ。

マーボーナスのような料理、小さな餃子の入ったスープ、肉と野菜を炒めたもの、などなど……お箸あるいは匙《スプーン》を使って食べる料理だ。

「私の馬鹿ッ……！」

根本的な問題。

ハイ、パーティーで、手で食べる料理を選ぶでしょうか？

答えはＮＯ！

「なんで気付かなかったー！　なんで誰も指摘しなかったー！」

しかもカットしたサイズ的に、用意されたお盆に乗せると他の小鉢が乗らなくなるし、なんなら「取り分けた料理は小鉢に入る物」という先入観のある参加者の方々からしたら、遠慮したくなるね！

「くっ……わたあめっ！」

「きゃわん！」

私は悔し気に呻いて、虚空からわたあめを呼び出した。

「きゃわん！　きゃわわわん！」

パーティーには参加不可となっている魔獣だが、屛風の裏に隠れているここならそう発見はされないはず。わたあめは「ご馳走!? ご馳走！」とお尻を振り大興奮だが、ステイ。落ち着いて欲しい。

「わたあめ、今すぐマチルダさんのところに行って、私の指示を伝えて欲しいの」

「きゃわ……？」

私はまだ文字がちゃんと書けないし、マチルダさんも私の書いた字が読めるかどうかわからないので、私はお盆の上に乗せたピザを四角く、小振りにカットしてわたあめに託した。

ピザを見つめて、わたあめがダラダラとよだれをこぼす。

「……くーん」

「食べちゃダメだよ、わたあめ」

「……」

一つくらい食べさせてから行かせたいところだが、わたあめは一度食べ始めるとお腹いっぱいになるまで食べるので……ここはお使いを先にすませて頂きたい。

「終わったらマチルダさんのところで好きなだけ食べさせて貰っていいからね？」

「きゃわん」

ちょっと納得しない顔をしたが、お願いね、と再度伝えると、ポン、と雪の魔獣は姿を消した。

頑張れわたあめ～。

「ね、ねぇ！ シェラ！」

「なんです？ メリッサ」

「音楽よ！　ほら、音楽！　踊ってこない？」

一仕事終え、とりあえずまた様子を見ようと一息ついているとメリッサがそわそわとし出した。

確かに会場には良い感じの音楽が、生演奏なんだろうけれど、流れてきている。見れば中央部分が開かれて、そこに男女のペアが次々やってきて、踊り始めた。

こういうところは西洋的なんだなぁ。

「メリッサ踊れるんですか？」

「見てればなんとなくわかるわ」

さすが女神様である。いや、そういう性質なのかもしれない。

「私は踊れないからいいですよ。メリッサ」

「でも、」

「どうせ女同士じゃ踊れないんですし、私はいいから、楽しんできてください」

「う、う〜ぅ……」

困るとメリッサは唸る。

私の側にいるという決意と、ダンスの楽しさを天秤にかけ悩む様子。

「ちゃ、ちゃんとそこにいなさいよね！」

しかし結局、少しくらいなら大丈夫と思ったようでメリッサは中央の集団の中に入っていった。

相手がいなくて大丈夫かと私は少し心配してしまうが、メリッサが入っていった途端、数人の男性がメリッサにダンスを申し込んでいた。メリッサと目が合った瞬間の行動なので、何か魅了とか、そういう女神様の能力を使ったのかもしれない。

楽しそうに踊り始めたメリッサを眺めながら、私は小鉢の料理を食べることにした。

「……エビだー！」

まず最初に口を付けたのは、少し甘酸っぱい衣に包まれた揚げもの。中にはぷりっぷりのエビ。ローアンは内地だけれど、輸送手段や長期保存の技術が発達しているのだろう。ブッフェのテーブルには海産物も多く見られた。

「エビが大きい……ッ！　くるんとした丸い、可愛らしいフォルムに……なんだろう、これ……甘いー！」

揚げた衣の上にさらにテカテカとしたものがコーティングされている。飴、に近い。大学芋を思い出す。

「マヨネーズが欲しい……ッ！」

美味しい、美味しい。口の中いっぱいに広がる、エビの味に飴のようなものの甘さ、そして揚げた衣の油特有の美味さ。

こ、これに……マヨネーズが絡めてあったら更に最高なのに……ッ！

私はお盆に飲み物を載せて配っている給仕のお兄さんを呼び止めて、酒精のない飲み物はないか聞いた。女性や子供も参加しているこの宴、もちろん果実の汁を搾った冷水やらなんやらはある。

しかし……私は、できれば炭酸系を飲みたかった。

アグドニグルのお料理は油を沢山使ったものが多い。そういうものと、一緒に飲みたいのは炭酸飲料ではなかろうか。

ないのか。

作れないかなー、炭酸飲料。

作り方としては水にクエン酸と重曹を混ぜるだけでとても簡単だ。

薬品関係に詳しそうなスィヤヴシュさんに相談してみよう、と私は考えてレモンを浸けた冷水を飲む。

爽やか～。

レモンスカッシュが飲みたい～。

小籠包《ショウロンポウ》みたいな料理も美味しい。噛むと口の中に広がる熱いスープ。ニンニクだけじゃなくて香草も混ぜてある。タケノコがあるのだろうか。口の中に歯ごたえの良い根菜の風味が広がる。

「美味しい、美味しい」

パクパクと食べ続け、気付けばお盆の上には何もない……。

「……」

私は無言で立ち上がり、次のお料理を持ってくることにした。

＊

「…………疲れた」

イブラヒムはぐったりと、屏風の裏の長椅子に座り込んだ。

まだ宴は始まったばかりで皇帝陛下やその皇子たちも現れていないというのに、既にイブラヒムの疲労感はＭＡＸである。

アグドニグルの勝利を祝うこの宴。取り仕切っているのは宰相とその側近たちであるのだけれど、賢者のイブラヒムにだって仕事はある。

元々賢者は「そこに存在しているだけで有益」と言われて、イブラヒムは国政に関わることを期待されていなかったのに、気付けばあれこれ口を出してしまっていた。

今回だってただ陛下の側に控えているだけでよかったはずなのに、レンツェの王女、シュヘラザードの料理の評判が気になって陛下の登場の前から会場に出てきた。

普段滅多に会うことのできない三賢者の一人のイブラヒム。その登場に会場の貴族たちが山のように押しかけては、イブラヒムと親しくなろうと試みる。

娘を伴って現れる貴族の多さにイブラヒムはうんざりしていた。

「……結婚相手なんか、いらないんだが」

自分はアグドニグルの、皇帝陛下にお仕えする賢者。それだけでいいのにとイブラヒムは思う。

けれど独り身で、浮いた話の一つもないイブラヒムに「あわよくば」と娘を薦める貴族は多かった。

元々はただの貧しい浮浪児に、賢者というだけで大切に育てた娘をやって出世を望む父親のなんと愚かなことだろう。

呆れながら、「賢者イブラヒム様なら娘を幸せにしてくださる」と信じている父親たちの目を思い出し、また疲労感が襲ってきた。

「はぁ……まぁ、いつまでも隠れてるわけにもいきませんしね……」

第一皇子殿下のご長子カイ・ラシュ殿下も父君の名代として挨拶を立派にされていた。倍以上生きている大人の自分が、これしきでうんざりしては申し訳ない。

シュヘラザード様の料理はあまり受け入れられていないようだった。別に構わないが、味は良い料理が無知な者どもの偏見で埋もれるのはもったいない。あの生意気な姫が落ちこもうが悲しもうが、どうでもいいが、泣けばヤシュバル殿下がまた無茶をしそうだ。

自分が人に勧めればいくらかさばけるだろう。食べてみれば不味いものではないのだから、完食はされるはず。そして誰かが食べている様子を見れば好奇心から手を付ける者も出てくるだろう。

「少しくらい付き合ってくれてもいいだろ」

「迷惑です。放してください」

頭の中に「都合よく利用できそうな人間」を何人か思い浮かべていると、少し離れた屛風の前で男女の言い争う声が聞こえた。

まだ始まって間もない、それにいつ皇帝陛下が登場するかわからない中で（イブラヒムは知っているが）屛風の裏で休む者はまだいないはず。そして屛風を使用するマナーとして、使用中の屛風には入らない、入ろうとする者を引き留めない（イブラヒムはこのマナーを利用して人を振り払った）というものがある。

見れば貴族の青年が、銀髪の女性の腕を摑んでいる。女性の空いている方の手には料理が沢山載っているのがあり、ゆらゆらと危なげに揺れていた。

青年の腕を強く振り払うと料理が落ちるのだろう。女性の顔は見えないが、銀髪に上質な衣裳の貴族令嬢のようだった。

「一人でいるより、俺と話した方が楽しいって」

「結構です。しつこいと大声を出しますよ」

「っは。俺は蘭《らん》家の人間だぜ？　声をかけられることを光栄に思えよ。侍女もつけないで一人でいるような女なんだから、どうせ大した家じゃないんだろ？」

蘭家。

面倒な男に絡まれたな、とイブラヒムは同情した。蘭家は将軍を多く輩出している家だ。見た限り、青年は全く武人らしくないが、金と家柄の力で女性を振り向かせようとする者がいることをイブラヒムも知っている。

侮られた女性の方は沈黙していた。イブラヒムの位置からは女性の背しか見えないのでどんな表情を浮かべているのかわからないが、侮辱され傷付いたか、あるいは蘭家の男と知って見る目を変えたのか。

後者であれば自分が助けに入る必要はないな、と判断し女性の次の言葉を待っていると、女性が首を傾げた。

「つまり……あなたは私の人生に、役に立つ人材だ、というアピールでしょうか？」

「は？」

「今のところ衣食住に困ってはいませんし、直近の課題はクリアしていますし、あぁ、でも、ランか家？　という家がどの程度の家格か知りませんが……それは王族より上なんですか？　あなたの交友関係が手広く、人脈が私の今後に有意義、有効活用できるという可能性もありますね……すいません、話を聞かずに。もう一度、ご自身のプレゼンをしてくださいませんか？　前向きに検討します」

「……は？」

……変人だ。

間違いない。変人だ。

イブラヒムは確信した。

目の前で男に詰め寄られて困惑しているか弱い女性、ではない。男性に手首を掴まれようが生まれを侮辱されようが全く気にしない堂々とした女。変人だ。

アグドニグルの賢者として、その変人に蘭家の公子が面倒をかけられるのを阻止した方がいいだろう。即座にそう判断して、イブラヒムは公子を助けるために進み出た。

「失礼、何かお困りのようですが……」

「け、賢者イブラヒム様……ッ、い、いえ……なんでもありません！　ただ、こちらの女性に声をかけただけで……」

蘭家の青年はイブラヒムの登場に、よかったと明らかに安心した様子を見せると、そそくさと去っていく。

「あ。人材ネットワーク……」

銀髪の女性はその後を名残惜しそうに見送り、イブラヒムの方を見上げて停止した。

「……」

人の顔をまじまじと見つめて黙るなんていうのは、あまりにも無礼極まりない振る舞いだ。普段のイブラヒムであれば「無作法だ」と窘めただろう。しかし、今のイブラヒムも、その女性と同じ反応をしていた。

「………」

振り返った銀色の髪の女性。女性、というにはまだ愛らしさの残る、少女と大人のはざまのような年頃。褐色の肌に、輝く黄金の瞳は遥か南方にある巨大国家ハットゥシャの民族の特徴だ。ハットゥシャの貴族が参加しているという話は聞かなかった。が、侍女も付けず屏風の裏にいるような女性。何か事情があって密かに参加されたのかもしれない。

纏う衣裳はアグドニグルのものだが、異国の御令嬢が着ていると全く違う印象になる。

「……か、可憐だ」

思わずイブラヒムは呟き、自分の声ではっと我に返った。

「し、失礼……ッ。私は、イブラヒムと申します。ご、御令嬢は……どちらの家の方でございましょう」

「……」

ただたんに、これは賢者として、アグドニグルの王家に仕える者として、不審な人物の情報を探ろうとしているだけの正当な質問である。けして、どこの方なのだろう。お名前を、とそう、期待して聞いているわけではない。

しかし可憐な御令嬢は困ったような顔をして、黙ってしまった。

「……」

答えられない身分なのか。イブラヒムという名は賢者だとアグドニグルにいれば誰もが知っている。それに先ほどの蘭家の公子もそう呼んでいたのを聞いている筈だ。それなのに名乗らない御令嬢に、イブラヒムは……自分を責めた。

こんなに可憐な御令嬢を、困らせてどうする……！

この宴に参加できている以上、きちんと門の前で身分の確認をされて入っているのだと今更ながらに思い出す。それなのに、無礼にも出会ったばかりの女性を詮索するなど……なんたる破廉恥な……ッ！

「も、申し訳、ございません御令嬢……け、けして、貴方を辱めようとしたわけでは……」

「お気遣い、ありがとうございます」

ふわり、と御令嬢が微笑んだ。

砂の多い国の、星の煌めく夜のような微笑みにイブラヒムは硬直する。

ふと聞こえてくるのは、大広間で開かれている男女で踊るための音楽だ。

……イブラヒムは、これまで皇帝陛下にお仕えしこうした場に何度も参加してきた。そのたびに、踊る同じ年頃の男女の姿を見て、なんであんな面倒なことをするのかと理解できなかった。踊っているくらいなら、一人でも多くの人間から情報を得たり、交流を深めたりする方がいいだろうに、踊る連中の顔にはお互いしか映っていなかった。

だが今ならわかる。

その視線を独り占めできる時間が欲しいのだ。

「あ、あの……ご、御令嬢。もし、お、お嫌でなければ……その、ですね……い、一曲だけでも」

御令嬢に手を差し伸べるイブラヒム。その顔は緊張から真っ赤になり、声は震えていた。一世一代の、というような勇気を振り絞ったお誘いに、銀髪の女性は目をぱちり、と瞬きをさせる。

「……」

「……っ、ぅ……わ、私は…け、賢者です。先ほどの、蘭家の公子より……著名人の知人は多く……貴方にとって、有益な男だと思いますが…！」

断られるかもしれないと察したイブラヒムは咄嗟にそう、話していた。

これまで自分を賢者と知って近づこうとしている者たちを軽蔑していたのに、なんていうザマだろうか。自嘲する冷静な部分がないわけでもないが、同時に、その冷静な自分が「この機会を逃せば、もうこんな風に思える女性と出会えないのではないか」とも判断していた。

「私は、その」

「どうか、断らないでください」

ぎゅっと、イブラヒムは女性の料理を持っていない方の手を両手で握った。

これでは先ほどの公子と同じではないか。

顔から火が出そうな程恥ずかしい。

けれどその手が振り払われることはなく、銀髪の可憐な令嬢は困ったように微笑み、イブラヒムの手を握り返した。

＊

「……」

何これ。

なんなんだこれ。

私は手を引かれ、ダンスホールに連れて行かれながら只管混乱していた。

耳まで真っ赤にしながら、ぎこちなく、けれど私の手を掴む力だけは冗談のようにお優しいイブラヒムさんと……何がどうして、こうなっているんだろうか？？？？

え。何。嫌がらせ？

私の正体がバレてないとか、そんなことありませんよね？？？

私が一人で抜け出してるのを見咎めて、何かこう……小言、あるいは処罰的なことをしようと、気付かないふりをしてるとか、そういうのですよね？？？

……気付いていないでこの得体の知れない美女に恋しちゃったとか、ないですよね！

「どうかされましたか？」

「え、いえ……あの、えぇっと……」

私が戸惑っているのでイブラヒムさんが振り返る。

うっそだろ！　なんでそんな優しい顔なんだよッ！

シェラの時に向けるうんざりとした顔がイブラヒムさんの標準じゃないんですかッ!?

自分の歩く速度が速かっただろうかとか、私の口から「やっぱり嫌です」と漏れるのを恐れるかのような、そんな不安の滲む表情になったイブラヒムさんは、私が言い淀んでいると「あぁ」と何か合点がいったように頷いた。

「どうか、私のことはイブラヒムと呼んでください」

「……イ、イブラヒム様」

「そ、そして……貴方のお名前をうかがってもよろしいでしょうか……？」

ぐぬぅっ……！

私は思わず唇を噛んでぐっと俯いてしまった。

ここで「シュヘラザードでーす♡」なんて言おうものならどうなるのか。

普段私に対して嫌味や小言ばかり言う陰険眼鏡が、どうしてこう……ぽうっと、春の陽気に浮かれる青年のような、純朴そうなお顔をしてしまっているのか……ッ！

「あ、あの……イブラヒム様……わ、私はその、踊ったことが、なくてですね……」

「それならご心配なく。私は〝賢者〟の祝福を得ております。賢者の能力は、その場での言語の自動通訳だけではなく、時間制限付きですが、他者へ自身の知識を分け与えることが可能ですので」

ダンスを習得しているイブラヒムさんがリードして、賢者の能力を使えば踊れないはずの私も軽やかにステップを踏める、ということらしい。

賢者便利ッ！

そりゃぁ寄ってたかって争奪戦が起きるわけだね！

私はぐぅっと、奥歯を噛み締めて表向きは微笑みを浮かべた。

……腹を括ろう。

ここで、イブラヒムさんに「シェラでーす」とバレてはいけない。こんなに、なんか……幸せそうなお顔で、見知らぬ異国の美女とのダンスを楽しみにしているイブラヒムさんに……実はあなたの嫌いなシェラです、なんて気付かれようものなら……一生口を利いて貰えない気がする。

私の人生にイブラヒムさんは必要だ。既に商会の斡旋とかこんにゃくの件とかで色々関わってしまっている。

……つまり、私の偉大なる使命《グランドオーダー》は……ッ！

ここで全力で、イブラヒムさんにフラれることッ！

イブラヒムさんが嫌いそうな女性像ってどんなのかなッ！　打算的で、あんまり頭の良くなさそうな……感じかな！　いつも私のこと馬鹿にしてますもんね！

「では、御令嬢。よろしいでしょうか？」

「あ、は、はい」

ダンスホールの中央まで、すんなり入れてしまった。

見れば周りの人達が「賢者様」「まぁ、踊られるなんて珍しい」「御一緒の方はどなただろう」などと、注目されているのがわかった。

ひ、人の視線が、こわい。

「ちゅ、注目されていますね」

「それなりに、私は有名なもので」

私が見つめるだけで真っ赤になるイブラヒムさんは、どれだけ大勢が自分に注目していても、ひそひそと自分に関して囁かれても全く気にする様子がなかった。

「……イブラヒム様はお嫌ではないのですか？」

「見られることにですか？　嫌ですよ」

「え」

「ただそれより、今は、貴方とその……」

もごもご、と口ごもられるイブラヒムさん。

私の手を取り、腰には微妙に触れるか触れないか、というようなぎこちないご様子。けれど、賢者の能力を使われているのか、いつも緑色の瞳が今は少し金色がかっている。

すると不思議なもので、私の体はごく自然に、ステップを踏めるのだ。

「すごい。本当に、私、踊れてますね」

「〝賢者〟の祝福です。とても便利でしょう？」

「はい。でも、イブラヒム様が習得されていないとこうして私に分け与えることができないのが前提ですから……すごいのはイブラヒム様ですね」

言語の通訳にしても、神殿で教えて頂いた情報によれば、賢者その人が完全に習得している言語であることが能力発動の条件だそうだ。

他人に容易く知を与える。けれど、当人自身は常人と同じ条件で知識を、いや、常人以上に完璧に習得し理解しなければならないのなら、まさに〝賢者〟だろう。

「神様から祝福を貰っても、楽はできないんですね。私は昔からあまり勉強が得意ではないので、本当に羨ましいです。努力できるイブラヒム様だから、祝福を得られたんでしょうね」

さりげなく自分の頭の悪さをアピールし、勉強も嫌いで努力しないタイプですと主張してみる。

「……」

しかし、イブラヒムさんのお顔は、侮蔑を浮かべるどころか……なぜか、はっとしたような顔になり、そして……真顔になった。

「そんなことを、言われたのは初めてだ」

どうして…………ッ!!

素に戻ってるッ！

なんでッ、感極まったようなッ、顔ッ！

初めて言われた!?　何を!?

かなりありきたりな社交辞令じゃないですか……ッ！　誰だって言いそう！　言われたことない!?　そう！　これまでどんだけ他人と話さなかったんですかッ！　嘘だろ！

これがもし乙女ゲームとかで、攻略するつもりのない対象から漏れた言葉なら、私は反射的にリセットボタンを押している。

しかし残念ながらこれは現実で、都合よく人生にリセットボタンは存在しない。

私たちは引き続き優雅に踊りながら、言葉なく互いに見つめ合うことしかできなかった。

「あれ？　イブラヒム殿。珍しい」

一曲がどこで切れるのか、私にはよくわからない。踊り続けて暫く、聞きなれた声が踊っていない人たちが立っている場所から聞こえ、私はハッと我に返った。

（カイ・ラシュー！）

私たちの方を見て立っているのは、白いふわふわの耳に王族らしい煌びやかな恰好をされた、本日の私の同伴者、カイ・ラシュ殿下その人。

「？」

「（気付いてー！　カイ・ラシュ！　気付いて！　私！　シェラ～！）」

私は必死でカイ・ラシュにアイコンタクトを送った。

いや、イブラヒムさんでさえ気付いていない私の正体に、カイ・ラシュが気付けるのか？

気付いてくれるハズだ！

私はドレスは変わったが、頭にはカイ・ラシュがくれた花飾りをつけたままである。

ヘヴィメタルのライブに参加しているかのようにヘドバンをしてアピールすると、最初は「……なんだあの変な女……」という目をしていたカイ・ラシュの顔が青ざめた。

「シェ、シェ…………ッ!?」

私の方に指をさし、言葉に詰まりながらカイ・ラシュは目を瞬きさせる。

コクコクコクコクと私も必死に頷いた。

あーッ、と頭を抱えるカイ・ラシュ！

気付いたね！　助けて！

＊

どうやってだよ！

カイ・ラシュはかつてない難題に大声で泣き出したかった。

シェラを残して挨拶回りに出たことが気がかりで仕方なく、最低限の挨拶だけ済ませて早々に部屋に戻ろうとした。

そうしたら、珍しいことにあの賢者イブラヒム殿が見知らぬ御令嬢と楽し気に踊っているという噂。色んな打算や企みで賢者殿が女性と踊ることがないわけではないので、今回もそうだろうとさして興味はなかったけれど「楽し気に」という言葉が少し気になった。

これまでカイ・ラシュは、自分は父や母のために、有益になる家の女子を迎える、あるいは婿入りするのだろうと思っていた。

父が自分を見る目の冷たさに、カイ・ラシュは気付いている。

母が身ごもられてから、尚更、自分は父の一族には不要になるのだろうと、そう諦めていた。

（結婚するなら、シェラがいい）

だからカイ・ラシュは自分が出される「先」について、せめて自分で選べたらいいなと、そんなことを考えていた。

けれど、自分がシェラに抱く感情が恋なのか。それとも妥協なのかわからなかった。それで、恋なんてものに無縁そうな賢者殿、イブラヒム殿が女性と「楽し気に」踊っているその様子が気になった。

そして部屋の中心で、美しい動きで踊る男女を見て思わず息が漏れた。

見たことのないほど優しい顔をしているイブラヒム殿。その眼差しは異国の銀髪の美しい女性にただ注がれていて、女性への恋心がカイ・ラシュからもよくわかった。

恋をしている人の目は、あんなふうになるのかとカイ・ラシュは驚いて、そして女性と目が合った。

「？」

何か、カイ・ラシュの方をじっと見ているような。しかし、気のせいだろうと思おうとしたけれど、女性は激しく頭を動かし、何かを必死に伝えようとしているような……。

「はっ!?」

げっ、と、言わなかっただけ上出来だろう。

銀色の美しい髪の上に輝くのは、カイ・ラシュにとって見覚えのあり過ぎる花飾り。

シェラを同伴者に誘い、衣裳も揃いで作ろうとしたけれど紫陽花宮から出るのだからと第四皇子、叔父上に却下された。それで、せめて何か贈り物をとカイ・ラシュは母親である春桃妃の常春の庭に咲く最も美しい花を母に頼み込んで一輪頂いた。

その青い花が、イブラヒム殿の恋して踊っている女性の頭の上にある。

どうして、とはカイ・ラシュは思わなかった。

あれは魔法がかけてあって、カイ・ラシュが再び取るまで外れないようになっている。

つまり、あれはシェラだ。

（どうしてそうなったー！！！）

頭をかかえるカイ・ラシュ。

今はもうシェラへの恋心がどうとか、そんなことはどうでもよくなっている。目を離せば騒動を起こすんじゃないかという不安はあった、あったが……それにしたって、これはないだろッ！

先ほど神殿の人間たちが来ていてカイ・ラシュにも挨拶をしてきた。先日の鞭打ちの件で、シェラの身を治療したのは神殿の聖女であるという話も聞いている。

神殿の何か奇跡とかそういうもので、部屋に閉じこもって退屈なシェラの身を成長させた、とか、そんなばかな話はありえないのだが、頭の花の魔法を知り、異国の女性、顔立ちがどことなくシェラの面影があるので……カイ・ラシュは自分の思考から逃げられなかった。

（というか、どうしてイブラヒム殿は気付かないのかッ！）

シェラだと思えば、もうそれにしか見えなくなるくらい明らかに「シェラ」なのだ。

助けて欲しいという視線は受けたが、どう助ければいいのか……ッ！

「イ、イブラヒム殿、す、すいません」

丁度曲が終わった。しかしすぐに次の曲になってしまう。カイ・ラシュはイブラヒムの方に近付いて、声をかける。

「……なんです？」

仮にも王族に向ける目じゃないだろ！

邪魔をされたとイブラヒムの刺すような眼差しを受け、カイ・ラシュは逃げたくなった。

「そ、その……彼女を、返して頂きたく……」

「そ、そうなんです！　私は、そうなんです！　カイ・ラシュ殿下！　さぁ、行きましょう！」

「あっ……」

カイ・ラシュが出てきたことでシェラが明らかに安心した顔になり、カイ・ラシュの腕を掴んで走り出す。

「せめて……名前だけでも…………っ！」

追いかけようとするイブラヒムを、次の曲の相手にと女性たちが囲んだ。一曲他の女性と踊ったのだから、自分たちにも今夜は機会があると、そう判断した女性たちの勢いは強い。

カイ・ラシュは自分の腕を掴んで前を行くシェラの、大人になった姿を眺めて嫌な気持ちになった。

愚かな国。だから、滅ぼされた国。レンツェの王女だったシェラ。

一人生き延びて、恐れ多くも皇帝陛下に国民の奴隷化を止めて欲しいと取引を持ちかけたらしいシェラ。

（……僕は、いらないんだろうな）

シェラはこんなに綺麗な大人になるのだ。

目的を持って生きていて、酷い目にあっても前に進む強さを持っているシェラに、自分は寄りかかろうとしていた。

シェラなら自分を馬鹿にしない、見下さない、一緒にいてくれるとそう思ったからだ。

けれどもし、カイ・ラシュの希望通り、シェラと結婚したとして、美しく成長して皇帝クシャナの覚えもめでたく、レンツェの女王となったシェラに、自分は釣り合うのだろうか。

ただ逃げたくて一緒にいたいと望んでいるだけの自分は、ただただ惨めにならないか。

そんな予感。そんな気がした。

シェラの大人の姿に手を引かれながら、走っているのは子供の自分。それがずっと続くような気がして、カイ・ラシュは嫌な気持ちになった。

＊

「あー素敵！　本当に楽しかったわぁ！　ねぇ、こういうの毎日やりなさいよぉ！」

ぐったりとした私やカイ・ラシュとは対照的に大変お元気なご様子の女神メリッサ様。ダンスホールで踊り続けていたのを何とかカイ・ラシュの休憩室まで引っ張ってきた。

さすが女神様は疲れ知らずなのか、まだまだ踊り足りないらしい。けれど一先ずは私を元の姿に戻して頂いた。

「低い視界が今は落ち着く〜」

「元々君の視界はそうだろう」

「まぁ、そうなんですけどね」

私は大人の姿から元の幼女の姿に戻ってほっと息をつく。前世の記憶の長さを考えれば、幼女の視界より先ほどの姿の視界の高さの方が落ち着きそうなものだったが、今ではもうすっかりこの幼女の体と意識に違和感がない。

カイ・ラシュは私の言葉に「また妙なことを言ってるな」と首を傾げつつ、ジュースをごくごく飲んでいるメリッサに視線をやった。

「これが、神……？」

「そうなんです。大神殿レグラディカの……」

「まぁ僕のところは、信仰してないから……いいか」

神聖ルドヴィカの敬虔な信者の方が見たら、崇めるべき女神様のこのお姿をどう思うのだろうか。まぁ、レグラディカの神官のおじいちゃんたちはそんなに気にしていなかったから大丈夫だろう。

「ところでシェラ……イブラヒム殿のことなんだが」

「あー……ど、どうしましょう」

「……僕が連れて行ったことになったから、僕の、というか、母上の侍女だと思われるんじゃないか」

「そうなりますよね」

春桃妃様になんとか口裏を合わせて頂けないだろうか。

私は考えながら、一緒に踊った際のイブラヒムさんのことを思い返していた。

ひ、人が……恋に落ちるとあんな顔になるんだ〜、と、誠にもって申し訳ない気持ちでいっぱいだ。

まぁ、もう大人の姿になることはないし、イブラヒムさんもパーティーでちょっと一緒に踊っただけの女の存在など、時間が経てば忘れてくれるだろう。

「それにしても……大人の姿か。自分の未来の姿、というのは、想像できないな」

「カイ・ラシュも興味あります？」

「あぁ。おい、ルドヴィカの女神、僕にもシェラにかけた魔法を使ってくれないか」

「へ？　いやぁよ、なんでこの女神たるあたしが信徒でもない、それもアグドニグルの王族の言うことを聞かないといけないのよぉ」

女神の奇跡はそんなに気軽じゃないのよ、と、メリッサにしてはまともなことを言う。

「それに大人の姿の自分、なんて知らない方がいいわよ。その姿に影響される愚か者の方が多いし、あくまで可能性の一つってだけだもの」

「シェラには使ったじゃないか」

「それはいいのよ。シェラは自分がどんな姿になろうがなんだろうが、気にしないし」

「いや、気にしますが??」

さすがに自分が将来とってもふくよかになると今からわかっていたら食生活をかなり気にするようになると思いますが。ただたんに私をパーティーに連れ出すために使っただけだろうに正当化しようとしているのでは。

私が突っ込むと、メリッサは笑った。「そういうんじゃないわ」と短く言って、長椅子で寛ぐ。

「シェラ、そろそろおばあさまがご到着される時間だ。……僕と一緒で、いいだろうか?」

「もちろん」

「……僕が、シェラに対してしたことは宮中の誰もが知ってる。だから、こうして僕がシェラと一緒にいる姿を公式の場で明らかにすることは……僕のためなんだ」

それは私も理解してる。

けれど今更言うべきことでもないんじゃないだろうか。

「……」

「僕は、」

私が黙っていると、カイ・ラシュは顔を顰めた。

「……シェラとは違う。僕にとって都合がいいから、シェラと一緒にいるんだ」

「それは……別に、いいんじゃないですか?」

何を悩んでいるのかと思えば、そんなことか。

私は首を傾げた。

誰だってそうだろう。

「私だって、今、カイ・ラシュが一緒の方が都合がいいから一緒にいるんですけど？　私一人で会場には来られませんでしたし、かといってイブラヒムさんかスィヤヴシュさんのどちらかだったわけですが……今考えると、カイ・ラシュじゃないとこの女神様騒動に対処できなかったと思いますし……同年代の友達がいてくれた方が、アグドニグルで過ごすのに都合もいいです」

「シェラと僕じゃ意味が違う」

「難しく考えすぎです」

私はぐいっと、カイ・ラシュの眉間によった皺を指で伸ばした。まだこんなに小さい内から悩んであれこれと複雑にしてしまってはカイ・ラシュの心が持たないと思う。

この辺のメンタルケアを、ジャフ・ジャハン殿下はされなさそうだし……春桃妃様もご懐妊ということではご自身のことで手一杯だろう。

王族の教育とか大丈夫なのか。まぁ、私が心配する必要は……カイ・ラシュは友達だから、心配だなぁ。

「……シェラ」

「はい？」

ぎゅっと、カイ・ラシュが私の両手を握った。

「僕は、シェラにとって一番便利な男になれるように、なりたい」

「……何がどうしてそうなるんです？」

「今のままじゃ、僕が一方的に、シェラを利用してるだけだと思うんだ」

いや、そんなことないと思いますが……。

「だから、僕がシェラにとって一番、一緒にいて都合がいい男になったら……僕は、シェラと対等なんだ」

「う、うーん？」

それって、つまり一緒にいたいってことで……納得できる理由がカイ・ラシュは欲しいってことじゃないだろうか……。

……イブラヒムさんといい、なんだろう、今日は……モテ期？

私は握られた手を見つめ、うーん、と悩む。

「あの、私はですね、」

「わかってる。シェラは……ヤシュバル叔父上と結婚するって」

いや、それはそうなんだけれど、それよりも私は言いたいことがあるのだが、カイ・ラシュは私が何か言おうとするのを止める。

「さぁ、行こう。おばあさまより遅れて入っては悪目立ちしてしまう」

＊

大広間の高い天井から吊るされるシャンデリアは皇帝陛下御自慢の一品だそうだ。

なんでも水の都ヴィネティアという所はガラス細工が盛んで、彼ら独自の技術は門外不出。何百年も独占されている技術だとか。軍事力はほぼない、自警団に少し毛が生えた程度の武力しかないヴィネティアは、当然だが技術や利益を欲する周囲の国に攻められた。ヴィネティアを囲む四国が「どの国があの技術を手に入れられるか、競争ですな」と奪い合う中、包囲網を命がけで脱出した職人はアグドニグルの保護を求めた。

『皇帝陛下にこの世で最も美しく巨大なシャンデリアを献上致します』

身一つで誓う職人。

そのためには、ヴィネティアの都の工房が必要です、とそう進言し、皇帝陛下はそれを聞き入れられた。

ヴィネティアを救うためにあっという間に四国が征服され、ヴィネティアをつまみ食いするはずだった四国は大陸の覇者に呑み込まれたそうだ。

「国の大小関係なく、乞われれば救う、のではなく、対等であろうとする姿勢を陛下は評価されたのだろう」

今もヴィネティアは属国ではなく、同盟都市。

説明するカイ・ラシュの声は平時通りのものだけれど、繋いだ手は少し震えていた。

大広間へ、再度進み出るカイ・ラシュ。第一皇子殿下の長子として堂々とした姿。だけれど、改めて、こんなに年端もいかない子供が親の名代でこんな場に一人で出て行かなければならないのは、どうなんだろうか。

思えばお付きの人もいない。一緒にいるのは私だけだが、白い髪に砂色の肌の少女。

「あれが……噂の、レンツェの姫」

「……鞭打たれたと聞いたが、もう体の方はいいのか」

「なぜカイ・ラシュ殿下と？」

こっそりと噂の声。

私の耳に聞こえるくらいなのだから、獣の耳を持つカイ・ラシュにだって聞こえているだろう。

「まぁ、なんて貧相な」

「あれで王族だなんて」

と、嘲笑する声さえある。

「……」

カイ・ラシュの眉間にまた皺が寄った。私はぎゅっと、繋いだ手を握る。ちらりとカイ・ラシュが私の方を見たので、私は微笑み返した。

少しして、皇帝陛下のご到着を知らせる使者の声があり、中央階段の踊り場に颯爽と現れる背の高い、赤い髪の女性。

「えっ、陛下……えっ、こういう場でも軍服なんですか……!?」

ご登場されたのはレンツェで見た時と変わらない軍服に、少し派手な毛皮の外套《がいとう》を肩にかけただけというクシャナ皇帝陛下。

ヒラヒラしたドレスを着るイメージこそなかったが、さすがに驚いてこそっとカイ・ラシュに聞くと、立場上はお孫様であるカイ・ラシュは真顔で頷いた。

「……やはり、そう思うか？　他国のシェラの基準で考えて……あれはやはり、ちょっと変だよな……？　僕らも常々、おばあさまには式典用の礼装をとか、お願いしてるんだが……おばあさまは『私は軍服が一番似合うからこれでいい』と……」

「陛下ぁ……」

確かに軍服は大変お似合いでいらっしゃいますもんね……。

頷いてしまいそうになる、が、まぁ……陛下がいいなら、いい、のか？

私が驚いていると、皇帝陛下に続き未婚の皇子殿下たちが登場される。

「あ、ヤシュバルさま」

現在未婚の皇子殿下は第四皇子殿下であるヤシュバルさま。それに第二皇子殿下、第六皇子殿下の三名。

第二皇子殿下は医術に明るい方だと聞いた記憶がある。

金色の髪に輝くような笑顔を浮かべた大変美しい男性だ。

第六皇子殿下は、まだ十代だろうか。私の位置からもわかるそばかすの散った顔に、海藻のような……ぐちゃぐちゃとした黒い髪。神経質そうに爪を噛んで俯いていらっしゃるが、ヤシュバルさまに注意されて顔を上げ、また俯かれた。

皇帝陛下はまず、レンツェとの戦いによる戦死者へ黙とうを奉げた。陛下の言葉に会場の誰もが沈黙する。

論功行賞については既に別の場で行われていて、ここでは勝利を祝う言葉や民への労いの言葉が陛下から下された。

「全ての民が知るように、余は我が国を、そして余を侮る小国を滅した。かの国の狂気は針の先ほども我が国を害することはできず、また、余の身もこのように万全である。かの国、大罪を犯したレンツェの者たちについて、余は考えた。かの愚かな国にはヴィネティアのような技術もなく、また価値もない。あるとすれば、純粋な労働力の身である」

……きた。

皇帝陛下はレンツェの王族を処刑したこと、国民は全て奴隷とする用意があることを語られる。

参加する有権者たちは、皆が口々に「当然だ」「そうすべきだろう」「レンツェの国民は百年、自分たちの行いを悔いるべきだ」と陛下の言葉に賛同した。既に噂でレンツェの奴隷化の話は流れていて、どのように使用するかと早くも考えている人たちさえいるようだった。

「が、レンツェの王族。王宮にて虐げられた異形の姫を、我が息子ヤシュバルが救い出した」

レンツェに滅ぼされた少数民族の族長の娘が、王に献上され子を産み殺された。子供は周囲に虐待されながらも生き延びて、偶然第四皇子に助け出されたと、そういう話。

私の母親がどこぞのやんごとなき方、というのはもちろん作り話だが、奴隷、娼婦の子よりこちらの方が「いい」のだろう。

「その姫は余に取引を持ちかけた。国民全員の奴隷化を防ぐために、このアグドニグルの皇帝にものを申したのだ」

私は無言で階段の真下に進み出て、頭を下げる。

「あれが……」

「レンツェの姫？」

「まだ子供じゃないか」

「あんなに小さい子供が……」

カイ・ラシュは隣にいられない。私は一人で、会場のいろんな視線を浴びて、皇帝陛下の前に跪く。

大勢の前で、一人だけ小さく這《は》い蹲《つくば》る。

憎悪。敵意。嫌悪。異物を見る目。好奇。値踏み。侮蔑。

改めてこの場で、私はアグドニグルの皇帝陛下に毒を盛った、敵国レンツェの生き残り。アグドニグルの誰もが憎んで嫌って恨んで罵倒して「いい」存在なのだという、扱い。そういう目を向けられる。

……恐いなぁ。

緊張、とか、そういうのとはまた違う。

体の内側がざらついて、口から内臓がドロドロと溶けて出てきてしまいそうな不安感が押し寄せてくる。

「シュヘラ」

立ち上がって、レンツェの話をしなければならないのはわかっている。けれど、膝に力が入らない。

いつの間にか私の前にヤシュバルさまが降りて来ていた。

「皇帝陛下への上奏は君自身で行わなければならない」

震える幼女にかけられるにしては、ヤシュバルさまのお声はとても冷たくて氷のようですね。

お立場上当然のことだけれど、私はなんだか笑い出してしまいそうになった。

「偉大なる皇帝陛下」

私は顔を伏せたまま、ゆっくりと息を吐いて言葉を発した。

最初に、レンツェが行った非道に対して、王族として可能な限りの謝罪を。

レンツェの「公式の場での謝罪」は、もう私にしかできないことだ。

私はどういう意図でレンツェの王族たちが皇帝陛下に毒を盛ったのか、アグドニグルに敵意を表したのかは全くわからない。けれど、私の体の半分はレンツェの王族の血が流れていて、形だけだと思われても、公式の場で「レンツェの王族がアグドニグルの皇帝に謝罪した」ことは重要なのだ。

次に私はレンツェの王族として、レンツェの国土全てがアグドニグルの支配下に置かれることを承諾した。

これは、現在レンツェで抵抗が行われていても、仮に第二王子の兄が生きていても、アグドニグルは大義を以てそれを鎮圧できるし、他国がこれに乗じてレンツェを侵略してきたら、アグドニグルが「ここ、うちの領土なんだけど」とそれを追い返すことができる。

ここまで私が、レンツェの王族が「アグドニグルに服従」する姿勢を見せたことで周囲の貴族たちは「当然でしょう」と、レンツェへの敵意を僅かに薄めた。

「……そして、皇帝陛下に続けてお願い申し上げます」

「ほう、なんだ？」

「レンツェを、どうかお許しください」

ざわり、と、穏便に何もかも、これでレンツェ攻略が終わったと思われた周囲がざわつく。

この姫は、小娘は、幼女は何を言っているのだと、そういう視線。

「黙れ」

と、鋭く言ったのは皇帝陛下。けれど私に向けての言葉、ではなくて、ざわめく周囲に対してのもの。びくり、と会場に緊張が走った。

「千夜千食の料理を献上すると、そなたを捕らえた際に、かように申しておったが、あれはまだ、本気であったか」

「はい」

「他には？」

……何が？

思わず聞き返しそうになった。

え、何？

何の話？

私はてっきり、ここで、陛下が千夜千食の話を出してくれて、そこでヤシュバルさまとの婚約、レンツェの王族である私を女王に即位させて、実際の支配はアグドニグルの王族であるヤシュバルさまが、と、それで周囲を納得させるのだろうと、そういうお決まりのお芝居をしてくれるのだろうと思っていたのだけれど……何？

「……」

「それだけで、何の得があると？」

「……それは、」

「そなたの料理。ピザ、と申したか。あまり、手に取られているようには見えぬが……つまらぬものを千日出され、付き合う気はない」

皇帝陛下がちらり、と視線をやった先に注意が集まる。

私が、レンツェの王族が皇帝陛下に千日料理を献上する。その話と、そして視線の先にある見慣れない料理。近くを通った者は「あれなんだったんだろう」と記憶にはあったようで、そして「あぁ」と納得する。

私は恐る恐る顔を上げた。視線の合う、皇帝陛下はニヤニヤとしている。

……陛下が楽しそうで何よりですね？？？？

「……楽しんで頂けると確信しております」

「ほう。なぜ、そなたのような他国の者が、余の心をおしはかれるのか？」

「恐れ乍《なが》らわたくしは、凡俗の身でございますゆえに、平凡な者の心はわかります。このアグドニグルにおいて、いいえ、それ以外の国の、平凡な人々にとっても、どんなものに「興味」を持ってしまうのか、わかります」

「大きく出たな？　誰もが興味を持つもの、だと？」

はい、と私は頷いた。

この話は、もっと後にしようと、まだ準備が全く整っていないので先延ばしにしていたのだけれど、この場合仕方ない。

「誰もが関心を持たずにいられないこと、それは、偉大なる皇帝陛下のことでございます」

一応、この国に現在あるのは新聞。

国が管理している新聞社と、民間企業。ある程度の規制はもちろん入るし、ゴシップ紙のようなものもある。

紫陽花宮に入ってくるのは国が管理している新聞だけだけれど、鑑みるにアグドニグルの平民は文字が読める人間が多い、ということだ。

「それはまぁ、当然だな？」

ご自分の人気に関して疑いを持たないご様子の皇帝陛下。さすがです。

「で、なんだ？」

「つまり、これから千日、わたくしが陛下に献上する料理、そしてそれを召し上がられる皇帝陛下のご様子を……翌朝、定時に配布するのです」

「……ほう」

「は？」

「はぁあぁ!?」

感心したご様子なのは陛下だけで、あとは……あ、いたんだ、イブラヒムさん。

皇子殿下たちに埋もれて気付かなかったけれど、ちゃんと少し離れた場所にいらっしゃった。

私の言葉に待ったをかける、イブラヒムさん筆頭、外野。

「余が聞いておるのだ。黙れ」

しっし、と、陛下は手で払われ、外野の口出しを止める。

「興味本位の噂話や不確定な憶測を好き勝手に描いた記事ではありません。かといって、畏まった公式の広報とも違います。誰もが気軽に、皇帝陛下の日常に触れられるような、そんな記事は、敗国レンツェの王族が千日どんな料理を献上して、それを陛下がお気に召されるか、どうかで、書くことができると考えています」

ようは、有名人のインスタ、あるいはツイッターのようなものだ。

気軽な様子がちらりと垣間見える。

自分の生活圏ではないけれど、それでも関心を持ってしまう存在は王族やセレブ、芸能人。

「そして、陛下の召し上がられた料理を提供する、飲食店をどうかローアンで開かせてください。民衆は、皇帝陛下の最も愛される色である赤を、陛下が我らに譲られた色とこよなく愛しておられます。親愛なる皇帝陛下の日々のご様子の一部を、ローアンの皆々様にお伝えできること、陛下が召し上がられたお料理がローアンで受け入れられるようになりますことは、私の、レンツェの喜びでございます」

一気に提案してしまった感はある。

ついでに、レストランも開きたい、ということだ。

陛下に献上した料理を少し期間をずらして提供する。

……コラボカフェということですね！　カフェじゃないけど！

アグドニグルの国民にとって、クシャナ陛下は「最推し」であると言える。スィヤヴシュさんや兵士さんたちの「陛下サイコー！」という言動からも窺える。アグドニグル民は息を吸うように陛下を推す生き物なのだ。

つまり、陛下とレンツェ《わたし》のコラボ！

クシャナ皇帝陛下ほど、良い客寄せパンダに成れる存在はないと思う！

これでどうかな!?

「ふ、ふざけるな……！　そのような、陛下の私生活を……！　あまりに不遜、不敬極まりない……！」

と、ここで待ったがかかった。

イブラヒムさん、ではない。イブラヒムさんは何か考えるように口元に手を当てている。

なら外野ですね。

私は皇帝陛下の反応を待った。

陛下は沈黙し、とんとん、とこめかみを指で叩かれながら、首を傾ける。さらりと長い髪が揺れて、一度目を閉じられる。

「余は、中々に良い案と考えたが。賢者イブラヒムよ、その方、どう考えた」

「はっ」

こういう時にご意見を求められるのがイブラヒムさんのお仕事だ。

進み出て、イブラヒムさんは一度ちらりと私の方を見る。

「……良い手である、かと」

「賢者様!?　賢者様まで……何を！」

外野煩《うるさ》いな。

私は外野扱いしているモブ……と思ったが、うん？　位置的に……もしかして王族だったりするんだろうか？

子供や女性に囲まれている、なんかキンキン喚いている青年……もしかして、第三皇子殿下だったりしないか？　まっさかー。

騒ぐ外野モブをイブラヒムさんはスルーして言葉を続ける。

「わが国では皇帝陛下の代より識字率の向上をはかっております。そして芸術部門、とりわけ絵画の後進育成にも力を入れているので……アグドニグルの芸術文化の発展に……これは利用できる良い手かと」

何を食べたか。どんなものか。どんな色、味、様子かを知らせる内容はそれほど難しい文章にはならない。そして挿絵を様々な絵師に担当させ、多くの人が目にする機会を与えることができる。

誰もが関心のある皇帝陛下をネタに、文字を学び、絵の才能のあるものを育成することができる。

さらには料理という、誰にでも身近なテーマは興味を引きやすくそして「作ってみたい」と思われれば、その食材が売れる。

と、簡単にさらりとここまで説明してくれるイブラヒムさん。

さすがイブラヒムさんですね！

私の提案から、いくつも利用価値を見出《みいだ》してくれる……！

私のことがそんなに好きじゃなくても、利用できればきちんとその情報を扱う姿勢。いいね！

……まぁ、うっすらと……イブラヒムさんが、なんか……私の頭の、お花の飾りを見て……どういうことか、問い詰めたいような目をしている件は、あとで考えるとして。

「で、あるか」

イブラヒムさんの援護により、私の提案は穏便に受け入れられることとなった。

そしてあとは、皇帝陛下より私と第四皇子殿下の婚約について発表される。

「千夜千食の料理の後、レンツェ国は我が国の同盟国として扱う。これなる姫を女王とし、我が第四皇子をその王配とする」

実質、アグドニグルの支配はそのままというのは誰が聞いても明らか。

けれどイブラヒムさんの援護で私は一定の「利用価値あり」と、アグドニグルの貴族たちに理解して貰うことができるようになり、そして「なるほどこれは、第四皇子に国を持たせるための一芝居か」とそのように解釈する人もいた。

とりあえず、これでなんとか、ひと段落。

私はやっと、自分がすべきことがちゃんとできる舞台が整えられたのだと、ほっと息をついた。

「なぜ、なぜなのよ……ッ！　どうして！　そんな女を……！」

ヤシュバルさまに話しかけようと顔を上げた私の耳に、聞き覚えのある女性の、悲鳴のような声が届いた。

「え？」

「……なんだ？」

「……今の声」

「何事だ？」

この慶事に、不釣り合いな叫び声。

皇帝陛下も不快げに眉をひそめ、階段から下りてくる。

「へ、陛下……それが…どうも、聖女様が……ボジェット殿と、そのお連れの女性に……ぼ、暴行を……」

慌てて陛下に駆け寄ってくるのは、騒ぎを知らせに来たらしい兵士さん。

ボジェット……誰だっけ？

「バルシャが、婚約者に？」

ヤシュバルさまが首を傾げる。あ、そうでしたそうでした。クルト・ボジェット。バルシャお姉さんの婚約者さんでした。

私はヤシュバルさまと一緒にその騒ぎの方へ向かうと、会場へ続く入り口の階段、その上にバルシャお姉さんが、興奮した様子で目を真っ赤にさせ泣きながら、兵士さんたちに押さえつけられている。

その階段の下には、今まさに突き落とされましたと明らかにわかる……薄い桃色の髪のとても可愛らしい女性が弱々しく倒れ、クルト・ボジェットに支えられていた。

「……あれは、ボジェットと同郷の娘だな。名は確か、アマーリエ、だったか」

「ヤシュバルさま、ご存知なんですか?」

珍しいこともあるものだ。

貴族や兵士でなさそうな女性をヤシュバルさまが覚えていらっしゃるとは。紫陽花宮の女官、というわけでもないのに。

もしかして、あぁいうか弱いタイプの女性が好みなんだろうか……？

「兵士たちの間で話題になっているからな、心優しい女性だと思慕する者も多い」

「へぇ～」

なんでもクルト・ボジェットがバルシャお姉さんの婚約者に決まり、祖国を離れローアンにやってきた時に、時同じくしてローアンにやってきた同郷者。医学留学生で王宮の医局で学びながら簡単なお仕事もされていらっしゃるらしい。

「何があった?」

「で、殿下……はっ、そ、それが……その……ボジェット氏が、アマーリエさんを伴って会場にいらっしゃいまして……それを聞きつけた聖女様が……その、アマーリエさんを、階段から……突き落としたのだと言う。」

大勢がそれを目撃していて、いかに聖女といえど言い逃れができる状況ではない。

「……バルシャお姉さん……」

「なぜそんなことを……」

「なぜって、ヤシュバルさま、そんなの……」

見ればわかるじゃないですか??

不思議そうにするヤシュバルさまに、私は「正気か」と聞きたくなった。

「もう、もう、うんざりだ……！」

聖女様が、まさかの暴力行為、いや、殺人未遂になるのだろうか。周囲の動揺も激しかった。しかし、未だ興奮している聖女様にどう行動していいか誰もがわからずにいると、クルト・ボジェットが何か、突然叫び出す。

「いつもいつもいつも……どうして、どうして君はそうなんだ！　バルシャ！　俺に近付く女性を、どうしていつも、攻撃するんだ！」

「クルト……！　どうして!?　だって、貴方は、私の婚約者なのよ!?　なのにどうして、他の女と一緒にいるの!?」

「君は聖女で、僕は同行できないだろ！　それなら、こうしてパーティーに憧れる女性を俺の同伴者として、参加させてあげるくらいいいじゃないか！　アマーリエはこういう場に来たことがないんだ！　聖女だなんだとチヤホヤされる君と違って、彼女はいつもこういう場を見上げていることしかできなかったんだ！」

「ただの同行者!?　親しげに体を密着させて!?　愛を囁くような距離で!?　嘘をつかないでよクルト！　その女……その女が、貴方を、私から奪ったのね!?」

その女、と指差されたアマーリエさんは可愛らしい顔を悲し気に歪めて、ぽろぽろと大粒の涙を流している。

「ごめんなさい、ごめんなさい……バルシャさん……あたし、そんなつもりじゃ……クルトにお願いしたのはあたしなんです……クルトは悪くないんです……」

めそめそと泣かれる様子は、見る者の心を締め付けるくらいに健気で気の毒だった。周りの人たちは感じ入ったように同情的な目を向ける。

見上げるとヤシュバルさまも同情するような眼差しを向けて……おや、いらっしゃらない??

「……ヤシュバルさま？」

「うん？」

「いえ、なんか、あのお姉さん……可哀想ですね？」

「皇帝陛下のこの祝賀会に、なぜ招待されていない者が参加しようとしたのか……バルシャが突き飛ばさずとも、見咎められれば腕を切る、くらいの処罰が下っただろう」

「え」

「あ、いや。そうだね。気の毒な女性だ」

真顔で恐ろしいことをおっしゃったヤシュバルさまだったが、私が顔を引き攣らせると取り繕うように微笑まれる。

……そういえばこの人、アグドニグルのためにレンツェの国一個まるまる凍結させようとしたんだったっけか。

私《シェラ》に甘い顔ばかり見慣れた所為か忘れそうだったが、侵略国家アグドニグルの王族、才ありと養子に迎えられた第四皇子殿下である。

……もしかしてヤシュバルさまのお優しさって私にしか向けられていないんじゃないかと心配になってくる。

「第四皇子殿下にお願い申し上げます！　どうか、殿下の御名で、この女との……聖女とは名ばかりの、この性根の卑しい女との、私の婚約を、どうか破棄・解消してください！」

さてどうしようかとヤシュバルさまが黙って考えられていると、クルト・ボジェットが私たちに気付いて叫ぶ。

「クルト!?」

「もう俺は限界なんだ！　君の所為で、国から離されてこんな遠くまで連れて来られた……！　聖女の安寧!?　お前のような女は周囲がどれほどものを与えたって、大事にしたって、足りない足りないと騒いで求めて喚くみっともない女だ！　付き合い切れない！　どうして俺がお前のような女のために一生を犠牲にしないといけないんだ！」

どうか、王族の名と力で聖女との婚約を破棄させてくださいと、クルト・ボジェットが必死に頭を下げる。

ボジェットは自分がいかに、バルシャお姉さんの所為で人生を、将来を、家族を友を、故郷を諦めなければならなかったか語った。

聖女の伴侶に選ばれるということはこういうことだと覚悟はしていたが、それにしても聖女の性格が悪すぎた。何をしても満足しない。愛を欲しがる求める、足りないと周囲から奪おうとすると、そういう女と一緒にいるのは疲れたと、叫ぶ。

「そりゃ……そうなるよな」

「男だって、我慢の限界ってものがあるだろ」

クルト・ボジェットの訴えを聞いた周囲は、やはり彼に同情的だった。

神殿の奥にいる聖女がどんな性格か、彼らはよく知らない。だけれどクルト・ボジェットのことは知っていて、アマーリエさんのことも知っている。だから、二人がこんな可哀想な目にあっているのだから、聖女バルシャは、やはり心根のよろしくない女なのだろうな、とそういう印象。

「……ヤシュバルさま」

どう判断されるのかと、私が不安になって見上げると、ヤシュバルさまは周囲の反応を見て首を傾げられた。

「……三人処刑するのはまずいのだろうか？」

まずいと思いますね。

私はとりあえず、待ったをかけた。

＊

（真っ赤な口紅とか、薄いキラキラしたドレスを着たかったのよ）

生まれたのは西の国の、小さな街。石畳が続く街並みの、どこにでもあるような平凡な街。大きな鐘と噴水があって、街はずれには大きな風車がよく回っていた。

そこで生まれた少し裕福な家の娘。それがバルシャだった。使用人を何人か使う雑貨屋。けれど子供たちの世話は母親と、その親がしていて使用人たちが家に入ることはない、そんな程度の裕福さ。

バルシャが七つの時に、祝福を得ているとわかって両親や街の人達は喜んだ。

一つの国に一人いるかいないかの稀有な存在。祝福者。それも、恐ろしい炎や雷のような、人の「手に負えない」過ぎたものではなくて、聖女の癒しの祝福者。

家族は喜んだ。

街の人達も喜んだ。

聖女だ。

聖女様。

素晴らしい、聖女だ。

聖なる乙女が、この街にはいらっしゃる。

バルシャはすぐに神殿に連れれて行かれて、綺麗な白い服を着せられて、これまで口を利いたこともないような大人たちの世界に投げ込まれた。

七つになったばかりの少女、バルシャがその時考えていたのはただ一つ。

「真っ赤な晴れ着は、いつ返して貰えるのかしら」

街のお祭り。七つになった子供が、神殿に行って神官様の有り難いお言葉を聞いて、一年かけて用意した真っ赤な晴れ着を着てお祝いされる。刺繍がたくさんされた晴れ着。バルシャは同い年の子供たちが遊びまわっている時も、せっせと晴れ着に刺繍をした。お祭りの当日、自分が一番「すてき」になるように。友達皆がバルシャの見事な刺繍と晴れ着姿を見て、羨ましがるように。

作った晴れ着は、とうとう返されることはなかった。

「祝福を得た聖女さまは、心優しく穏やかなお方」

「祝福を得た聖女さまは、美しく淑やかなお方」

「いつも微笑みを絶やさず」

「誰の話でも黙って聞いてくださり」

「心内を理解してくださる」

世の中が「聖女さま」に求めること。

ようはつまり、いつもニコニコしてて他人に従順で、自分の意見を強く主張したりしない。顔以外肌を露出させず、その顔だっていつもヴェールを被って遠くからはわからない。けれど目と口元を覆ってしまったら、聖女さまが微笑んでいるのがわからないからと、そこだけは露わにされる。

大神殿で、大聖女様の元で修行をさせられながらバルシャはうんざりしていた。

大声で笑うことも、走り回ることも「駄目」「ありえない」「はしたない」「聖女はそんなことをしない」のだ。

規則正しい生活。

常に言われることは「他人に優しく」「正しいと思うことを心がける」「思いやりを持つ」ように、とそういうことばかり。

バルシャは他の聖女の少女たちと話をする度に、違和感を覚えた。

「なんで？　皆、嫌じゃないの？」

「嫌って……どうして？」

「だって、知らない人のためになんで真剣に祈らないといけないの？　聖女の力を、お父さんやお母さん、近所の人たちのために使うならいいのよ。街の人たちは……まぁ、全員知ってるわけじゃないけど、同じ街の人だし、まぁいいわ。靴屋のレダはいっつもあたしに自慢ばっかりしてきて気に食わなかったけど、もうあたしの方が偉いんだし、祈ってあげてもいい」

「まぁ、バルシャ……あなた、不思議なことを言うのね？」

「わたくしたちの授かった力は、全ての人を救うためにあるのよ？」

「あなた、不思議なことを言うわ。どうして、自分で選べる、だなんて、そんな酷いこと」

全ての祈りは平等に。

聖女たちの真心は誰にだって与えられる。

乞われれば祈り、救う。

純粋で無垢。

「バルシャ、あなただって、目の前で困っている人がいたら、手を差し伸べるでしょう?」

「それと同じよ」

いや、あたしは別に、知らない人が困ってても助けないけど?

バルシャはそう言いたかったが、さすがにそれを言えばどう思われるかくらいはわかっていた。

けれど「そうか」と腑に落ちる。

街にいた頃から、感じていたことがあって、それが聖女の少女たちと一緒にいて、濃くなった。

(あたしがどうして、聖女なんだろう)

気持ちが悪いと、その時、酷い吐き気を催したのを忘れない。

生まれた時から少し裕福で、他人の生活を知る機会があった。

だから、単純に、バルシャは他人が妬ましかった。

四つ上の姉が、両親に頼りにされて自分や弟の世話を任され「駄目よバルシャ」「良い子ね、お姉ちゃんの言うことをちゃんと守って」なんて言う度に「は?」と、腹が立った。

一つ下の弟が「跡取りができた」と祖父母に贈り物をされ、よだれ塗れの汚い顔でいても撫でられ抱きしめられるのを見るたびに「は?」と、腹が立った。

幼馴染の靴屋のレダが、自分より可愛くもないのに「レダは優しい」と男の子たちがもじもじしながら、レダの家の前を通って、レダに微笑まれるのを望むのを見るたびに「は？」と、腹が立った。

聖女の祝福を得ていると言われた時、バルシャは有頂天だった。

きっと皆、羨ましがる。

なんてったって聖女さまだもの。

誰もが自分を見てお辞儀をして、丁寧に話しかけて、バルシャが何か言おうとすると畏まって真剣に耳を傾ける。

真っ赤な晴れ着は着せて貰えなかったが、代わりに用意された真っ白な聖女の衣裳はバルシャが触ったこともないようなスベスベとした布でできていて、とても美しかった。

街を離れる時、真っ白い衣裳を着て見事な馬車に乗るバルシャを見送る近所の友達の顔に浮かんだ表情はどれもこれもバルシャを満足させた。

いつもいつも、バルシャを「嫌なやつ」と詰《なじ》っていた男の子も。

いつもいつも、バルシャに「もう少し、友達に優しくしなさい」と口うるさかったパン屋のじーさんも。

いつもいつも、バルシャに「バルシャちゃんも一緒に遊ぼう」とお節介を焼いてきたレダも。

（羨ましくてしょうがないんでしょう。レダなんて、顔を真っ赤にしてる。悔しいんでしょうね。あたしのこと、いつも下に見てたものね）

バルシャはそう思った。

レダが泣いている理由も、自分ならそう思うと勝手に判断した。

バルシャは自分が皆より「偉い」のだと嬉しくなって、そうして、神聖ルドヴィカの大神殿にやってきて、がっかりした。

そこには自分と同じ「聖女」の祝福を得た少女たちが集められていて、修行をしていたからだ。

そこに入ってしまうと、自分は別に「特別」ではなくなる。

むしろバルシャはその「皆」の中で、自分が劣っていないか、負けていないか、気になって仕方なかった。

「えー、マーサは孤児なの？」

「ええ、そうよ。捨て子だと思うの。貧困街でなんとか育って、偶然神官様に聖女の祝福を得ていると見つけて貰えたの」

「パドマは貴族なのに、どうして神殿に入ったの？」

「お父様は公爵っていうだけだわ。わたくしは授かった力を正しく使うために、神殿で聖女としての勉強をしっかりしたいと思ったのよ」

聖女の少女たちは色んな生まれがいた。

けれどそこでは「平等」に扱われて、孤児でも公爵令嬢でも同じように扱われる。他の聖女たちも、自分と他人の「差」を考える者はいなかった。

バルシャは違った。

どうして孤児の子と同じに扱われないといけないの？

仲良くなるなら、貴族の子供との方がいいに決まってる。

ある時、聖女の少女の一人が神殿の規則を破った。

出入りしている使用人がその少女にこっそりとお願いをしたのだ。

家に病気の子供がいて、ずっと熱を出している。普通の薬じゃ助からないと言われた。どうか、聖女様の祝福を。と、懇願された。

規則では、聖女の修行を終えていない少女は勝手に祝福を与えてはいけないし、そもそも聖女の祝福は厳密に神殿に管理されているものだ。ただの使用人が、その子供のために貰いたいなどありえない。

けれどその聖女の少女は同情し、決まりを破って神殿を脱走して、その子供の命を救った。

バルシャと同室の子だった。

「内緒にしててね。点呼をなんとか誤魔化してね」

お願いよ、と頼まれてバルシャは「いいよ」と承諾した。少女はほっとして出かけていって、子供の命を救って、そして、バルシャが密告したため、外で捕まった。

悪いことをしたのだから当然でしょ？

バルシャは自分は正しいことをしたと考えた。

規則を破ってはいけない。聖女の決まりを守らないといけない。当然のことだ。

けれど、その少女は三日間の広間の掃除を言い渡されただけで、むしろ、バルシャの方が咎められた。

　バルシャは一週間、夕食が抜きになった。

　教育係を任されている大聖女様に直訴に行くと、年をとった大聖女様は顔に深い皺を刻みバルシャを見つめた。

「!?　どうして！」

「あたしは正しいことをしました！　規則を破ったものを……見過ごせばよかったんですか!?　あたしも一緒になって、罪を犯し黙っていればよかったんですか!?」

「いいえ、いいえ。そうではありません。あなたの行動、ではなくて、あなたの心根の問題です」

「!?」

「聖女バルシャ。あなたが同室の子を密告したのは、それであの子が「叱られる」からでしょう？　それで、自分が大人たちに「褒められたい」からでしょう？」

「当たり前じゃないですか！　あの子は悪いことをしたんだから、叱られるべきでしょう!?　あたしは正しいことをしたんだから、褒められて当然でしょう!?　それの何がいけないんですか!?」

「あの子は規則を理解し、自分の行動がどういう意味を持つのか理解していました。その上で、自身の心の「正しさ」に問いかけて、見知らぬ子供を救ったのです。わかりますか？　規則を破り、罰を受けることを理解した上で、自分が罰を受ける、自分が周囲にどのような評価を受けるかと考え「それでも」見知らぬ子供が熱で苦しみ続け、その親が悲しむことを、止めるために彼女は行動したのです。これこそ、聖女の心の本質でしょう」

は？　と、バルシャは腹が立った。

ふざけているのか、このババァ。

四六時中、自分たちを雁字搦《がんじがら》めにする「規則」「決まり」を破るのは悪いことに決まってるじゃないか。それを破った者がどうして正しいのか。ふざけているのか。破っていいなら、バルシャだって守らない。こんな、布が綺麗なだけの地味な服なんか着たくないし、信じてもいない神に祈りを奉げる時間なんて無駄で仕方ない。

だけど「規則」で「決まり」で、守らないと「悪い子」だと周りに思われて、見下されるから守っているのだ。

「……聖女バルシャ、全ての人に優しくなさい。それが巡り巡って、あなた自身の心を救うでしょう」

反抗的な目をするバルシャを、大聖女様はじっと見つめ返し、そう言った。

バルシャは本当に、理解できない。

なぜ、他人に優しくしないといけないのか。

優しくって、なんだ？

その人にとって、都合よく振る舞えということだろうとバルシャは思って、どうしてそんなことをしないといけないのか、本当に気持ちが悪かった。

聖女の修行の一環で、貧困街に降りる。

そこには何か月も体を洗っていない汚い人間や、痩せ細って気味の悪い人間、蛆《うじ》が体から湧いている人たちがいた。

聖女の少女たちは皆、自分のことのように悲しんで、率先して体を清めてやったり、消化に良いスープをゆっくりと食べさせたりしていた。

そして彼らのために、涙を流しながら祈る。どうか、どうか、彼らに神の祝福をと、心から聖女の少女たちが祈れば、光が溢れる。神々しい少女たち。

(馬鹿じゃないの?)

そんなことをして何になるのか。

バルシャは嫌だった。

街で暮らしていたから知っている。人がいる場所にはなんだって仕事がある。選り好みさえしなければ、なんだってあるのに、どうして飢えるのか。

転がっている人たちはどこかで「選り好み」をしたんだ。

一度躓《つまず》いたくらいで、人の街は浮浪者になるほど未熟な場所じゃない。

どこかで選り好みをして「できない」「したくない」となって、弱って汚れて、這い上がれなくなった連中に、どうして、選ばれた聖女である自分が、馬鹿な連中の分まで汚れないといけないのか。

聖女の祈りは命を削ると、そう大聖女さまに教えられた。

だから、祈り続けることは危険だとバルシャは考えた。

他の聖女の少女たちはそうじゃなかった。

祈りの時間は限りがあるから、その全てをより弱い人達のために使えるようにと、そんな馬鹿なことを考えたようだった。

十代の娘になって、バルシャは「聖女らしい」演技が上手くなった。

微笑んで、黙って相手の話を聞いて、時折涙を浮かべて「あぁ、なんてお気の毒に」なんて言えば、相手は感じ入る。

バルシャはその頃には理解していた。

聖女の力を持った以上、自分は「人に優しく」「人を愛し」て行動しないといけない。

聖女でさえなければ、バルシャが自分のことだけを大切にしていても、自分を輝かせるためだけに生きていたって、誰も文句は言わなかっただろうけど、聖女だから、駄目なのだ。

聖女だから、微笑んでいないといけない。

聖女だから、人に親切にしないといけない。

バルシャは観念した。

聖女「なのに」人に親切にしないと、自分が周りに変な目で見られる。

仕方ない。

優しくさえして、微笑んでさえいれば、「聖女さま」「聖女さま」とチヤホヤしてくれるのなら、そうしてやっても、まぁ、いいだろう。

「結婚相手？」

「ええ、そう。聖女の任期が終えたら、わたくしたち、結婚できるじゃない？」

七歳から聖女の修行を始めて、六年。バルシャは十三歳になった。

同室はゼレマという少女に変わっていた。三つ年上で、彼女は来年小さな国の神殿に派遣されると言う。

派遣されるまでに聖女は婚約者を指名できる。

聖女という身分であれば、貴族の子息相手でも合意があれば婚約者とすることができるという、他の身分の女ではありえない待遇だ。

婚約者を決めて神殿での任期の六年を終えて、聖女は結婚し「普通の女」になる。

「ふーん……ふーん……」

「ねぇ、バルシャはどんな方が好きなの？」

「そうね……」

問われてバルシャは考える。

当然、貴族じゃないと嫌だ。

聖女は偉いのだから、貴族以外の、それこそ平民だなんて冗談じゃない。お金持ちなら商人でもいいが、商家の暮らしは慌ただしい。

みんなが羨ましがる程、地位が高くて、カッコいい相手じゃないと、自分はもったいない。

けれどそれを口に出すのは「聖女」らしくない。

バルシャはゼレマに微笑んだ。

「好きになった方に、好いて頂けて、望んで頂ければ嬉しいわ」


冬の夜。

神殿の入り口付近が騒がしく、何かあったのかと聖女見習いたちがそわそわとしていた。バルシャはその日、大神殿の火の番（神に捧げる火を絶やしてはならないという考えで）だったので、起きていた。

神殿内に見たことのない甲冑、兵士達が入ってきて、誰も彼も血だらけで怪我をしていた。

大人の聖女やその女官たちが慌ただしく彼らの手当てをして駆け回る。

人手が足りなければ自分たちも起こされるのだろうかと、寝ているフリをしながら聖女見習いたちもドキドキしていた。

バルシャは「どうせ起きているのだし」と手当てをする要員に数えられたらしい。大神殿の火の番をしながら、一人の少年の手当てをするようにと言われた。

バルシャの前に連れて来られたのは、赤い瞳黒い髪の、愛想というものが欠片もない無礼な少年。

短く切った髪はべっとりと血がついているが少年のものではなく、返り血らしい。

銀と黒でできた鎧姿の少年は名をヤシュバルと言うそうだ。

「ねぇ、あの方をご覧になりました？」

「神殿に来る他の方々とは全く違いますのね」

「礼儀正しいいし、とてもお強いんですって」

ギン族の子、ヤシュバルの噂はすぐに聖女の少女たちの間でもちきりになった。

従属の意思を伝えるために、アグドニグルへの人質となった不遇の子。まだ十代前半らしいあどけなさを残す少年は既に戦場に出てギン族の名を強くするために戦っているという。

幼いのに既に目鼻立ちが整っていて、美しい神官の多い神殿内の目の肥えた聖女の少女たちでさえ、柱の陰からひと目見られないものかと、負傷者の手当てに寄った一軍の手伝いを自発的に申し出る者が後を絶たなかった。

「氷の祝福を受けていらして、戦場では負け知らずとか」

「山のように大きな魔物をたった一人で倒されたとか」

手当てした兵士から聞く話はすぐに聖女の少女たちの間で共有された。仲間意識が強い少女たちは、自分たちが「素敵」と思ったものはなんでも共有して楽しむ。ヤシュバル・レ＝ギンという少年は、言うなれば一時の彼女達の「流行り」であった。

幸いなことに誰もまだ口を利いた者がいないのが、聖女の少女たちの和気あいあいとした「ヤシュバル様談義」を平和なものにさせていた。

（ふーん……そう）

その中で、にこにこと皆の話を聞きながらバルシャの考えたことは単純だ。

「あたしの婚約者に指名してあげましょうか？」

バルシャは、最初にヤシュバルの手当てをした。しかしそれは秘密にされていて、聖女の少女たちは知らないことだった。

手当てをしてくれたのが自分と同じ年頃の少女であったので、ヤシュバルはバルシャを覚えていて、バルシャがこっそりとヤシュバルを呼ぶと、少年は素直についてきた。

物陰でバルシャが提案してやったことは、この少年にとってとても名誉なことだろうとバルシャが微笑んでいると、ヤシュバルは僅かに首を傾げる。

「あら、やだ、わからない？　あぁ、そっか。あたしが聖女だってちゃんと言ってなかったものね。あたしは聖女。癒しの祝福を受けた者なの」

「そうか」

ヤシュバルの反応は、バルシャが期待したものよりずっとつまらなかった。知らなくてバルシャを軽く扱っていたのなら尚更、バルシャが聖女だと知れば平伏すものではないのだろうか。アグドニグルに囚われた人質とはいえ、聖女がどれほど尊い存在であるのか知らないわけがない。今も聖女たちの奇跡で兵士の傷は癒されているのだ。軍事国家であるアグドニグルは聖女の力を有効利用したいはず。

「はぁ……あなた。見かけは頭が良さそうなのに、もしかして何も考えてないの？　あのね、あたしは聖女で、夫を指名できるの。聖女の夫になれた、なんて名誉なことよ？　あなたのアグドニグルでの立場はずっと良くなるし、皆があなたを見直すわ」

可哀想な人質の子。

まだ子供なのに戦場に放り込まれて血塗れになっている気の毒な子。

そんな子に救いの手を差し伸べてあげるなんて、自分はなんて「偉い」のだろうとバルシャはうっとりした。

聖女の少女たちの憧れであるこの子を、自分の婚約者にしたら皆への自慢になる。

貴族ではないけれど、部族の代表として人質に出されるくらいなのだからそれなりの生まれなのだろうし、何より顔が良い。

聖女の名のおかげで出世できるだろうし、そうしたら一生この子は自分を崇拝し大切にするだろうと、そんな考え。

バルシャはこの端正な顔立ちの少年が自分の崇拝者になるのを想像した。今でさえ人の目を引くこの少年が成長して立派な青年になって、大きな体で立派な鎧を着て、神殿内にいる自分を迎えに来るの。

その光景を見た周りの聖女たちがどんなに自分を羨ましがるか。称賛と嫉妬の眼差しをたっぷりと向けられながら、自分は慈悲深くヤシュバルの手を取ってあげるのだ。

「皆、というのは誰のことだ？」

「は？」

しかし、現実のヤシュバルは涙を流してバルシャの申し出を受け入れるどころか、無表情に、無感情に問いかけてきた。

「皆って、皆よ。わかるでしょ？　貴方の大切な人達とか、貴方を今、軽く扱ってる人たちとか」

「ギン族の者たちは俺がどうなろうと何も思わないだろう」

頭が悪いとは思っていたが、想像以上だ。バルシャは呆れた。

「わからないの？　貴方は今とっても可哀想じゃない。それを、あたしが助けてあげるって言ってるの。あたしが貴方を婚約者に指名したら、そうね、アグドニグルの皇帝だってあなたを見直すわ」

どんな愚か者でもアグドニグルの皇帝の名を出せば理解できるだろう。

バルシャはまだ会ったことはない。だが大聖女様や神官たちの話によく聞く。赤い髪の悪魔のような恐ろしい女。十二の時に父親を謀殺して王位を奪った恐ろしい女。何もかも自分の思い通りになると信じて行動している化け物だっていう噂。

それでも神聖ルドヴィカは脅威と感じているのか、丁寧に接し必要があれば神聖ルドヴィカのために兵を出してくれるそうだ。その見返りにこうして兵士の手当てをしているわけだが。

「陛下が」

「そうよ。皇帝陛下は有能な男の子を養子に迎えられることがあるんでしょう？　聖女の夫になる者だったら、陛下も養子にと考えられるかもしれないわね。神聖ルドヴィカとの繋がりは誰だって喉から手が出る程に欲しいものだもの」

あの皇帝の役にも立てると言えば、人質で部族のために戦っているこの少年は飛びつくだろう。バルシャは自分の話の上手さに我がことながら感心した。聖女は人を上手く使える必要もあるし、この子を説得することはいい練習になるかもしれない。

「ねぇ、わかったでしょう？　あたしがどんなに良い提案をしてあげてるか。これでわかったでしょう？」

「俺は既に皇帝陛下のものだ。俺が誰と婚姻を結ぶか、俺の一存で決められるものではなく、そして、君の言うように本当に君が皇帝陛下にとって有益であれば、既に陛下は君を手に入れられているだろう」

ヤシュバルの答えは、バルシャの望んだものではなかった。

氷のような一瞥。

バルシャがどんなに自分が宝石のような存在であり、身に着ける者を輝かせることができる至高の存在であると説明しても、この冷たい男の瞳には僅かでも野心の炎が芽生えない。

「なっ、」

「君は、俺に何をさせたいのか知らないが」

それどころか、押し売り、迷惑極まりない。無価値な石ころを押し付けられているというような、面倒くさそうな感情が僅かに見え隠れさえしていた。

「俺のすべきことは全て既に何もかも決まっていて、そこに俺自身の価値の変化は含まれていない。俺は君に興味がないし、君に有益を齎すこともない。以上だ」

＊

（そう言って、振り返らずに去って行ったのよね。あなた、本当、昔から冷たい嫌なクソ男）

逆上し、喚き散らして取り押さえられたバルシャは、それでもまだわけのわからない言葉を獣のように叫びながら、頭の隅の冷静な自分は、こちらを面倒くさそうに眺めるヤシュバルのことを考えていた。

アグドニグルの首都ローアン。皇帝陛下のおわす御殿にて行われる戦勝の宴。そこに招かれた神殿の聖女。

神殿内では最近、パフェなるものを作ることが流行っていた。今は老いた神官たちも、しわくちゃになるまでには歩んだ人生、得た知識があり、それらをどうパフェに封じることができるかと、そんな遊び。

画家を目指していた者は色使いや、組み合わせ方を模索して。薬学に秀でた者は食べ合わせに規則性を見出す。硝子の器にものを詰めるだけの作業を、老人たちが喜々として行って、そしてそれをレグラディカの名物にできないかと模索していた。

今宵の宴に神殿勢がぞろぞろと参加したのは、面白いことをこよなく愛する皇帝陛下にパフェを献上して資金援助を募るため。神官たちが気合を入れて挑むのを、バルシャは冷めた目で眺めていた。

赴任して三年。信者も少ない、ただ大きなだけの大神殿ではただ怪我人や病人の傷を癒すくらいしかやることがない。派手な式典はアグドニグルに睨まれて、またルドヴィカからの援助が乏しく行えず、バルシャは自分が最も美しい時間を老人たちに囲まれるだけで終わるのだとうんざりしていた。

鏡に映る自分は誰よりも美しくて、聖女という肩書きは本来毎日、貴族や王族の元に呼ばれて敬愛の眼差しを向けられるべき特別な存在のはずだった。

アグドニグルという、誰からも恐れられ、そして憧れる国の立派な神殿の聖女になれば、他の聖女たちよりずっと豪華で贅沢で恵まれた暮らしができると思っていたのに。

バルシャの望みはいつからか、さっさと神殿から出て行くことになった。

そのためには結婚するしかない。聖女はそうしなければ聖女を辞められない。

選んだ相手はクルト・ボジェット。

顔立ちは整っているが、これと言って秀でたものがあるわけでもない平凡な男。

「よくも、よくも……！　このあたしに恥をかかせてくれたわね……！」

つまらない男。

だけれど聖女に選ばれて、故郷からアグドニグルにやってきた。貴族の次男。跡を継げるわけでもないから、バルシャの夫になることを喜んで、バルシャを崇拝してくれた。

最初から、こんな男のものになる気なんてバルシャにはなかった。

なのに、この男は聖女の婚約者になって周囲にチヤホヤされて、女遊びをするようになった。バルシャにはそれが腹立たしい。

自分という女がいるのに、他の女に目移りするなど、自分の魅力を下げられているようで、それが、こんなに取るに足らない、どこにでもいるような平凡な男に侮られたことが、「は？」と思った。

クルトが選んだのは、平民の小娘。若さと可愛さしか持っていないような、医学生と言うがドジばかりで薬草の名前もまともに覚えられず、応急処置くらいしかできないような馬鹿な女。

皇帝陛下の戦勝パーティーにノコノコ連れて来て、ついて来て、きょろきょろと辺りを見渡すみっともない男女を、バルシャは見つけて、声を上げた。

嫉妬に狂った愚かな女。

聖女でありながら、男の愛情を求めた愚かな女。

そう周囲に思われながら、バルシャの意識は階段の上にいるヤシュバルに集中している。

正確には、その隣にいる白い髪の少女にも。

(ねぇ、ほら。エレちゃん。エレンディラちゃん。お姉さんを見て。ほら、可哀想でしょう?)

女神メリッサ様さえ籠絡した。

気難しい第一皇子の長子さえ、虜にした。

(心優しくて、何もかも許してしまえるあなたからして、優しくて親切なバルシャお姉さんが、婚約破棄なんてされて、可哀想でしょう?)

2　黒化

「私……クルトが好きだっただけなのよ……？　神殿での生活も、お役目も、いつか、彼が迎えに来てくれるって信じて、頑張れたわ」

周囲の容赦ない視線にすっかり打ちのめされたバルシャさんは、私が駆けつけるとその場にへたり込んだ。ぎゅっと、私に縋りつく弱々しい姿。

「バルシャお姉さん……」

「エレちゃん……どうして？　どうして、こんなことになったのかしら……」

綺麗な女の人が悲しむ姿。こちらの心臓をぎゅっと締め付ける程苦しくさせる。私はお姉さんとの婚約解消を望むクルトさん、その腕の中にいる愛らしい女性、そして眉間に皺を寄せているヤシュバルさまをそれぞれ眺めた。

……私の基準で考えたら、どう考えても婚約者がいるのに他の女にうつつを抜かしやがりました野郎の方が悪いに決まってる。

けれどバルシャお姉さんが感情的になって、浮気女を階段から突き飛ばしてしまって、その上、今は、皇帝陛下のための祝賀会。

それを台無しにしてしまったお姉さんの立場は、とても悪い。

見れば遠巻きに「なんだなんだ」と、皇帝陛下やイブラヒムさんたちまでぞろぞろとやってきてしまっている。直ぐに兵士たちがバルシャお姉さんや浮気野郎どもをどこかに連れて行かないのは、この騒動、この場でケリをつけろと望まれているからだろうか。

（うーん……うーん……うーん）

前世でお世話になっていた食堂の常連のＯＬさんが、確か『悪役令嬢モノ』とか、そういうのを好んでいたのを思い出す。

内容はうろ覚えだが、漫画になった作品もあるといくつか貸して頂いたことがあって、そういえば、こういう、婚約解消？　婚約破棄？　を相手からつきつけられる女性の話もあったような。

（確か、そういう場面だと……元の婚約者より、良い感じに素敵な人、身分が高かったり顔が良かったり、そういう男の人が、婚約破棄された人を助けてくれるんでしたっけ……）

「エレちゃん……」

「お姉さん？」

「お願い、助けて？」

思考に沈んでいる私をバルシャお姉さんの縋るような声が引き戻す。

目の前には大粒の涙をハラハラと流し、悲観に暮れている美しい女性。バルシャさんの瞳の中には戸惑う私の顔が映っていて、必死に縋りついた手は微かに震えている。

神殿の中庭でいつも優しく微笑んで私やわたあめに親切にしてくれたお姉さんのことが、私は大好きだ。

周囲の人たちは、お姉さんに「聖女なのに感情的になって他人を害するなんて」「あれが聖女とは嘆かわしい」などと、冷たい視線を向けている。

（……ここでバルシャお姉さんを助けられるのは私だけ）

「バルシャお姉さん………」

「助けて欲しいの。エレちゃん。お願い。私……このままじゃ、どうなるか……それともエレちゃんも……もう、私のことは嫌い？」

「……お姉さんのことは好きです。でも、私に何ができるか……」

ヤシュバルさまにお願いして、お姉さんを庇って貰う？

皇帝陛下にお願いして、この騒動を起こしたお姉さんを許して貰う？

私ができるのは、それくらいしか思いつかない。でも、それならお姉さんは私ではなくてこの場でヤシュバルさまに直接お願いした方がいいはずだ。

「優しいのね、エレちゃん」

思い悩む私に、ふわりとバルシャさんが微笑んだ。ご自分の方が今辛《つら》い状況だろうに、私のことを気遣ってくれる優しい微笑みに、この人のためなら何でもしたいと、そういう意思が湧き上がる。

湧き上がるのは幼いエレンディラの心。

バルシャさんがしきりに、私をエレンディラを意味する名で呼ぶからだろうか。

そう言えば、誰かに、他人にここまで頼られたことなど幼いレンツェの姫の身にはないことだった。優しく、自分が好意を抱いている人が同じように自分を好いていてくれて、そして頼ってくれている。その問題を解決できるのが自分だけという、その満足感はエレンディラの心に浸み込んでいる。

責任感という思いに変えた。

「私、きっともうレグラディカの聖女じゃいられなくなるわ」

ぽつり、と話すバルシャさん。

「……皆には申し訳ないわ。今まで親切にしてくれたのに、私、裏切ることになったのね……」

「バルシャお姉さん、こんな時にも、皆のことを考えてくれるなんて……」

「だから、お願い。エレちゃん。代わって、代わって？」

「え？」

何を？

私は一瞬、言われた言葉の意味がわからずぱちり、と瞬きをした。

察しの悪い私を、バルシャお姉さんはできの悪い教え子に辛抱強くレクチャーする家庭教師のような顔で、微笑みながら続ける。

「代わって欲しいの。レグラディカの聖女に、エレちゃんになって欲しいの。レグラディカ様もエレちゃんを気に入ってるし……あぁ、それがいいわ」

「え、えーっと……？　でも、あの、私はですね……これでも、一応……王族で……三年後には即位しないといけなくて……」

突然言われた提案に混乱するが、私は千夜千食の後に、レンツェの女王になることが既に皇帝陛下より発表されている。もしかしたらお姉さんはそれを聞いていなくて知らないのかな、と思って言うと、バルシャお姉さんは頷く。

「ええ、エレちゃん……あなたはあのレンツェの子だったのね……でも、よく考えて欲しいの」

「え……」

「陛下にあんなことをしたレンツェの王族、あなたが……陛下のご家族になっていいと思う？」

「……」

「皇帝陛下はお身内にはとてもお優しい方。エレちゃん、あなた……自分が陛下に何をお願いしているのか、本当にわかっているの？」

「私は、レンツェの……王族の愚かな振る舞いに巻き込まれただけの国の人たちを、助けてくださいって、そう、お願いしただけです」

国民が全員奴隷になってしまうから。

それは駄目だと思った。

全ての人に、自分の人生を自由に生きる、未来を描く権利があると思っていて、それを、王族の勝手で奪ってはいけないと思った。

「陛下は、許さないといけなくなるのよ？」

答える私を、バルシャさんは気の毒なものを見るような目をして、ため息をついた。

「陛下の御心を、エレちゃん。考えたことはある？　あんなことをされたのに……陛下は、エレちゃんを受け入れて、エレちゃんのお願いを聞いて、料理を食べたら、「許さないといけなくなる」の。理由もなく自分を殴りつけて踏み付けて罵って、ぐちゃぐちゃにした人たちを、許さないと「いけない」のよ」

憎悪を。燃え盛る憎しみの炎を、消してくれと、望んだのだとバルシャさんは指摘する。

その炎が周囲を焼くから。燃えている当人に、自分で炎を消して、何もなかったように微笑んで、周囲に配慮をしろと、そう望んだのだと、バルシャさんは私に指摘した。

「……」

「エレちゃん。あなたは聖女になるべきだわ。レグラディカの大神殿はあなたを受け入れる。陛下だって、あなたが罪を償うために神に身を奉げたいと言ったら、お心が少しは軽くなるはずよ」

そうだろうか。

……そう、なのかな。

ぐるぐると、私は頭が混乱してきた。

囁くバルシャさんの声は甘く、優しく、陛下に酷いことをしているという私がどうすべきか、どうあるべきかと、手を引いてたどり着く場所まで誘導してくれるようだった。

「聖女を代わってくれたら、レンツェのことは私が引き受けるわ。エレちゃんのためだし……それに、一応私も聖女だから、レンツェの王家にルドヴィカとの縁ができるのは良いことだと思うのよ」

私の代わりに、バルシャさんがヤシュバルさまと結婚してくれて、そしてレンツェの王妃になってくれる。

元聖女で優しいバルシャさんなら、大人で聡明なバルシャさんなら、人の気持ちを考えられるバルシャさんなら、レンツェの人たちにとって、良いだろう。

そもそもレンツェはアグドニグルに制圧されているのだし、アグドニグルの王族が即位するのも
……不思議じゃない。

私に流れるレンツェの王家の血は、陛下のためにも、絶えるべきなんだ。

私じゃなければ、陛下も千夜千食という長くお手間を取らせることをさせずに済む。

私じゃなければ、千日もかからずレンツェの人たちも早く、助けられる。

「……」

そうか。

そうだよね。

私が勝手に、あれこれ騒いでやろうとしていただけで、別にやらなくてもいいことなんだ。

落ちこむ心。

沈む、沈む、エレンディラの心。

「だから、この場でヤシュバル殿下にお願いして？　エレちゃんの口から、私を、」

「バルシャさん」

ぐいっと、私の手を握るバルシャさんの言葉を遮り、顔を見つめ、私は微笑んだ。

「私を利用しようとするの、やめて貰えませんか？」

バルシャさんの大きな瞳に映るのは、白い髪に金の瞳の女の子。

雪の中凍えて、痩せ細ったエレンディラではなくて。

私の名前はシュヘラ。シュヘラザード。

前世の記憶を持つ、ハイブリッドプリンセスにしてダイヤモンドメンタルガール！

あっ、長いなっ！

少しだけ、自分の前世のことを思い出しながら、私は縋りつくバルシャさんから一歩離れた。

優しいお顔、お声、振る舞いの素敵な女性。エレンディラのような小さな子が、恵まれなかった子が望んで仕方ない素敵な大人の女性の姿。憧れて「こんな風になりたい」と思って、少しでも気

「うっ、ぐっ……うっうぅ……！」

犬に追い立てられ、兄姉たちに罵倒され囃し立てられ、寒空の下、池に飛び込む愚かな少女を、第二王子はじっと眺めていた。

もがき苦しみ、沈んでいく白髪の幼い少女。娼婦の子、奴隷の子、レンツェの恥と揶揄され見捨てられた幼子は、第二王子ドゥーゼにとって腹違いの妹、であるはずだった。

（あの子と私の何が違うのか）

黙って眺め、沈んで浮かんでこない妹をドゥーゼは助けようとはしなかった。それは許されていない。そういう行為を『第二王子ドゥーゼ』は取らないと、そのように決められている。

青い瞳に黄金の髪を持つ、レンツェの王族。第二王位継承権を持つ者。玉座に近い存在。第二王子。王太子のスペア。呼び方はなんでもいいのだけれど、とにかく。雪の降るレンツェの王宮で、周囲に第二王子ドゥーゼと呼ばれている青年がいて、それは自分であると彼は理解していた。

彼の生まれたのは、もちろんレンツェの王宮。その、地下牢。

その日、地下牢の上にある豪奢な部屋で生まれる予定の赤ん坊と同じ日に生まれなければならない赤ん坊を身ごもった女が、その牢屋の中には何人もいた。

女たちは皆そろって金髪であったが、青い目を持つものは少なかった。そのため掛け合わされる男の容姿の美醜や年齢は拘らず、青い目であることが必須とされたのだけれど、それでも生まれた赤ん坊の中で、見事な青い目と金髪を持っていたのは三人しかいなかったらしい。

その内の一人は女児で使えない。

男児は二人、まだしわくちゃの赤ん坊であったけれど、それでも多少なりとも美醜はわかるもの。比較的「整っているだろう」と思われた顔だちの方が選ばれて、不要になった赤ん坊と女たちは潰された。仕方のないことだ。

生き残った赤ん坊は絹の服を着せられて、柔らかなクッションを敷き詰めた豪華な乳母車に乗せられて、恭しく、甲斐甲斐しく、世話を焼かれた。

「ドゥーゼ殿下」

「……ソマド」

離宮から離れ王宮に向かう途中のドゥーゼの背後から、黒い甲冑を付けた灰色の髪の青年が近付いてきた。名はソマド。第二王子の護衛騎士、とそのように呼ばれている人物だ。

元々は黄金であった髪を薬品で色を抜いたソマドは青い目を細めてドゥーゼを見、そして先ほどまでドゥーゼが見ていただろう離宮の池に視線をやる。

しかし何も言わない。護衛騎士ソマドは無口な青年で、他の護衛騎士たちと同じく、王族に従順だ。

ドゥーゼは自分が生まれることになった原因の、二十年以上前の予言について考える。

第二王子の母は某国の巫女だった。戦利品としてレンツェの王に献上されて、ドゥーゼを身ごもったが、巫女は国が焼かれて滅びるその日に、自分の国を焼いた者どもの国が、今度は凍えながら滅びるという信託を受けた。

『その日まで、わたくしは生き延びることはできない』

巫女は血を吐きながら恨み言を発した。

そうして生まれたのがドゥーゼである。

滅びる国の王子。の、人数が合えばいい。神は人の顔など覚えていない。

どこぞの適当な女が生んだ、金髪に青い目の子供が死ねば、頭数は揃う。それでよいのだろうと、神の言葉を授かり降す巫女の真理。

地下で生まれた赤ん坊が、立派な服を着せられ、ごちそうを与えられ、第二王子殿下、と傅かれて育てられた。これで立派な王子様。頭数が揃えばいい。

「……」

ドゥーゼは一歩後ろを歩くソマドを肩越しに見た。無言、無表情、何を考えているのか、結局ドゥーゼは一度もわからなかった。生まれた時からずっと一緒に育ってきたが、今日この日を迎えても、彼は自分の真の主人がどんな感情を抱いた生き物であるのかまるでわからないままだった。

今日、レンツェは滅びるのだと二十年以上前に、第二王子の生母は知った。そして自身が見届けることができないからと、自身の子を観察者とした。女の知る未来では、自分の子はその日に死ぬことになっていたが、頭数さえ揃えればよいことだと、それも知っていた。

「……」

そうして迎えた今日。

ドゥーゼは自分が本当に死ぬとは思えなかった。

珍しい雪が降るという、いささか奇妙なことは起きたが、それっきり。レンツェの応急は恙無く平穏で、平凡で、ドゥーゼは今日も明日も、第二王子殿下と呼ばれながらこの王宮で過ごすのだろうと、そんな風にしか思えなかった。

＊

「そなたは無能か？　有能か？」

腕を掴まれ、引きずり出されるのは王の午前。玉座に収まるのは、レンツェの王ではない。紅蓮の髪に青い瞳の美しい女。

アグドニグルの皇帝であるというのは、ドゥーゼも知っていた。この女の胎を焼く薬を調合したのはドゥーゼの護衛騎士である。

「……」

「第二王子というその身分。さぞかし高い能力をもっておるのだろう。披露し、命乞いをせぬのか」

「……」

続々と、謁見の間に生首が転がる。むせかえるほどの血のにおいの中で、なぜ皇帝は平然としていられるのか。

ドゥーゼは答えなかった。第二王子は無口な存在だ。

必死に命乞いをした第一王子、王太子の後であったから、沈黙しているのを策かと疑うような目が向けられた。時間稼ぎと取られているのかもしれない。一秒でも長く生きていたいのか、と。

ドゥーゼは氷と雪の浮かぶ池の中に沈んでいった妹のことを考える。いつも怯えてびくびくと、顔色を窺いながら息を潜めていたあの子供。この恐ろしい皇帝は子供だろうと王族ならばと容赦なく、あの子までこの場に引きずり出したかもしれない。それであれば、池に沈んでひっそりと、死んで行けたのはあの子にとって幸福だったのか、と、そんなことを考えた。

(そうか。私は、あの子をかわいそうだと思っていたのか)

自分はただの代役、頭数を揃えるだけの存在であるからと。興味関心を持たないようにしていたが。あの子供。あの、元は黒い髪であったのに、母親の腸を城門から吊るさないと殺すと脅されて、一晩中泣き叫んで髪を真っ白にしたあの子供。

(そうか。私は、あの子が私と同じく、レンツェの王族に消費されるだけの存在であると、気の毒に思っていたのか)

周囲に奴隷の子、娼婦の子、と呼ばれていたあの子供。レンツェの王族を引く少女。母親がつけた名前は別にあったのに、呼ぶものがいなくなった名を少女は知らず、周囲がつけた名前が馴染んでしまった。

ドゥーゼは口を開いて、思い出したあの子の名前を呼ぼうとした。なんの意味があるものではない。ただふと、ここで自分が口に出さないでいれば、その名は今後一切、世に出ないのではないかと、その音だけでも、一瞬でも世に現すべきなのではないかと思って口を開いたが。しかし。

皇帝の剣が振り下ろされ、ドゥーゼの意識は途切れた。

口は半開きのまま、決められた音を発することはなかった。

に入られたいと焦がれてなんでも差し出してしまって、頭を撫でて抱きしめてくれやしないかとはにかんでしまうような、女性。

それが一変して、私の拒絶の言葉を受けた「優しいお姉さん」は、ぴくりと目元を揺らし、私を睨み付けた。

自分の好意・善意・申し出が受け入れられなかった時に「恥をかかされた」と感じる人が起こす反応。

「どうして？　私、優しくしてあげたじゃない？　あなたのような子に、優しくしてあげたのに、どうして私のお願いを聞いてくれないの？」

「他人のお願いを聞くのが嫌なわけじゃありませんが、他人のお願いのために自分が不幸になるのはちょっと」

「不幸？　エレちゃん、どうしてそんな風に思うのかしら……ひどいわ。私はあなたのために提案してあげているのに」

聖女を代わって、私が神殿に入ることの何が不幸なのか。いっそその発言はレグラディカ様や神官様たちに失礼ではないかと、バルシャさんは詰る。

言い方が上手い～。

心の中で拍手をしてしまう。優しくてふわふわしていた砂糖菓子のようなお姉さん。どちらかといえば、自分の言葉で相手を雁字搦めにして動けなくして、手ずからゆっくり給餌をするような魔性じみた感じの方が、人間らしいと思える。

でもそれは、私がその毒の対象になっていない場合ですね！

というかこの人、実はヤシュバルさまのこと好きだったりしないか??

あれこれと色々あったけれど、最終的な目的は「クルトに浮気されて婚約破棄された可哀想な私でしたが、強国の皇子様のお妃様になりました♡」なオチを目指しているような、そんなザラついた欲望を感じましたね！

それの踏み台にされた感。イッツミー。

覚えがあります。覚えがあります。前世のこと。

十八歳のまだ世間的には未成年だった前世の私が、なんだって親元を離れて親戚の家にお世話になって、進学も就職もせず「食堂のお手伝い」をしていたのか。思い出します。覚えがありますねー。

サンドバッグ。

ドアマット。

もぎもぎフルーツの樹。

まぁ、今はそれはどうでもいいとして。

私はきょろきょろと辺りを見渡した。

見れば、婚約者だったクルトさんとその浮気女性は兵士さんたちに手当てや事情聴取をされていて、私とバルシャさんが今のところ遠巻きにされているのは「興奮状態の聖女様を、子供の純粋な心で落ち着かせて貰おう」と、そういう打算らしかった。

聖女様はアグドニグルの法的にどういう位置にいるのかはわからないが、神聖ルドヴィカという外の勢力の代表者である以上、簡単にお裁きを、というのは難しいのかもしれない（そういえば、それが面倒で、ヤシュバルさまはもう三人とも処刑で、と思われたのか）。

私は私を睨み付けるバルシャさんの手を握り、微笑んだ。

「バルシャお姉さんのことは大好きですよ！　力になりたいと思っています」

「なら、」

「でも、レンツェは私が貰うものですし、ヤシュバルさまが心配してくれるのは私なので、お姉さんにはあげられないですね！」

相手が自分の持っているものを欲しいと言ってきても、NOと言えるジャパニーズ、だったらよかったんですけどね。前世。

そんなことを思いながら、私はバルシャさんの反応を待つ。

怒るから。怒られても大丈夫。

けれど、バルシャさんの反応は予想とは大きく違った。

「……はぁ、そう。そうなの。はぁ…………もういいわ」

あれ？

案外あっけなく、諦めますね？

おや、と私はてっきり怒り狂われたり殴られたりするくらいは覚悟していたけれど、バルシャさんは冷静だった。ため息をつき、やれやれと首を揺らして、そして。

げほっ、と、私は黒い泥を吐いた。

＊

「きゃぁあああ！」

バルシャの悲鳴が響く。

ヤシュバルは素早く、シュヘラザード、自身の養い子の元へ駆け、バルシャが叫びながら突き飛ばした存在を抱き留めた。

「シュヘラ……！」

「皇子殿下っ、危険です！　その子……黒化しています！」

聖女の叫び声は、ヤシュバルの耳に届くだけでは済まなかった。

前代未聞の聖女とその婚約者の醜聞。選りに選って皇帝陛下の戦勝会にて引き起こすなど。誰の首を面前に差し出せば許されるのかと誰もが嵐を恐れる夜のように沈黙していた中、聖女の言葉はよく響いた。

「……シュヘラ？」

「げほっ……っ」

ごほごほと、幼い少女は顔色を土色にして、泥を吐き続ける。手足は石のように硬く、黒く変色していった。

黒化、と呼ばれる。祝福者の末期症状だ。

素早く会場の参加者たちが、警備兵たちの誘導を受けてその場から離れる。

シュヘラの吐いた毒は当人以外の触れたものを溶かし、ずぶずぶとそこからまた、泥が増えていく。

「……何故」

「今はそれどころではありません！　殿下、お下がりください！　その子はもう……」

ぐいっと、バルシャがヤシュバルの腕を掴んだ。

「私に気安く触れるな」

「ひっ⁉」

ピシリ、と、バルシャの手が凍り付いた。表面を凍らせただけで、すぐに溶かせば軽度の凍傷程度で済むものだ。騒ぐようなものでもないが、バルシャは喚く。聖女であるこの自分を、アグドニグルの皇子が害していいのかと、どう責任を取るのだと、そんなことを叫んでいるが、ヤシュバルは気にしなかった。

魔力を込めた手でシュヘラの顔に触れる。泥の影響は同じ祝福者であればそれほど脅威にはならない。

「……」

「どうする？　殺すか」

「陛下」

「皇帝陛下！」

ひょいっと、顔をのぞかせたのはこの場で最も早く避難させるべき存在。しかし、こういう方だから皇帝で、アグドニグルの頂点でい続けるのだとヤシュバルは今更驚かない。

赤い髪を優雅に靡《なび》かせながら、皇帝クシャナは胡乱な目で喚くバルシャに向けて、ぐいっと、顎で兵に指示を出す。

「ちょ、何、何をするのよ……！　離しなさい、無礼者……！」

「無礼は貴様だ小娘。利用価値があるから多少のお転婆は許してやっていたが……人の地雷の上でタップダンスを踊りおって……」

「タップ……？」

「うん、何でもない。連れて行け」

皇帝が命じると、聖女だろうがなんだろうが容赦なく、バルシャはずるずると兵たちに連れて行かれた。

「苦しいか、シェラ姫」

残った皇帝はヤシュバルの腕の中で泥を吐き続けている少女に触れ、目を細める。

「この場で黒化するのは、あの聖女の予定であったのだがなぁ。賞味期限間近の女の末路。神殿を貰うのに丁度いい頃だったんだが……あの小娘、こんなこともできるのか。うーん、ルドヴィカ舐めてたわー」

祝福者の黒化。

能力の暴走、最終的には爆発して周囲に甚大な被害を齎す……というのが、一般的な「祝福者の末路」であるが、実際にはもう少し違う。

周囲に、魔毒の泥を吐き散らして、そこから魔族の領地へと浸食していく。

黒化した祝福者が門で、芽で、核となり、北の地に封じられた魔神をその場に召喚できてしまう、言うなれば依代《よりしろ》となる。

なので、国としては黒化した祝福者は同じ祝福者により須《すべか》らく消滅させ「全魔力を爆発させて消滅した」と、そのように。

「どうしたものかな。いや、私の答えは決まり切っているが、さて、ヤシュバル。どうしたものか」

「……」

皇帝の視線を受けて、ヤシュバルは硬く冷たくなっていくシュヘラの顔を見た。既にこちらの声は届かず、意識もあるようには見えない。

いつもヤシュバルを見ると眩しい程の笑顔を向けてくる顔が、今は苦悶に歪んだまま固まっている。

黒化した者をどうするべきか、祝福者であるヤシュバルもよく心得ている。

この場で直ぐに殺す。

「キャンキャン！　キャワワワン！　キャン！」

冷たいシュヘラの首に触れたヤシュバルの足を、何かががぶりと噛んだ。

「わたあめくん」

「キャン！　キャン！　キャン！　ガルルルゥ！」

ぐいぐいと、吠えて、噛んで、威嚇して、雪の魔獣の子がヤシュバルからシュヘラを奪おうと、助け出そうとヤシュバルを攻撃する。

「スコルハティ」

『身の程を弁えよ』

ヤシュバルが自身の使役する魔獣を呼び出せば、雪の魔獣の何倍もある氷の魔獣がピシャリ、と雪の魔獣を威嚇した。

「キャッ……ウーウゥゥウウ！　キャン！」

一瞬怯み、しかし雪の魔獣は再び、今度はスコルハティにも噛み付こうと牙を剝く。

どれほど吠えても、小さな魔獣。スコルハティが前脚で少しでも叩こうものなら消えてしまう矮小な存在。それがわからないでもないのに、吠える。

『……愚か者めが』

スコルハティが苛立ったような唸り声を上げた。そして容赦なく、貫き殺そうとして出現させた巨大な氷の杭が、雪の魔獣を貫く。

と、思われた。

「叔父上……ッ！」

「キャワ……ワ、ワン!?」

しかし、その氷の杭は雪の魔獣に届く前に霧散した。

矮小な魔獣の前に飛び出して両手を広げ庇うように現れたのは、白い耳を持つ獣人。第一皇子の長子、カイ・ラシュだ。

「……カイ・ラシュ」

「邪魔をして申し訳ありません、おばあさま……！　叔父上……！　しかし、ですが……ですが！」

契約している魔獣はアグドニグルの王族に危害を加えられない。スコルハティの意思に関係なく、カイ・ラシュに届きそうになれば、スコルハティの攻撃は無効化される。

雪の魔獣を庇ったまま、カイ・ラシュはヤシュバルと、そして皇帝クシャナに向かい、額を床に擦りつけた。

「シェラを、どうか、シェラを殺さないでください！」

＊

「お願いです、どうか、どうか……シェラを、助けてください、お願いします……！」

「黒化した祝福者を救う手はない」

膝をつき床に額を擦りつけ、懇願する甥を前にヤシュバルはただただ事実を伝えた。

人の身には過ぎたる力。使い過ぎれば毒になるのは、例えば多くの人の命を救い繁栄を齎した炎や薬とて同じこと。

それであるからアグドニグルの祝福者は「もう頃合いだろう」と、勘付けば同じ祝福者に自身を殺すよう約束をさせている。

レンツェから連れて来た炎の祝福者であるレイヴンは、未だその執行者を探し出せずにいるのと、当人にその覚悟がないゆえに地下に封じられたままだった。

「何か……何か、あるのではありませんか……！　叔父上や……おばあさま、アグドニグルの、この世で最もお強い、多くを知るおばあさまなら……！　黒化した者を、救う手段を御存知ではありませんか……！」

「ない。故に、陛下や私とて黒化の予兆を感じれば須らく速やかに自死する用意がある」

「……女神が……！　そうだ、シェラの知り合いの女神が、いるんだ……！　一緒に来ています！　だから、彼女に頼めば」

「む、無理よぅ！」

ヤシュバルの説明に、カイ・ラシュは一瞬絶望した顔をする。が、すぐに自身の知る少ない情報をかき集め、何とか諦めないでいられる道を探そうとする。

その間にもヤシュバルの腕の中のシュヘラザードは冷たく硬くなっていく。

カイ・ラシュとこれ以上対話する必要はなかった。

ヤシュバルのすべきことは一つだけ。だが、それを実行することがどうしても、鈍る。

カイ・ラシュの言葉に被るように聞こえた女の悲鳴は、大神殿レグラディカの主人たる女神のものだった。

「あたしは……あたしはね、救えなかった神なのよ！　それがどういうことか……！　わかってて、クシャナは、あんたたちの皇帝は、あたしをレグラディカの神に受け入れたのよ……ッ！」

「救えない神……？」

「その駄女神の特性だな。正確には後天的な権能とも言えるが」

ひょいっと、皇帝クシャナがヤシュバルの腕からシュヘラザードを奪い取った。この場の誰もが礼服や宝飾品で着飾る中、唯一実用的な、戦闘に向いた軍服姿の女は軽々と少女を持ちあげて、スタスタと階段を上がる。

ヤシュバルたちは自然、その後を追った。

「信仰によって生まれた女神メリッサ。が、そやつは信者たちを救えなかった。故意ではない。悪意あってのことではもちろんない。だからそうなる。神を生み出す程敬虔で善良で純粋な者たちを救えなかった女神は、救えなかった、のではなく、彼らを救わなかった神になるしかない」

例えば人が死んだ。

剣で切られていたなら「剣で切られたから」「死んだ」と結び付けられる。

ひよこが生まれたのなら、産んだニワトリが存在する。

敬虔な信者が死んだのなら、神は救わなかったのだと、能力を縛られる。

「人間に生み出された神は、容易く人間に縛られる。本来万物万能の存在である神が、人に関わればあっけなく無能になる。故に多くの神々は、力ある神ほどに、人の世に関わらず、誰も救わない。

と、まぁ、そんなことは、どうでもいいんだが」

「どうでもよくなんかないわよ……！　クシャナ！　あんたは……あたしが無能だから、何もできないから、この国に受け入れたんでしょ……！　人を救えない神なんて、誰も信奉しないもの……！」

「その話を今する必要はあるか？」

喚く女神を冷たく一瞥し、スタスタと歩き続けたクシャナは大広間で立ち止まった。

少し前までは多くの人間が踊り、歓談し、アグドニグルに栄光をと称えていたその場所が、誰もいなくなれば随分とわびしいもの。

「黒化した者を屋外に晒していれば飛び散った泥が城の外から世界を侵すゆえ。屋内で始末するに限るもの。が、そろそろ、第一段階を終えるぞ。さて、どうしたものかな」

クシャナは大広間の中央に黒く固まった少女を置いた。その瞬間、ピシリ、と軋む音。

「……終わったな。第二段階だ」

素早くクシャナは大きく後ろに飛びのいた。

剣を抜き、同時にクシャナの方に向かってきた泥の塊を弾き落とす。

「おばあさま!?」

「春桃の子なら結界くらい張れるだろう。カイ・ラシュ。離れておれよ。これも社会勉強と、見学は許してやるが、これより先はＢＯＳＳ戦……マルチで推奨レベルに達してないプレイヤーは下がれ。邪魔だし死なれると本当に迷惑だ」

「は!?」

アグドニグルの皇帝クシャナは時たま人にわからない言葉を使う。養子であるヤシュバルや、孫であるカイ・ラシュにも理解できない。それでも人に理解されることを皇帝クシャナは欲しておらず、唖然とする顔をちらりと見ることもなくタンッタン、と、軽やかに移動して、矢よりも速く飛んでくる泥を打ち返す。

大広間は灯りが消え、シュヘラザードの黒い体から紫の電撃のようなものがバチバチと辺りに広がり、明るくした。

大理石の床からボコボコと湧き上がる、人の頭ほどの泥の塊がその電撃を受けて強い魔力の膜を張る。

泥の山は隣り合った泥同士と魔力を結び合い結界を作る。中心の黒化した者の体が魔神の依代となる変化を全て終えるまで外部からの干渉を阻むものだ。

そして泥山の結界が盾として現れる第二段階の次は、こちらの妨害に対して攻撃を繰り出してくる〝守護者〟の出現である。

「……陛下」

「ヤシュバル。そなたの判断が遅くてこうなったんだぞ、と、責めて欲しそうだから責めないし、こうなるとわかっていて私は手を出さなかった。第三段階くらいまでなら、まぁ、始末できるからな。ちょっと面倒だが」

通常であればもう少し時間の猶予があるものだが、ヤシュバルやクシャナが揃っているこの場では、守護者の出現も早かった。

流動する水のような、黒いもの。泥の山を破壊しようとするクシャナを攻撃し、近づけさせない。切り傷一つでも付けられれば、そこから泥が侵食して自身を蝕む。それであるから通常はこうなる前に黒化した祝福者を殺す。が、そうできなかった者の方が実際のところは多かった。

クシャナはあえてこの場にヤシュバルだけを戦力として他の者を皆下げた。残りたがった者はいたが、幸いにして今日の場にいた者は皆クシャナが「そうせよ」と命じれば従う者たちだった。

（まぁ、厄介そうなのは来られないようにしておいたわけだが……）

本来であれば、今日この場で黒化するのはバルシャの筈だった。

あの小娘。

他人が妬ましくて仕方のない娘。

既に多くを手にしていて足りないと吠える。他人が手にしている物を自分が持っていないことに嫉妬するだけならまだ可愛いものだが、他人が何かを得ると「自分が損をさせられた」気持ちになる性根の持ち主だった。

聖女としての力も平均的。神事を満足に行えるだけの神気もなく、また信仰心も持ち合わせていない小娘を、それでも癒しの祝福を授かったものであるからとルドヴィカが持て余していた。ルドヴィカの最高責任者ウラド・ストラ・スフォルツァに貸しを作ってやろうと引き取ったが、思ったより事故物件だった。

（今日この場で黒化させるよう追い込んでおいて、黒化したらヤシュバルに討たせて箔付けさせせよ

うと思ってたんだけどなぁー）

レンツェは小国だが、国は国である。それも本国からは離れた土地。そこへいかにレンツェの王族の「王配」という立場であろうと、元は人質だった部族の長の子を宛てがうのだ。

いらぬ詮索や疑惑、問題は多くそういった輩を黙らせるのに丁度いい茶番劇だと思ったが、どうも上手くいかなかった。

（私も反省してるので、直々に対処しても良いのだが……）

守護者の繰り出す攻撃を躱《かわ》しながら、クシャナはその中心、禍々しく、おどろおどろしくなる塊を眺めた。

「……未練だな」

惜しいことをしたな、とその程度には思う。

レンツェの姫を使ってやろうとしていたことは多くあった。

しかし黒化はどうしようもない。

どうにかできるものなら、どうにかしたかった者がクシャナの長い人生の中には多くいた。

どうにかできないから、せめてその絶望や悲しみを多少でも僅かでも欠片でも「まだマシ」にしようと、自死するのが祝福者の潔さだとさえ、言われることがあった。

経験則で知っている。

どうやったか知らないが、バルシャの分の淀みを押し付けられたシュヘラザードはもうどうしようもない。

＊

体が焼けるように熱かった。

ぐずぐず、ヒリヒリと肌から指の先から火で焙られて、体の脂が燃えてどんどん体中を這い巡って燃えていくような、そして焼けた皮膚が肉の中に潜り込んで骨に触れていこうとするような執念深さ。

一昔前の、いや、前世の、国を代表する世界的アニメーションで、山犬に育てられた少女が祟りを受けて呑み込まれて染まっていくのは、こんな感じだったのかと思うような。

強制的に憎悪と恐怖をたっぷりと流し込まれて、頭の中でガンガンと怒鳴られる。

『憎いだろう』

『辛いだろう』

『恨んでいるだろう』

そして呼び起こされるのは冬の池の突き刺すような冷たさ。

理不尽に投げつけられる血の繋がった兄姉たちからの罵声と罵倒と暴力。

身の内から泥のような感情を引きずり出そうと、僅かでも引火させようと……大変必死な感じですね……！

（めっちゃ痛い～）

体中の痛みや違和感、這いまわる何もかもを私はわりとぼんやりとのんびりと、俯瞰《ふかん》していた。

やりたいことはわかる。

なんだか知らないが、大変居心地の悪い空間。肉体がそのままあるのかそれとも精神だけなのか、この状況が私の夢の中なのか妄想なのか、それはわからないけれど、一体この場で自分が「何をされようと」しているのかは、まぁ、わかった。

頭の中に呼び起こされるのはエレンディラの幼い頃の境遇。

恐ろしかっただろう。

怖かっただろう。

苦しかっただろう。

何もかも憎んでいいのだと、そのように囁かれるような、まぁ、そんな……つまりは、私は薪で周囲にある火が一緒になろうと大変熱烈な申し出をしてきてくださっているらしい。

「今更」

ハッ、と、思わず笑い飛ばしてしまった。

声は出るようだ。

「前提として、私は確かに……小さな子供が周囲に理不尽な目にあわされて虐待されていたら、怒りますし憎悪をみなぎらせます。それは、えぇ。間違いではありません」

レンツェで前世の記憶を思い出した時に、確かに親族皆死んでくれと憎んだし恨んだし、不幸を願って大変アグレッシブに動きたくなっていた。

「ただ、その清算は既にされています」

生き残った兄上もいらっしゃるようだが、しかし、大元の父親や大半の兄上姉上、その他御親族の方々はクシャナ皇帝陛下とアグドニグルによって粛清された。

私に囁く泥が、私に鞭の痛みを思い出させた。

なら、これはどうだ。憎いだろう、と。

あの手この手で、中々大変、諦めの悪いことである。

「私は自分に向けられる悪意や敵意、暴力に関しては……何かしらのマイナスな感情を抱くのがちょっと……それほど自分に関心がないので、難しいですね～」

アハッハハ、と朗らかに笑うと、明らかに泥が動揺した。

え、何このこ。

おかしい、こわ。

と、いうようなアテレコが付けられそうである。

「なんです、人のことを異常者みたいに……。冷静に考えて単純ですよ。エレンディラの不幸に関しては既に清算済みです。これ以上どうすることもできません。次に向かい合うべきは幸せになることで、それに関しては……ヤシュバルさまが助けてくださいます。ので、問題ないですし、私が尽力すべきは前に向かって歩くこと。憎んだり恨んだり、そういう後ろ向きなことをしている暇はちょっと、ないですね～」

そもそも、エレンディラを「他人」と見た上で彼女を襲った不幸に関し湧き上がる強い心はあるが、これを「私が受けたこと」と思えば、先述の通り、私は自分自身に向けられた攻撃に関しては興味がない。

「ので、大変申し訳ないのですが、この状況……どうにかこうにかキャンプファイアーでも起こそうとしていることは理解しますけれど……私を薪にするのは無理ですね。池に落ちただけに、燃えない薪になってしまっていまして……！」

あはっははは、と、この場を和ませ（？）ようと笑うが、だからといってハイソウデスカと、すぐにここから出して貰える感じではなかった。

「ぐぅっ……！」

泥が私の口や耳やら、鼻やら、あちこちから強制的に流し込まれていく。

（めっちゃ痛い～）

内臓がぐちゃぐちゃと体の中でシェイクされているような感覚。

頭の中に浮かべられるのは、バルシャお姉さんやアグドニグルの人たち。

この人達に関わったから、こんな痛い目にあっているのだと、そう思えるような優しいご手配ですね。

（頭の中に映像が流せるなら、前世で観た映画とか流して頂けたら時間潰しになるんですが）

憎む要素。

恨む要素。

苦しむ要素。

そういうものを必死に掘り起こして、次々に見せてくれる、大変ご苦労様です。

（無理ですって～）

ちゃんと痛いし苦しいし、とてもしんどい、というのはちゃんとある。


ただ、無理だ。

どうしたって、無理だ。

諦めてくれないかなー、と私は泥の中に呑み込まれていった。

＊

「……なんのマネだ？」

おや、と、クシャナは自分の剣を受け止めたヤシュバルを見て、目を細め首を傾げた。

遊んでいる場合でもない。

そろそろ消すと、そう決めて繰り出した攻撃は、泥たちの幾十もの結界を貫いて核まで届くはずだったもの。

それを受け止め、薙ぎ払ったのは氷の祝福を纏った剣。

「……」

「答えられぬ行いであれば二度とするな」

「陛下」

剣を握ったまま、ヤシュバルは頭を下げることなくアグドニグルの皇帝に向かい合う。

「ハッ」

皇帝は鼻で笑い飛ばした。この間も二人には泥の攻撃が続くが、二人は互いから視線を外さずにそれらを防ぐ。片手間にできる程度のものだった。

「ギン族はどうする。あれらは未だに、お前の支援がなければ冬を越せない土地にしがみついている。ここで私に剣を向けるということがどういうことか、しっかり考えたか。そしてきちんと答えを出した末のことか。これまでお前がしてきた何もかもを、たかだか一時共にいただけの、取るに足らない少女のために捨ててしまえるものなのか」

クシャナはヤシュバルを相手にしても死なない自信はあった。ヤシュバルを殺すことも可能だった。そしてそれはヤシュバルとて理解していることで、このささやかな抵抗が齎す未来を想定して、勘定しているのなら、それは愚かの極みであった。

「ヤシュバル・レ＝ギン。お前のそれは意味のないことだ。あまりにも無駄で無価値で、救いようのない行為だ。お前に私は止められず、お前は自分のそのつまらない意地でお前が守ってきた全てを台無しにするだけの、なんの生産性もない行いだ」

ヤシュバルという男は、口下手だとクシャナは思っていた。

雄弁に語ることを、仕事としてならいくらでも行える。

だが絶望的にこの男は自分の感情を言葉にすること、自分の感情を表に出すことが極端に下手だった。

周囲から何を考えているのかわからないと、そう思われている。

だからこの男が、命を燃やしてまで自分を捨てた一族を守っていることなど誰も信じないし、知ったとして「え、なんで？」「突然じゃない？」と困惑するばかりだろう。

それがわかっているクシャナでさえ、ヤシュバルが今こうして「シュヘラを守る」と行動したのを「え、なんで？」「そこまで大切だった？」と思わずにはいられない。

だが、クシャナの言葉のあれこれを投げつけられてもヤシュバルは怯まず、真っ直ぐに見つめ返してくる。何を考えているのか、さっぱりわからない男。だが、クシャナが再び攻撃すれば、また防ぐのだろう。

「一、二、三、今だ！　行けー！」

「キャワワワン！」

さてどうしたものかとクシャナが判じていると、頭上から孫と犬の声がした。

「うん？」

「え」

頭上。

ゆらゆらと揺れているのは、クシャナ自慢のシャンデリア。

その上に乗っているのはどう見ても、カイ・ラシュと雪の魔獣。

勢いをつけて一人と一匹が声を上げると、特別製のシャンデリアが落下した。

「あぁあああああああああああああぁあああぁあああ！！？？？」

一つ一つが特別製のクリスタルガラス。

この世界においてクリスタルガラスというのは「宝石」の部類だった。クシャナの前世ではクリスタルガラスは硝子だった。水晶は鉱物、硝子は非晶質で宝石ではない。その矛盾した名称だったが、この世界では硝子と水晶を合わせる錬金術があり、その末にできる一つ一つがダイヤモンドと同価値の宝石だ。

それが孫と小動物の手により、瘴気の泥にダイレクトアタックをかまされた。

「カイ・ラシュ!?」

「叔父上！　クリスタルガラスの性質は「陽」です！　この量なら、一時的にこの泥の勢いを止められます！」

泡を吹き倒れたクシャナをとりあえず安全な場所に避難させ、ヤシュバルは上階に飛び移ったカイ・ラシュと雪の魔獣に声をかけた。

傍観することくらいしかできることがないと思われた少年は、手にいくつもの札を持ち、上階を駆けずり回りながらあちこちに札を張りつける。

兎族の結界術だ。

最弱の部族と呼ばれた兎族は身を守るために結界を作る術《すべ》を持っていた。しかし神の祝福や加護を得た力の前ではあまりにも「弱い」もので、ただの文化、滅びゆく技術の一つ程度の扱いで細々と受け継がれていくだけだった。

「女神メリッサ！」

確かにカイ・ラシュの言葉通り、泥の動きが停止した。周囲に雷電は走らず、グズグズと泥が揺れるのみだった。

ヤシュバルは柱の隅で震えている女神の腕を摑んだ。

「な、なによぅ！　言っておくけど……あたしは何もできないわよ!?」

すぐさまヤシュバルの手を振り払おうとするメリッサが拒絶から姿を消そうとする前に、ヤシュバルは吠えるように叫んだ。

「私を呪え！」

＊

「あの手この手で、あれこれと……熱心ですね？」

泥に沈められてどんどん、私の意識はしっかりしていた。痛みやら何やらが酷かったのは少し前に終わっていて「痛みじゃ無理だな」という判断がされてから、とりあえず有効的なものが見つかるまで只管世の中の理不尽さや悲劇が頭の中に強制的に浮かべられる。

例えば戦争で罪もない人間が殺されたり。生まれが貧しいばかりに死んでしまったり。他人と自分が違うことがどういう「差」を生むのかと、ありとあらゆる、そんな、世の不幸のオンパレード。

「ただ、これもその……あんまり効果はないと思いますよ。なんと言いますか……テレビ、映画とか観てる感覚になるので……」

平和ボケした日本の令和世代の意識がしっかり、私の精神をガードしてしまう。

「私を絶望させたり、憎ませたい熱意はよく……わかるんですけどねぇ。なんだか、申し訳ない」

泥の無駄。いや、時間の無駄？

「よいっしょっと」

いつまでもお付き合いしていては、どんどん時間が経ってしまう。今どの程度経っているのかわからないが、さて、と私は泥の中で体を動かしてペシペシ、と、体に付いた泥を払い落とす。

え、なんで動けるの。

などと、困惑した声が聞こえるような気もするが、気のせいだろう。

「この空間が何なのかわかりませんが、まぁ、何とかなるでしょう」

「何とかなると思う根拠はなんでしょうねぇ」

「うわっ、びっくりした」

突然私の隣に、白髪のおじいさんが立っていた。

皺のある顔に、杖をついている。腰は曲がっていないし、どちらかといえばがっちりとした体付きのおじいさん。

「ごきげんよう。レンツェのお嬢さん」

「ご、ごきげん、よう」

私のことを知っているのだろうか。

「いえ、なに。失礼かと思いましたが、少し先ほどの泥の記録を観ました。お若いのに随分とご苦労をなさっているのですね」

「いえいえ、それほどでも」

このおじいさん、どなたなのだろうか。

「この泥の先住民、とでも言いましょうか。五十年程ここでこうしております」

「ごじゅっ」

「さて、ここで立ち話もなんでしょう」

ひょいっと、おじいさんが杖を振るとキラキラと杖の先が光った。

すると場所が変わって、小さな部屋。

アグドニグルのお城の、茶室に似ている。

「お茶でも如何です？」

「あ、はい。ありがとうございます。頂きます」

言われるままに、勧められるままに私はおじいさんの向かいに腰かけて、お茶をご馳走になる。

お茶っ葉とかどうしているのだろうかと疑問。

「想像。記憶から取り出しているのですよ。実物ではありません。まぁ、今の私たちも実体というわではありませんから、よろしいでしょう」

「は、はぁ」

のんびりとしたおじいさん。

出されたお茶は、紫陽花宮でもよくシーランが出してくれたお茶と同じ味だった。

「あの、おじいさん。ここは何なんでしょうか？」

「レンツェのお嬢さん。おわかりになられていることを聞くのであれば、そのように聞きなさい」

「……私の最後の記憶は、聖女のバルシャさんが私に何か言ったところまで。何かを押し付けられた感覚がありました。荷物を急に、手渡された感じ。体が一気に重くなって、頭が真っ白になるような」

あの感覚は覚えがある。

エレンディラとしても、前世の日本人の頃でも。

自分がやってもいない罪を着せられて被せられて「お前がやったんだ」と決めつけられどうしようもなくなった時に感じた、体の重さと、何も考えられなくなるほどの、ショック。

「……でも、そんなことが？」

「可能であったので、貴方は今ここにいるのでしょうね。お嬢さん」

「……イブラヒムさんは、聖女は黒化しやすいと言っていました。あの会場で、あの場所で、バルシャさんが最も深く傷付いて苦しんでいて、絶望していた。それを私に押し付けた、ということですか？」

「私はその場におりません。が、あなたの記憶と今の言葉振りから察するに「はい」と肯定するのは容易い」

「あのバルシャさんがどうしてそんなことを……」

「自分以外の者の心の内など、理解しきれぬものですよ」

のほほん、とおじいさんはお茶を飲みながらのんびり言う。

この不思議な場所に五十年いるという言葉が本当なら、このおじいさん、老紳士も私のように何も憎まず恨まず妬まずに、この空間に耐えているということだろうか。

私が言うのもなんだけど、それ人として大丈夫かと思う。

「耐えることは容易いのですよ」

ぽつり、とおじいさんが呟いた。

「あの、おじいさん。ここから出る方法は……」

「あればとうに出ていますよ」

「で、ですよねぇ～」

困ります～と、私は頭を抱える。

「この部屋もそれほど長くは持ちません。つい見知った気配がしたもので、貴方の閉じ込められた空間まで無理に出てきてしまいましたが、本来私が淀んでいる場所と、貴方が閉じ込められている空間は別にあるのですよ」

ただ似通っているので繋ぐことはできたとおじさん。伊達に五十年もこんな感じの空間にいらっしゃらない。

「うーん……うーん、でも、まぁ。私が自力で出られなかったら……ヤシュバルさまが助けに来てくれると思います」

「ほう?」

「私のお婿さんになる人なんです」

五十年ここにいるおじいさんはアグドニグルの王族のことは当然知らないだろう。

私は自分がレンツェの王族であること、色々あってヤシュバルさまと婚約したことなど話した。

おじいさんは面白そうに目を細めて聞いてくれる。

「お嬢さんはその方が好きなのですか?」

「好きになって良い方だと思っています」

「なるほど」

ゆっくりとおじいさんが頷いた。

「それはとても、素敵なことですね」

そう言えばおじいさんはアグドニグルの人なんだろうか。名前も聞いていない。聞こうとするが、私が考えていることをあれこれと先に答えてくれるおじいさんが何も言わずににこにことしているので、きっと答えてくれないのだろうと思った。

「皇女殿下はお元気ですか」

「皇女」

アグドニグルの王族に皇女はいただろうか。

六人の皇子殿下がいらっしゃることは知ってる。カイ・ラシュのように皇子殿下のご息女を皇女ともさすだろうけれど、五十年ここにいるというおじいさんが知っているものか……？

……陛下だったりして。

即位される前はクシャナ陛下も「皇女」という御身分のはず……なんだか「皇帝陛下」という御身分が似合い過ぎて皇女時代が想像もつかないけど。でもさすがに陛下も五十年前は生まれてないだろう。とすると、陛下の前の世代の王族だ。

「私はあんまり、王族の方と知り合いじゃなくて……すいません」

謝るとおじいさんは微笑んだ。にこにこと穏やかな方だ。

こういう人がどうして、憎悪やら憎しみに塗れた泥の中にいるんだろう。私と同じように押し付けられたのかな。

「……助けてくださったお礼を、何かしたいのですが」

ふと、私は思いつく。

このおじいさんは恩人だ。あの空間にずっといたら、さすがに私もおかしくなったかもしれない。

こうして明るい部屋に連れて来てくれて、温かいお茶をご馳走になって私の心はかなり落ち着いた。

落ち着いてみると、自分が少なからず動揺していたと自覚できるものだ。

「お礼？」

「具体的にはレッツクッキングを少々」

この茶室、厨房にできます？　と私はお伺いを立てた。

茶室を調理場にできないかと、私の提案を不思議なおじいさんは面白そうに受け入れてくれて、私の両手を取った。

＊

「この泥の中で呑み込まれない精神力があれば、貴方にも自分でこうした場所を作り出すことができるはずですが、今回はお手伝いしましょう」

皺があるのに、妙にがっちりとした手のおじいさん。指の一本一本が太くて、アグドニグルの武人さんだったのかもしれない。握られた手の力は痛くはないけれど強い。

「それではお嬢さん、目を閉じて。今この茶室にあるものを、どうすれば貴方にとって都合の良い空間にできるか考えなさい。広さはこのままで、まだ空間を広げるのは難しいでしょう」

「えぇっと、そうですね。まずは水回りが。私の腰の高さにあった流し台に……ちゃんとお湯と水が出る水道……あ、調理台は広めで、コンロは三口ないと困ります。火力は強めの設定で、できればプロパンガス……」

「……そういうことではないのですが、まぁ、いいでしょう」

ぐるぐると私は考える。

マチルダさんや他の人に調理を代わって貰えるのではないのなら、私が使える調理場。あれこれと想像するのは前世の記憶。働いていた食堂、ではなくて、その前の……いや、まぁ、それは今はいいとして。

大きな冷蔵庫。

コンベクションオーブン。

食洗器……は、今はいいか。

あれこれと考えて、ぐるぐるぐるぐると、世界が回る。

便利。便利。素敵な調理場。

「おやおや、これはこれは……私の雅な茶室が、銀の……これは鉄ですか？　それにしては、美しい」

「ステンレスです。いやぁー、実際リフォーム見積もりとったらいくらになるんだろー！　わぁー！　わぁー！」

ぱちりと目を開けると、そこにできていたのは私の想像通りのシステムキッチン。広さはそこそこだがちょこまか歩き回るのが幼女の私なので無問題。

カウンターキッチンになっており、カウンターにはきちんと椅子が二脚ついている。

「さて、おじいさん。何か食べたいものはありますか!?」

私は真っ白いコックコートに袖を通し、キャップに髪を押し込んだ。その様子をにこにこと眺めていたおじいさんは、ここが自分の定位置だろうとカウンター前の椅子に腰かけて、テーブルに両肘をつく。

「中々に面白い形の部屋ですね。目の前で調理をされるのですか。これはこれは、実に興味深い。昨今のお店はこうしたものが主流なのでしょうか」

「ローアンのことはわかりませんが、ある国ではこういう形の、オープンキッチンはそれほど珍しくはありませんよ！」

「なるほど、時代の変化ですかねぇ」

五十年も停滞していると眩しいものだと、おじいさんはのんびり言う。

お品書きなどあればいいのだが、そこは再現できなかったし、できたとしても日本語だろうからおじいさんは読めない。

私はおじいさんの食べたい物は何かないかと聞いてみて、おじいさんは少し考えるように首を傾げた。

「……そうですね。私はあまり、食に拘りはなく、物心ついてから戦場で剣を振るっておりましたが……とある方に「美味い物だ」と教えて頂いた品があります」

「へぇ。どんな料理なんです？」

「……今のアグドニグルはきっと豊かなのでしょうが、五十年前はそれは小さな国で、国中が貧しく飢えておりました」

今の栄えたローアンからは想像もできない。

「……当時のアグドニグルでは、その方のおっしゃる料理はあまりに贅沢で、私などが気軽に口にできるものではありませんでした。その方はいつか、一緒に食べようと言ってくださっておりましたが……」

結局ついぞ、食べる機会はなかったが、何か食べたいと、五十年ぶりに思うのならその品だとおじいさんはぽつり、と話してくれた。

なるほど……きっと、さぞかしなんかこう、オシャレだったり、高価だったり、手の込んだお料理なんだろうなぁ……。

戦場で生きていたおじいさんがついぞ食べられなかった料理だ。私はうんうん、と頷いた。

「その方も詳しい作り方は存じ上げないようでした。けれど、野菜や獣の肉や骨を何時間も煮込み、それらは全て使わずに捨ててしまうそうです。そしてそれに更に、豆で作った調味料を入れて味を濃くして、麺や野菜、茹でた卵や肉を載せて食べるそうですよ」

……。

……なるほど？

「うん、ラーメンですね、それ」

この世界にラーメンがあったのかと驚きだが、餃子のあったアグドニグルなのだからラーメンもあるだろう。多分。それにしてはローアンでは見かけなかったが、まぁ、あるんだろう。

「辛い仕事を終えた後や、お酒を沢山飲んだ後に食べるものだと、その方はおっしゃっていましたねぇ」

「ラーメンですよ、それ絶対」

「作れますか？」

「ええ、まぁ。時間はかかりますけど」

「構いませんよ、時間ならたくさんある」

「ですよねぇ」

よっこらせ、と私はごそごそと素敵な厨房を漁り始める。

おじいさんの精神がメインとなっていた茶室はおじいさんの精神力の限界がくると崩壊してしまうらしいが、ここはまた別、私の精神がメインになった空間だそうだ。

そしてここには、私が必要だと想像した物は都合の良いことに用意される。段ボール箱の中には玉ねぎやニンジン、葱《ねぎ》、ニンニクなどといったお野菜。業務用冷蔵庫を開ければ鶏肉や豚肉、新鮮な卵やなんと味噌・醤油などといった調味料まで入っている。

頭の中にあれこれと浮かんでくるのはラーメンスープの作り方のノウハウだ。

……前世の日本人で、食堂の手伝いをしていた私にラーメンを作った経験はないのに浮かんでくる。作り方を読んだ覚えがあるのかどうか、と思い出せば、まぁ、ある。

……けれどそれは寝る前の暇潰しにと少し、ネットサーフィンをして記事を読んだり、お料理ユーチュー〇ーさんの「自宅で簡単本格ラーメン」的な動画を観たりした程度のもの。

それがありありと、はっきりと、それこそ分量までしっかりと、思い出すことができる不思議。

(多分、これが私の祝福なんだろうなぁ)

小説や漫画だとこういう能力にはすぐに名前がついてくれてわかりやすいのだが、実際例えば熱を出した時だって、風邪なのか肺炎なのかそれとも他の病気からの発熱なのか、理由と病名を罹患者が即座に把握するのはほぼ不可能。

自分の体や状態の変化はわかるが、それが何かはわからない。わからないけど、対処できる範囲でしないとならないものだ。

「ラーメンとはどんな食べ物なのです？」

「うーん、麺料理ですよ。スープも麺も、トッピング……具材も色んな種類があるんです。この料理が盛んな場所だと、そのお店ごとに特徴があって……」

チャーシューメガ盛りを売りにしたものとか、いわゆる◯系ラーメンとか……。

「派閥や流派がある、武道のようなものですか」

「そうですね。なんでもそうだと思いますけど」

「なるほどなるほど」

「ただ、これは個人的な考えなんですけど……ラーメン以外にも世の中には美味しい料理が沢山あって、例えば厳しい戦場で、あぁ食べたいなぁって思い出すのには、ちょっとこってりし過ぎっていうか、ラーメンじゃなくてもいいと思うんですけど」

よいっしょっと、私は野菜を切って鍋に放り込み、仕込みを続ける。

「おじいさんに「美味い物だ」って言ったのなら、多分、ラーメンが美味い物ってだけの意味じゃないと思うんですよね」

ラーメンがあるのなら、北京ダックやその他中華の美味しいお料理の数々がこの世界にもあるのだろう。その中であえてラーメンであった理由を、私は作業の片手間に考える。

「ラーメンって、まぁ、私のイメージなんですけど、基本的に一人で食べて一人で完結していい料理なんですよ。ただ、何でしょうね。仲間。友達。そういう、気心が知れた人と、何か分かち合いたくて、笑って、並んで一緒に食べたい時？　に？　「ラーメン食いに行こうぜ」って誘うような」

独断と偏見で申し訳ないが、そんなイメージがある。

おじいさんが戦場で話したというその人。ラーメンがお好きだったのなら、おじいさんを誘ったのは、戦友とラーメンをと、良い意味で、ただ美味しい物を語っただけではない以上の意味があるのではないだろうか。

まぁ、わからないけど。

「……」

私の話をおじいさんは黙って聞いていた。時々目を細めるけれど、もともとニコニコ糸目なので笑っているのかそうじゃないのか微妙なところだ。

「お嬢さんは、」

「はい？」

「ここから出たいですか」

「出たいですね」

とても便利で素敵な調理空間が思いのままだけれど、別にここにずっといたいとは思わない。

率直に答えると、おじいさんが微笑んだ。

……。

「では出して差し上げましょう」

うん？

「出られないって言ってませんでした？」

「貴方一人では出られないし、私が自分自身を出すことはできません」

しれっとおっしゃるおじいさん。

何がどうして、急に協力的になってくださったのかわからないが、私は沸騰する大鍋に視線をやった。

「まだ仕込みが終わってないんで、今はちょっと……」

「貴方がそのラーメンというものを作れるのであれば、それは現実で、殿下のために作って差し上げてください」

ぐいぐいと、おじいさんは言うが早く、私の腕を掴んで歩き出した。

安全な空間から扉を使って出てしまい、また暗く重い嫌な空間になる。

その中をしっかりとした足取りでおじいさんは歩き続ける。不安になる私を振り返らない。

「私はこの中から出ることは叶いません。自分で望んだことで、ここに私が淀み続けることに意味もある。ですが、忘れられてしまったのだろうと思うと、どうにも切なくなることもありました」

「？」

「これは貴方のためではなく、私のためですよ、お嬢さん。作り方を心得ていらっしゃるご様子。では、間違いなく、無事に、問題なく、恙《つつが》なく、どうか殿下にラーメンとやらを作って差し上げてくださいね」

その瞬間、ずどん、と、私の中にぐるぐると蠢《うごめ》いていた……バルシャさんから押し付けられた

「憎悪」やら何やらの、重く苦しい感情が一気になくなった。

「お、じい、さん……！」

身代わりにされた私の、更に身代わりになろうとしている……！

私に擦り付けられた負の感情を、おじいさんが代わりに受け取った。体が軽くなり、この空間にいることが「相応しくない」と、そう拒絶され私の体が徐々に、薄く消えていく。

「なに、普段していることの、少し負荷が増えるだけのこと。お気になさらず」

「気にしますがー!?　とっても、だって、え、なんで!?」

「貴方からは懐かしい気配がする。きっと、私の殿下と同じものでしょう。異境のお嬢さん」

ごきげんよう、と、おじいさんが杖を振った。

私の視界は明るくなって、眩しくて、目が開けていられないほどになって……。

「お、落ちる――――！　いや――――！」

気が付いたら、何か、空！

夜空！

輝くお月様に、スター！

落下していく私！　幼女！

下にはローアンが誇る朱金城！

なんで!?

屋根に叩きつけられるか屋根の飾りに串刺しになるかどっちかかなー！

「いやぁああ――――！　助けてー！　助けてー！」

落下しながら叫ぶ余裕はある。

「わたあめ！　わたあめ！　助けてわたあめ！」

「キャワワン！」

ぽんっ、と、私の叫びに応えて雪の魔獣ことわたあめが虚空から出現してくれた。

「きゃわん！　キャ……クーン！」

しかし落下する私を虚空に浮かんだまま、茫然と眺めることしかできないわたあめ！　小さいもんね！　慌てて服の端を咥えてくれるが、びりっと破けるだけである！　わたあめー！

「スコルハティさま呼んで！　スコルハティさま！」

大きさ的にわたあめじゃ無理だよね！

私が必死にお願いすると、わたあめも凜々しい顔で頷いてくれるが、そうしている間にもお城の屋根との距離が短くなっていく。

ぐしゃりと潰れるのだろうか。

それとも部分的にバラバラになるのだろうか。落下死したことはエレンディラの時もないからわからないけれど、ぎゅっと目を閉じて衝撃を覚悟する私と、せめてクッションになろうと下に潜り込んでくれたわたあめは、けれど、潰れることはなかった。

「君は……こういう場合、私に助けを求めるべきではないだろうか」

一気に下がる気温。

肌を刺すような冷気と、それとは反対に柔らかく穏やかな声が私を包み込む。

「ヤ、ヤシュバルさまー！」

「キャワワワーン！」

ぶわっ、と、私とわたあめは落下の恐怖を今更ながらに実感し大泣きしながらヤシュバルさまに抱き着いた。

怖かったー！

滅茶苦茶怖かったー！

泥の拷問とか痛みのあれこれよりこっちの方がずっと怖かったー！

「……一先ず、無事で何よりだ」

「ありがとうございます――――！　うわー！　うわー！　死ぬかと思いましたー!!　うわー!!」

「キャワワーンワンワンワン！　ワン――――！」

眉間に皺を寄せながら、私とわたあめをしっかりと抱き留めてくださるヤシュバルさまに私とわたあめは必死にお礼を言った。

＊

「……うーん、うーん、私の素敵なシャンデリアが……うーん」

苦し気に呻きながら顔を顰めていらっしゃるのはクシャナ皇帝陛下。

どういうわけか、私を助けるために……あの陛下の立派なシャンデリアが台無しになってしまったらしい。

カイ・ラシュが落下させたとのこと。

しかし当人は「また作らせればいいだろう」とセレブ発言をかました上に製作費についても全く心配していなかった。これが……生まれながらの王族……。

などと、そんなことはさておいて。

「陛下、陛下ー」

「う、うーん……あぁ、シェラ姫か……そうかー助かったかー、そっかー……私のシャンデリアー……」

ぽんぽんと声をかければ陛下は気が付いて、状況を確認する。

「色々例外的だが、まぁ、結果は結果。過程は後程報告を受けるとして……シャンデリアー……」

はぁあああ、と盛大にため息をつかれる陛下。

そういえば御自慢の一品だと話にあったし……なんというか、申し訳ないことをしたな……。

「とりあえずシェラ姫は診察を受けるが良い。黒化した者が生還したなど前代未聞。なんぞ体に異常があっても不思議ではない」

「あ、はい。陛下。あの、ところで……えぇっと、そうですね……あの、陛下」

アグドニグルに五十年前いた人の話を、陛下にしてもいいものだろうか？

そもそも私はあのおじいさんのお名前を知らないままだし、あのご老人の姿が五十年前のものなのか、それとも泥の中で五十年過ごして老けた姿なのかそれもわからない。

「うん、どうした？」

「いえ。その、シャンデリアとか……色々、ご迷惑をおかけしました」

「そなたに非のあるところは何一つない。まぁ……シャンデリアは……うん、とても、残念……しかし、まぁ……うん……はぁあぁあぁあ……」

大変深いため息をつかれる皇帝陛下。

よ、よほど大切なものだったんだろうな……本当、申し訳ない。

バタバタと兵士さんやら何やらが集まってきていて、会場の後始末をしている。

豪華絢爛だった会場は黒く泥や煤のようなもので汚れていて、掃除だけでも大変そうだ。

「シェラ！」

「カイ・ラシュ」

「僕と蒲公英宮に行こう！　母上も歓迎してくれる！」

「え、いや、私は紫陽花宮に帰りますけど……」

「叔父上、よろしいですよね？」

ぐいぐいと、駆けて来たカイ・ラシュが私の腕を摑んだ。

私はヤシュバルさまの婚約者になったのだし、帰るのは紫陽花宮だ。しかしカイ・ラシュは強く粘って、私の隣にいるヤシュバルさまを睨んだ。

……なんかあった??

「どうしたの？　カイ・ラシュ」

「……別に。ただ、シェラが心配なんだ。母上のところには腕の良い治療師もいるし、庭も綺麗な花が沢山咲いてる。休むなら蒲公英宮が良いだろ？」

「シーランやアンも待ってますし……」

「侍女なら連れて来ればいい」

……カイ・ラシュの目に浮かんでいるのはヤシュバルさまへの不信感。

私がヤシュバルさまのところに戻ったら酷い目にあうとでも思っているようだ。そんなことは万に一つもありえないと私は思っているけれど、カイ・ラシュはそうではないらしい。

「こらこら、カイ・ラシュ。シェラ姫は今宵よりレンツェの正当なる王位継承者として我が国に滞在する。そうポンポンと居住は変えられぬぞ」

困っている私に助け船というわけではないだろうが、陛下が会話に入ってきた。

しかしカイ・ラシュは恐れ多いことに皇帝陛下にも不信感まるだしの、睨むような目を向ける。

「おばあさま、私はシェラを安全な場所に連れて行きたいだけです」

「この私をも睨むのは若さゆえか？　まぁ良い。シェラの身に起きたことを顧みれば、私がすぐさま捕らえて隅々まで調べ尽くそうとしていると思うのだろう」

……確かに陛下は私に診察を受けるようにとおっしゃった。それは私は普通の健康診断だと思ったけれど、違う意図があるとも取れるのか。

私が泥の中でおじいさんとお話している間に、何かあったんだろうな……。カイ・ラシュが陛下とヤシュバルさまのところに私を置きたくなくなるような何か。

……でもまぁ、大丈夫だと思うけど。

「あ、そうだ。陛下、ラーメン食べませんか？　何か、作りたい気持ちが今とてもあるんです」

「ほう、良いな」

「シェラ！」

「まぁまぁカイ・ラシュ。あれですね、お腹が空いてて寒くて暗いから、色々考えてしまうんですよ。とりあえず、食べましょうよ、ラーメン」

いいですよーラーメン、と私はカイ・ラシュに笑いかける。

……私のために陛下やヤシュバルさまにさえ牙を剝いてくれてるのはわかるけど、カイ・ラシュの立場でそんなことしたら、困るのは自分だろうに。

出会った時は身勝手だった男の子が、好きな女の子のために一生懸命になっている姿はとても好ましいけれど、対象が私なのが何もかも良くない。

（私はカイ・ラシュに何も返してあげられないんだから、私のために何かしたりなんかしないでいいんですよ）

何を見たのか、何を聞いたのか知らないけど、陛下とヤシュバルさまを疑うのは良くない。例えば、そうだな……お二人が、泥に呑み込まれた私を諦めたとか、危険だから始末してしまおうとお考えになられたとしても、そのためにカイ・ラシュが傷付く必要は一切ないのだ。

「カイ・ラシュも食べられるようにお野菜多めのさっぱりしたラーメンにしますからね！」

ぽんぽん、と私は怒っている様子のカイ・ラシュの肩を叩いた。

そうじゃない。違う、と、言いたげな少年の瞳に気付かないふりをして笑い続ければ、相手の心の内側まで読むことはまだできない素直な男の子。「……シェラは、仕方ないな……」と、そういう目をして、息を吐いた。

＊

カイ・ラシュは調理場をちょこまかと動き回るシュヘラから目を離さないようにじっと、その場に待機した。

聖女とその婚約者の醜聞、そこから祝福者の黒化。表向きにはどう発表されるのかカイ・ラシュは知らないが、あの場にいた全ての人の口を封じるのは難しく、レンツェの姫であるシュヘラザードが黒化したという噂はすぐに広まってしまうだろう。

そしてそこから生還した彼女を国がどう扱うか。

（……）

カイ・ラシュはヤシュバルを信じていた。

自分とは違う大人で、成人した男性で、一族のために生き、皇帝陛下の信頼が最も厚い皇子であるヤシュバルがシュヘラの後見人だと知った時は「そうか、そうだよな」と納得した。

レンツェで虐待されていたシュへラを救い出し王位につけるように皇帝陛下に直訴したという噂も聞き、なんて立派な行動なのだろうと尊敬もした。

(だというのに、ヤシュバル叔父上はシュへラを殺そうとした)

黒化したから。

元には戻せないから。

国にとって不利益であるから。

シェラの首を落とそうとした時のことをカイ・ラシュは忘れない。

どういうわけかシェラは生還してくれたけれど、それはあの場の誰かが彼女のために何かした結果ではない。ただの偶然。あるいは奇跡。女神メリッサは否定したけれど、そうした類《たぐい》のものだ。

あの場の大人の誰もがシュへラを助けようとはしなかった。

そのことがカイ・ラシュには悍《おぞ》ましい。

(いつものように笑っているおばあさまも、シェラが火を使うのを心配そうにしている叔父上も……何もかも、嘘っぱちだ)

シュへラには言えない。知れば悲しむだろう。あれだけ皇帝陛下やヤシュバルを信頼し好意を寄せているシュへラだ。二人が自分を見捨てたなど知れば、傷付くだろう。

「……僕が、なんとかしないと」

深く頷き、カイ・ラシュは自分が何をするべきか頭の中で必死に考えた。

＊

アグドニグルは醤油の種類が多い。

確か前世の知識によれば、上海などは醤油文化が盛んで味付けの基本は醤油。「味をつけるための醤油」と「色を付けるための醤油」の二種類を同じ料理に一度に使用する程、多種多様な醤油があった、と思い出してみる。

中華ファンタジー溢れるこのアグドニグルもそうした文化なのか、例えばシーランに「お醤油が欲しい」とお願いすると「簡単に集めましたけど……」と十五種類程のお醤油が用意して貰える。

そういうアグドニグルにて、さぁ、それでは私が作るラーメンは醤油ベースだ。

「美味しい～、あ、あたし女神なのに～……！　うぅ～、牛さん鳥さんごめんなさい～美味しい――！」

ずるずると、泣きながら麺を啜るメリッサ。

三時間程して、健康診断と調理のどちらも終えたシュヘラザードが「ラーメンできました！」とニッコニコで戻ってきた。

まだ事件現場の片付けが続く野外に簡単な長椅子とテーブルを配置して、そこに座るのは皇帝陛下に第四皇子、それに第一皇子の御嫡男。そして女神メリッサ。

どういう組み合わせかと、ちらちら周囲の視線を集めるが、それを気にする者はその場にいない。

「基本は醤油ベースにシュマルツ（動物性脂肪で作った油）とおろしニンニクをたっぷり入れまし

た！　ガリガリとすった砕いた白ごまも入れて、チャーシューは作ってる時間がなかったので、陛下に献上されてた美味しそうなお高い牛肉でローストビーフを作りました！　半熟卵と葱、もやしたっぷりのトッピングです！　美味しいですね！」

ヤシュバルの隣にちょこんと腰かけて、メリッサと同じように麺を啜り解説をするシュヘラザード。

「うーん。いいなぁ、これ。いいなぁ！　黒醤油を使ったか！　真っ黒だな！　明日の予定を一切シカトしたこのニンニクの量……！　明日の謁見どうしようかな！　美味いなぁ！」

一つ一つの食材についてきちんと丁寧に把握しながら、豪快に麺を啜る皇帝陛下。その姿は全く違和感がない。

「麺は真珠麺か？」

「あ、はい。色が白いことから真珠と言われる麺だそうで……味は普通の麺なんですけど、色が綺麗だから採用しました。あとこのスープは太麺が合うかと思いまして」

「なるほど、良いな」

「ヤシュバルさまはどうですか？　お口に合いますか？」

無言で静かに食を進めるヤシュバルにシュヘラザードが声をかける。

「……実に合理的な食べ物だ」

ラーメンというものはどうしたって麺を啜る時に音が出るし、そういう食べ物だ。だというのに無音。いっそ優雅とさえ言える様子でラーメンを食している男は口元を布で拭い、箸を置いた。

「……ご、合理的」

「北方では寒さ対策の一環として豚脂や牛脂を湯で溶いたものを飲むのだが、これは温かな料理として提供可能で、その他の野菜も共に摂ることができる」

「な、なるほど……成人病まっしぐらなラーメンも……過酷な環境では貴重な高カロリー料理に……確かに、麺とスープがあれば作れますからね……スープも凍らせて長期保存できますし、または粉末状にして持ち運びできるようにすればインスタントにも……」

あれこれとシュヘラザードが話すのを聞いてヤシュバルは真面目な顔で頷いた。

「北方は以前の私の管轄地だ。この料理が採用できないか、現管理者に進言してみよう」

「作り方はマチルダさんと一緒にやりましたのでマチルダさんに聞いて頂ければわかりやすく説明してくださると思います」

そこからは仕事になるのでヤシュバルは後で考えることにしようと、再びラーメンに箸をつける。

「あら、ねぇ、あんたお肉食べられないんじゃなかったっけ？」

女神メリッサは自分の隣に座る少年、カイ・ラシュが無言でバクバクと、別の皿に載せられたローストビーフを食べているのに驚いた。女神の目で見てみれば兎と狼の混血児。兎の歯を持っているので肉食は得意でなさそうなのに、肉を食べている。

「……僕はシェラの作った物なら食べられるんだ」

「ふーん、そう」

「……」

「あんたバカねぇ。今更そんなに急いで食べたって、急に大人になんかなれないわよぉ」

「……別に、そういうわけじゃないし、わかってる」

「あら、そう」

オホホ、とメリッサは笑った。神が小さな人の子を嗤う意地の悪さが少しあったが、悪意はない。

ぼそり、と小声で。それこそ女神の力を使いカイ・ラシュにしか聞こえないようにして、メリッサは囁いた。

「バカねぇ。何でもない風にしてなさいよ。いっそ何もなかった。ただちょっと、面倒事があった、程度の顔をして堂々としてなさいよ。そのために、クシャナや氷の皇子はこうして外でわざと、皆の前で食べてるのよ」

直ぐに噂になるだろうレンツェの姫の黒化のこと。噂は止められないだろう。だが、この場にいる多くの目が「え？　レンツェの姫？　あぁ、なんか、騒動があったらしいが、その後陛下たちと普通に食事してたぞ？」と、証言される。流れた噂は、「じゃあ何かの見間違いか」とそう消える。

「……」

沈黙するカイ・ラシュの皿にメリッサはローストビーフを一枚載せてやった。

「ほらこれ。女神たるこのあたしからの一枚よ。有り難く食べなさいよ」

別段何かの祝福があってのものでもない。ただの肉料理のひと切れ。ただ美味しい物だとメリッサが認めて、できれば全部自分で食べてしまいたかった。

牛には申し訳ないが、とても美味しい一品。

牛の肉の塊を油で表面をじっくり焼いて焦げ目をつけてあとはどういうわけか、生ではないがそれに近い状態を維持していた。

「ローストビーフって言うんですって」

噛むと柔らかい。ラーメンのスープ、麺と一緒に食べても美味しいし、一枚だけでもしっかり味がつけられているのか美味しい。

肉だけではなく、器の中の沢山の野菜が脂っこさを解消してくれていて、実に調和がとれている。

別に女神が肉食をしてはいけないという決まりはないが、メリッサは「美味しく食べてごめんなさい」と言いながらもりもりと食べる。

自分の管轄ではないけれど、シュヘラの料理。これは、きっと危険だなぁとそのように思いながら。

「人間って欲深いものねぇ。美味しく食べられる物は、利用されちゃうわ。分け合うことができればいいけど、奪い合うのが人間だもねぇ」

ズズズと、スープを飲み干して、女神メリッサは器をトン、とテーブルの上に置く。

見ればクシャナが「この場の者たちにも振る舞うように」とラーメンを宮廷料理人たちに大量に作らせて食べられるよう手配をしていた。

皇帝陛下の御心遣い。

良い物を、民に分けること、は、クシャナはできるだろう。

（……）

続いてメリッサはヤシュバル皇子を見た。何を考えているのかわからない氷の皇子。

あの時、あの場で叫んだ言葉をメリッサは思い返す。

自身を呪えとそう言った。その意味を理解した上で言っていたのか、それともただ思いつきか。

ただ、あの時はメリッサに覚悟がなく、ヤシュバルを呪う前に上空にシュヘラの気配がしたので
それっきりとなったけれど。

「あ、メリッサ。もう一杯食べます？」

「ちょっと考え中！　でも、そうねぇ、いけると思うんだけど、どうかしら？」

「少し時間をくれたら炒飯とか作ってきますけど」

「何それ」

「お米料理です」

「あ、それ私も食べたい」

はーい、とラーメンを完食した皇帝陛下が挙手した。

「あと何か足りないと思っていたんだ……やはり、ラーメンを食べたら炒飯も食べないとな……いっぱい動いたから腹も減るわけだ」

「あ、じゃあ急いで作ってきますね」

席から立ち上がるシュヘラザードに、ヤシュバルが続いた。当然のように自分も行くと言う男。

「ぼ、僕も行きます！」

「え、カイ・ラシュも？」

「手伝うよ！　料理を作るなら……僕だって手伝えるだろ！」

「まぁ、人手は多い方がいいですけど……」

王族であるカイ・ラシュが厨房に入っていいのかとシュヘラが首を傾げる。

「叔父上だって王族じゃないか」

「それはそうなんですけど？？？」

「私も行こうかな」

「え、陛下」

はい、と皇帝陛下が挙手した。

それぞれ食べた器を手に持って、厨房へ。

兵士達のためにラーメンを作り始めた厨房は大賑わいで、そこに皇帝や皇子たちが現れたのだから、一時騒然とする。

皇帝はそれを「良い良い、続けよ」と笑ってやり過ごして、厨房の一か所を使わせて欲しいと申し出る。当然それを拒否する者はおらず、作業中の厨房職員たちに遠巻きにされながら、一行は手洗いうがい、身なりを整えて再度集まった。

「それではー、第一回、炒飯選手権を始めたいと思いますー」

木箱の上に腰かけて、酒瓶を片手に皇帝陛下が宣言する。

何がどうしてそうなるのかわからないが、ひとまず一同は黙って聞いた。

「ルールは簡単。シェラ姫の指導の下、美味しい炒飯を作って貰う。そして一番美味しかった者の宮に暫くシェラ姫を滞在させる」

「ただの夜食がとんでもないことに」

勝手に自分の今後を決められそうになっているシュヘラが思わず突っ込みを入れた。何がどうしてそうなるのかわかったが、そういうことじゃない。

確かに先ほどカイ・ラシュがヤシュバルの元からシュヘラを引き離したいという旨の訴えがあった。それを皇帝は無下にはせず機会を与える、ということだろう。

「はいはーい、ねぇ、じゃあそれ、女神たるあたしも参加させなさいよー！　あたしが勝ったらシェラを貰うわよー！　神殿に連れて帰るわよぉ！」

無理矢理ではなく皇帝のお墨付きが頂けるチャンスならとメリッサも参戦を表明した。力関係が完全に皇帝＞女神だが今更である。

「我が国の皇子たちに勝てるものなら良し。ルドヴィカの女神に負けるような軟弱な皇子はいないと信じておるぞ」

ぐびっと、酒瓶に口をつけて飲みながら皇帝は頷いた。完全に「本日の皇帝業務は終了。今はのんだくれでいたい」という姿勢だが、言動はきちんと皇帝陛下である。

さて、そういうわけで、どういうわけか、ここに第一回、シュヘラザード杯ＩＮ炒飯王選手権が開催されるのだった。

3　炒飯をなめるな！

さすがに料理初心者二人、王族男性でこれまで料理どころかお皿だってまともに並べたことのなさそうなセレブに鍋を振り回す炒飯を米から作れというのは酷だろう。

まずは私がお米を炊いて食材を揃える準備をすることになった。

アグドニグルではお米も食べるが、炊くという食べ方はしない。水気の多い汁物と一緒に煮たり、蒸したりと、そういう食べ方で、当然炊飯器やそれに準ずるような設備もなかった。

なので私が行うのは、まずは洗っていないお米をよく熱した大平鍋《フライパン》の上で油と一緒に炒める。透明感が出てくる頃に、調味料や水と一緒にぐつぐつ煮込んで、粘り気が出てきたら蓋を閉めて大体六〜十分程度。スペイン料理で言うところのパエリアと同じ作り方をして、炒飯に適したボソボソッとしたご飯を作る。

調味料はシンプルに塩コショウ、具に刻んだ葱の炒飯。

トントントンと葱を刻んでくださったのはヤシュバルさまで、手慣れたご様子だったので意外に思って聞いてみると、私の質問には即断即決で回答してくれるヤシュバルさまが珍しく躊躇った。

「？」

「……」

「あの、どうかされました？」

「…………………こうしたことに、慣れておけば君の助けになるだろうかと。まだ、あまり上達していないのだが……」

最後の方はやや小声で、面目ないと、呟かれるヤシュバルさまを見て、私は無言で額を押さえた。

ツカツカとメリッサの方に歩いていく。

調理などしたことのない女神様は「へぇー、何、ここから火が出るの？　へー」と竈《かまど》を覗き込んでいらっしゃる。私はぐいっと、メリッサの肩を掴んだ。

「え!?　なによぅ！　ちょっと!?　何!?」

「成人男性に可愛いと思う自分の心を懺悔したいのですが……！」

「は？」

ぎゅううっとメリッサに抱き着き呻く私を、メリッサは胡乱な顔で見下ろす。

「へー、あーそう」

「ほら見てくださいよメリッサ！　あの可愛い人！　ちょっと「……余計なことを言ってしまったかな」って今ちょっとほら！　照れていらっしゃるあの人！　フーイズヒー！　イッツマイハズキヤン！」

お顔がよろしいと常々思っていたヤシュバルさま。以前よりちょっと天然入ってるんじゃないかとも思っていた私は可愛らしいご様子にとても、とても、動揺してしまっていた。

「心底どうでもいいわぁー。そんなことよりシェラ、ねぇ、その炒飯？　っていうの。女神たるこのあたしが直々に作るものが一番だっていうのは当然よね？」

「作る前から何言ってるんですか？　寝言は寝て言いましょうね??」

私の動揺を一蹴したメリッサの寝言を私は一蹴する。

次の瞬間お互いに渾身の右ストレートがキマったが、女友達同士の戯れって大事ですね。

「さて、材料も揃いましたし……炒飯の作り方のレクチャーをしますね」

「シェラ、材料は全て事前に揃えたものを使うのか？」

と、手を挙げて質問をするカイ・ラシュ。

「それだと三人とも同じ味になると思うんだが……」

「なりませんね」

「？」

日本食であれば例えば卵焼き。

誰にでも作れるし、作るのは簡単、だから「卵焼きくらい作れるよー！」と自分の料理レベルをはかる時に言う人間もいるだろう。

しかし、たかが卵焼き。されど卵焼き。

きちんと、ちゃんと、しっかりと、「卵焼き」という料理として昇華するのは熟練の腕がいるし、卵や火力、道具に対しての理解力も必要とされる。

私の前世の日本では家電が大変便利になって、スイッチ一つで火が出て焦げ付かないフライパンに火力調整もスムーズ、そこに落とせば簡単に、卵を焼いたブツは作れた。

だが、その卵焼きと……料亭で出てくる卵焼きは同じ「卵焼き」と言えるか？

当然、否である。

全く同じ材料を使ったとしても、作り手によって全く良し悪しが異なる料理……それが卵焼き。

炒飯も同じこと。

誰にでも作れる。簡単に作れる。

なんなら冷凍ご飯と卵さえあればちゃっちゃか作ってお手軽気軽お腹いっぱい嬉しいな、な料理。

だが、炒飯をなめるな!

「マチルダさん!」

「へぇ、ご主人様!」

私は調理補助のために大調理場から呼んだマチルダさんに指示を出す。

心得たマチルダさんは私の代わりに、熱した大鍋を振るう!

もうマチルダさんの雇用形態がパン職人からオールマイティな料理人になっているけれど、ご本人が今のところ不満を訴えないのでＯＫですね!

ラーメンを仕込むにあたって炒飯の話もさらっとしていたので、「まぁ、あっしがいずれ作るんでしょうね」と心構えのあったマチルダさんは嫌な顔一つせず、お鍋を振ってくれる。

まずは卵を薄く伸ばして半熟へ!

そこに落とすご飯!

塩コショウ!

葱!

「事前にご飯と卵をからめておくとお米が黄金になるのでとてもめでたいですね！」

「え、そういう理由で混ぜていいの？」

「卵の甘味が際立って……好みです！」

お米がパラッパラになるのが炒飯の「美味しい感じ」だとされていて「打ち上げ花火どこから見るか？」かのような「炒飯の卵、いつ入れる？」という深いお考えもある。

でも、正直、好みですね。

さっさと、マチルダさんが良い感じにお鍋を振ってくれる。

とても良いタイミングです。

有能で性格も明るくていいし、紫陽花宮の皆ともいい感じに打ち解けてるし、本当に良い人材を雇用できたものです。

なおマチルダさんの義足は「王宮に出入りするので」とイブラヒムさんがそれなりに良い義足を用意してくださったので踏ん張りもきくようです。

「こ、れ、が、炒飯です！」

トンと、私は最後にふんわりと丸くお皿の上に盛り付けて（ドーム型使用）調理台の上に置いた。

「おっ、早速できたか。良いな、良いな。ラーメンの後にこのご飯物。良いな！」

「陛下お酒何本飲んでます⁇」

「年の数までなら良いってことになってるのでまだ半分も飲んでない」

陛下おいくつなんだろう。

「さぁ実食だ！　匙を持て！」

既に何本も酒瓶が転がっていて、それをササッと黒子が片付け……。

……黒子？？？

「え、なんです……あれ」

「陛下の側仕えの者たちだが？」

「……」

全身真っ黒でお顔も四角い布で隠している怪しい方々。

それがササッと陛下の服を整えたり食事の邪魔にならないように素早く髪を結ったり、なんならサッと座り心地のよさそうな椅子まで差し出して、陛下はそれを当然のように受け入れている。

……聞けば陛下の日々の生活のサポートをする黒子さんたちだそうで……紫陽花宮のお風呂場にいなかったのは、基本的に全員男性だそうなので（一応女性で未婚の）私がいる場は遠慮してくれたのかもしれない。

まぁ、それはさておいて。

「良いな、この炒飯……コクが……あるんだが!?」

「あ、はい。調味料として伊勢海老……じゃなかった、黄金海老の味噌を使っています」

「美味いわけだよ！」

カッカッ、と再び皇帝陛下がレンゲを動かす。

「うむ！　美味いな！　この、パラッパラとした食感に、しかしふわっとしている卵……！　うむ、これは実際に作るのは難しいのではないか！　ただ火力で焼かれた卵ではない、一度ふわっふわに半熟卵になったものを絡めている、これは匠の技……！」

きちんと食レポをしてくださる陛下、大変素晴らしいですね。

見れば黒子さんの一人が小さなメモ？　帳のようなものを持って陛下の感想をメモメモしている。

あ、そうか。

私が陛下に献上するものは後日新聞、あるいは雑誌の記事になって国民の目に触れるようになるんだっけ。

既にそのための下準備をしてくださっていることに感謝しつつ、私は卵黄とお酢、油に塩コショウ、お砂糖と少しの芥子《からし》を混ぜて作ったソースをそっと陛下に差し出す。

「こ、これは……シェラ姫……!?」

「ローアンは新鮮な卵黄が沢山入手できるので……こちら、マヨネーズと言いまして……」

「生野菜を持てー！　具体的には胡瓜《きゅうり》とか！」

私の説明が終わる前に、陛下は指示を出す。

するとササッと黒子の方々がどこからともなく緑色の曲がった胡瓜を持ってきて、スティック状にカットした。そのまま器に立てて陛下に出すこと、十秒以内。黒子。神業。

私の自作したマヨネーズを胡瓜につけてポリポリと食べ始める皇帝陛下。

「……へ、陛下？？？」

「うん、いや。なんでもない。こうしたらきっと美味しそうだな、という私の冴えわたる皇帝能力の発動ゆえのことである。美味いな、胡瓜」

ポリポリポリポリポリと胡瓜を召し上がる皇帝陛下。

……私は炒飯にちょっと混ぜて食べると口が変わるのでいいですよ～と思って差し出したのだが、
まぁ、陛下が美味しそうにされているのでOKです。

「うーん、良いな……良いなァ、マヨネーズ……本当……」

ぺろりと炒飯を平らげた皇帝陛下は、黒子さんたちにイカやらエビを塩焼きにさせて持ってこさせるとマヨネーズをつけて召し上がっている。ぐいぐいと、お酒が更に進むご様子。

それはまぁ、とても楽しそうなので何よりですね。

さて、作った炒飯の大部分は陛下が召し上がられたが、小皿にはヤシュバルさま、カイ・ラシュ、メリッサ用に盛ってある。

「これと同じ物じゃなくてもいいんですけど、基本はこんな感じですー」

「なるほど、要は炒めた飯に具を絡める……」

真面目な顔で頷かれるヤシュバルさまは、じっくりと炒飯を召し上がり、火加減や混ざり具合を確認している。

ここまで神妙に炒飯と向き合う方もそういないだろう、大変真面目な姿だ。

メリッサは「少なくない？？？　女神たるこのあたしの分、少なくない⁉」と首を傾げ、何を思ったか、おもむろにお皿をテーブルの上に置くと、両手を合わせて祈り始めた。

「何してるんです⁉」

「奇跡で増やせないかと思って」

「増やせるんですか……」

「どうかしら……聖人だか聖女は石とか水をパンと葡萄酒に変えられるし……女神たるこのあたしが祈ったら増えるくらいしてもいいと思うの」

「祈ると両手が塞がって鍋振れませんよ」

「祈るより鍋を振れって……不敬過ぎない？？？？」

剣を振れ、より平和的だと思うのですが駄目ですか。

メリッサが祈っても炒飯が増えることはなく、ご飯も他の材料もあるのだから自分で作った方が早いのではないだろうか。私の提案にメリッサはぶつぶつ言いながらも調理に取り掛かった。

大丈夫かな……。一応、あれでも女神だから……大丈夫かな……。

料理などしたことがないだろうにノリと勢いで参加しているメリッサ。当然、その手つきは恐ろしい程に……雑だ。

「えぇっと、あれでしょう？　火をつけて、そこに卵を入れて、この白いのと、あと混ぜてある汁を全部入れればいいのよね？」

うわーい、大惨事。

まずは鉄鍋を熱する、という発想がない。というか私のレクチャーできちんと「熱した鍋に」って説明したんですけど聞いてない。やはり神には人の言葉が届かないのか……。

案の定、べっちゃべちゃになった鍋の中。それでも頑張って火で熱されたところから焦げて張り付いて、どうしようもなくなっていく。

「え!?　なんで!?　どうして!?　黒く……焼けちゃってるじゃない!　ねぇなんで!?」

「なんででしょうね、一応三回作れるだけの量は用意してありますし、次はよく考えながらやってみましょうね」

炒飯は難しい料理なのだ。

それを見様見真似一回勝負、なんて鬼のようなことは言わない。一応ちゃんと初回、考察回、最終戦と三回作れるようにしてある。

あたふたするメリッサから離れ、私はカイ・ラシュの様子を見に行くことにした。

＊

タントントン、トトトン、と大変手際よく鍋を振ってご飯を混ぜ合わせて炒めるのはカイ・ラシュ。私にはとても持ち上げることのできなかった大鍋をまるで重さなど感じないように操っていた。

「え、カイ・ラシュ……力持ちだったんですか??」

「……シェラは僕が獣人族だって忘れてないか?　……僕のこと、ちょっとふわふわした耳が生えてるだけのやつだと思ってないか?」

「違うんですか?」

「……レンツェに獣人族はいなかったのか……?　まぁいいけど。獣人族は人の何倍も力があるんだ。僕は……獅子の外見をしてないけど、母上から頂いた兎族の脚は強いし、腕力だって、人間種の兵士よりずっと強いんだからな」

なので獣人族の子供が幼い頃から兵士になる文化も、部族によってはあったそうだ。

私が感心していると、カイ・ラシュはふとヤシュバルさまの方を見て、そして再び鍋に顔を向けた。

「叔父上には申し訳ないが、僕には勝算があるんだ」

珍しく強気な言葉である。

「……僕は肉が苦手だからな。こうした米料理は蒲公英宮ではよく出るんだ」

お肉が苦手なカイ・ラシュのために、野菜では摂れない栄養素を補おうとあれこれ春桃妃様が苦心なさったのだろう。米料理は確かにタンパク質を摂取することもできるし、肉を刻んで出すにも都合のいい料理だ。

そのためカイ・ラシュは炒飯を食べ慣れている、よく知っている、ということでアドバンテージがあると考えたらしい。

メリッサは絶望的ですが、カイ・ラシュは中々良いものができそうな予感だ。

私がにこにこと見守っていると、カイ・ラシュが少し顔を赤くした。

「……シェ、シェラ」

「なんです？」

「……僕が、その、叔父上より上手にできたら、本当に蒲公英宮に来てくれる……？」

「陛下がそういう取り決めにしてますし、そうなったらお世話になります」

友達のお家に長期滞在、というのは中々前世ではなかったことなので楽しみ、ではある。まぁ、春桃妃様と最後に会ったのが例の鞭打ち刑の時なので……きちんとお話もしたいところ。

ご懐妊されたお祝いも言いたいし、それにカイ・ラシュがちょっと不安定なので側にいた方がいいかもしれないという考えもあった。

「……僕、頑張るから」

ぐっと、カイ・ラシュは何か決意するように頷いた。

＊

そうして出来上がりました炒飯は真っ赤。

「なんで!?」

コトン、と審査員である私と皇帝陛下の前に出されたお皿を見て私は全力で突っ込みを入れてしまう。

「あーなるほど、赤唐辛子かー。蒲公英宮の者たちは好きだよな」

黒子さんたちに大量の水を用意させながら皇帝陛下は呟いた。

カイ・ラシュの作った炒飯。見た目は完璧だった。ご飯は良い感じにパラパラしてそうだし、卵もよく混ざっている。

ただし赤い！

全体的に赤！　レッド！　ド真っ赤！

お皿を差し出したカイ・ラシュは自慢げである。

「シェラは基本的な炒飯と言っていただろう。だから僕は少し手を加えてみたんだ」

そういうタイプか〜。

レシピ通りに作らずちょっとアレンジしちゃう系。いやいや、悪いわけじゃない。それできちんと基本を押さえられていて美味しい物を作れるなら問題ない。

ただし唐辛子は万人受けしないって知って欲しいな！

「……」

実食。

私は真っ赤。もう、近づけるだけで目に痛い。呼吸を止めて一秒。だけどカイ・ラシュの目は真剣である。

そこから何も言えなくなるよ星屑ロンリネス。

というか獣人って嗅覚とか人一倍あるんじゃないのか⁉　唐辛子とか大丈夫なの⁉　という私の疑問は、自分が美味しい物を作ったと確信しきっているカイ・ラシュの前では無意味。

ごくりと私は覚悟を決めて一口、食べた。

最初に感じるのはご飯の風味。食感。ちゃんと水気も程よく、焦げていない。若干の甘ささえ感じるのは唐辛子特有のものだろう。卵が辛さを半減させてくれているのか柔らかな……。

「うぐぅ!」

あ、これいけるんじゃない？　と一瞬思った。

しかし辛さは遅れてやってくるもの。

一応舌は部分的に味覚を感じるという知識が蘇ったので、舌先は避けていたが、それでも……どうしようもない、口内の触れた部分に襲い掛かる、痛み!

毛穴からぶわっと汗が噴き出てくるような刺激に熱さ!

鼻を突き抜ける唐辛子の香り!

「ふわぁーッ!」

火が吹けるんじゃないかと思った。

私はゴクゴクと水を飲みほした。冷水ではない。それでは余計に口内が痛くなると考えた黒子さんたちが有能だったのか、しっかり常温のお水が私にもご用意頂いていた。

「シェ、シェラ?」

「おぉ、辛いなぁ。六川《ろくせん》の辺りはこうした唐辛子料理が多いゆえ、まぁ、私は食べられないこともないが……辛いな。酒が進む」

「そんなに辛くはしていないのですが……」

「蒲公英宮の者たちは獣人で色々強いからな。カイ・ラシュ。なぜここまで赤くした?」

皇帝陛下は案外大丈夫なご様子で、時折水を飲まれながらも炒飯を召し上がっている。

「おばあさまは赤がお好きだし、シェラにも僕が好きな味を知って欲しかったんです」

「うむ、なるほど」

「く、口が……ひりひりするー……」

唐辛子を少し入れたくらいでは炒飯は真っ赤にはならない。真っ赤になるほどの量は私の想像を超える。美味しくないか美味しいかと言われたら、間違いなく『辛い』としか言えない。

「へ、陛下。私にこのジャッジは無理です……からっ……」

「そうか。まぁ、そうであろうな。しかし辛いが悪くはないぞ？」

問答無用で人の頭を殴りつけるような暴力的な辛さだが、これはこれで美味しいんじゃないかと陛下はおっしゃる。

折角カイ・ラシュが頑張って作ったものなので、私が白旗を上げまくっているのは申し訳ない。陛下がお気に召してよかった。カイ・ラシュも安心するだろうと顔を向けると、白いふわふわとした耳の男の子は泣きそうな顔をしている。

「え、え、え、カイ・ラシュ」

「……ごめん、シェラ。こんなつもりじゃなかったんだ……僕は、美味しいと思ったから」

「え、い、いいんですよ～。私はまだ子供なのでちょっと大人の味が早すぎたってだけですから～。それよりカイ・ラシュはちゃんと炒飯作りの基本が押さえられてて凄いですね！」

味はアレだったが、火加減やその他の炒飯のポイントはしっかり押さえられていての一品であることは私にもよくわかる。味はアレだったが。しかし不味いというわけではないのだ。私には無理だっただけで。

「……」

私の慰めにカイ・ラシュは顔を顰めたが、私が「はい、口開けてー」と私が食べられなかった炒飯を食べさせると素直に口を開く。

「あんまり辛くしたつもりはなかったんだが……シェラはこのくらいでも辛いのか」

「人それぞれですからねぇ」

もぐもぐと召し上がり、カイ・ラシュは頷いた。

さて、最後はヤシュバルさまの炒飯だけど……。

「……それなりにできた、とは思うが」

私たちの一連のやり取りを見守っていたのか、ひと段落したと判断されたヤシュバルさまがテーブルの上にお皿を置く。

「「こ、これは……ッ！」」

そのお皿を見て、私と皇帝陛下は揃って声を上げた。

ヤシュバルさまの作った炒飯。

深めの器の中には、金色に輝くスープに、黄色い大きな塊。いや、ブツ。えーっと、卵焼き??

葱がちょこんと上に散らされていて、ご飯はどこ行ったと思うが、卵の下。

……卵には甲殻類の身がほぐされて混ぜられていて、トロミのついたスープ……。

「……天津飯では？？？？」

「私もそう思った。まぁ、美味いがな！」

実食して、美味しいは美味しい。

卵はふんわりとしていて、お砂糖も入れたのか甘い。甲殻類の身も丁寧にほぐれていて乳歯の私の歯でも問題なく食べられる。

ご飯はスープを吸ってお粥のようにさらさらしていて、ラーメンや激辛料理の実食で荒れていた私の胃にとても優しく感じる。

とても美味しい。

ただし、これ、炒飯じゃなくて天津飯だね！

「……そういう料理があるのか」

私と陛下が「美味しいけど天津飯！」と頷いていると、ヤシュバルさまが首を傾げた。

「私は料理は不得手だから、熱した鍋で上手く炒めることは難しいと判断したのだが……」

私やマチルダさんの手際、動作を見てしっかり自分に可能か不可能かの判断をした上で、食材を無駄にせず「美味しく」食べられる物をお考えになられたらしいヤシュバルさま。

確かに、あらかじめご飯は炊けているのだし、卵も焼いて焦がしたりバラバラになるより、大きな塊を作った方が失敗する可能性は低い。

「米は水分が少なく口内でパサつくと思ったので汁物を加えた」

もう炒飯、炒めた飯の定義から離れているが……ヤシュバルさまのお優しさが前面に溢れ出た結果である。

「うーん、うーん……」

技術面を見れば、卵は焦げずにふっくらと中は半熟になっている。綺麗な円形の半熟卵焼きを作るのだって技術は必要で、それをクリアできている。

しかも卵焼き。

どうやら、以前……レンツェで私が卵焼きを作ったので、ヤシュバルさまは練習課題に卵焼きを入れていらしたご様子。一朝一夕、それこそ本日初で作れるレベルのものではなかったので、その努力も評価したいところだが……。

「でも天津飯」

「まぁ、天津飯だな」

ですよねー、と、私は陛下と顔を合わせて首を傾げる。

申し訳ないがメリッサは論外として。

激辛だけど炒飯を作って基本の調理ポイントも押さえたカイ・ラシュか。

それとも食べる私たちに「美味しく食べられる物を」とご自分の実力を考慮した上で、指定された食材は使いちょっと違うものを作られたヤシュバルさまか。

「君が美味しく食べられたのならそれでいい」

悩む私にヤシュバルさまは、言外に自分の負け判定を出して構わないとおっしゃる。

……私がカイ・ラシュの料理が辛くて食べられなかったのを心配していらっしゃったのか。

「さて、勝敗だが……私の厳選なる結果を発表しようと思う」

しかし、あ、そういえば、最終ジャッジは当然ながら皇帝陛下がなさるのだった。

カイ・ラシュはやや不安げ。なぜかメリッサは自信満々。ヤシュバルさまはいつも通り無表情で皇帝陛下の御言葉を待つ。

「炒飯王に相応しい者はなし。よって、シュヘラザードの身は……そうだな。此度の一件の褒美もある。そなたには宮を与えようか」

さ、最初からそのつもりだったな皇帝陛下ー！

「うむ、良いな。紫陽花宮も蒲公英宮も、大神殿レグラディカも、誰ぞの庇護が必要となる場所。いずれ女王となる身であるゆえ、宮の一つも運営できねば困りもの。良い機会であろう」

さらりと髪を手で流し、堂々とのたまう皇帝陛下。

選手権なのに勝者なし。誰が一番かも決めない結果。

皇帝陛下は周囲の反応を無視して、満足気に微笑んだ。

＊

深夜。

お祭り騒ぎ、その後の大事件、そしてお料理三昧と大変充実（？）した時間を終えて就寝時間。

私は紫陽花宮ではなくて、恐れ多くも皇帝陛下の寝所のある瑠璃皇宮《プルシュ・ターム》にお泊りすることとなった。

このまま紫陽花宮に帰れなかったらどうしようか、という不安はあるけれど、疲れていた体はすぐさまふかふかの寝台で横になりたかったし、皇帝陛下のご厚意、ご提案を誰が拒否できるだろうか。

そんなわけで、休んでいました。数分前まで。

「……」

体は疲れている筈なのに、私はまだ日も昇らない内に目が覚めてしまった。

「……」

薄灯りの部屋を見渡す。

皇帝陛下の寝所のある場所なので警護の人たちはきっとあちこちにいるのだろうけれど、この部屋の、少なくとも室内には誰もいないし、私が誰かの気配を感じることもない。

いや、気配、というか、誰かいると、気付くのは一つあった。

「……陛下?」

「うむ」

窓辺に誰か腰かけている。

月明りに照らされる紅蓮の髪を持つ女性は、少なくともこの宮殿内に一人しかいない筈だ。

私が瞼を擦りながら呼ぶと、皇帝陛下は軽く頷いた。

「……」

「……」

「眠れないのですか?」

「そなたに会いに来たとわかっているのに、問うのは私の健康状態を心配してくれているのか?

それとも朝に出直せということか？」

軽口である。

私は寝台からトン、と降りて陛下の方へ近づいた。

窓辺には小さな机があり、椅子もある。けれど陛下は窓枠に腰かけられていて、開けっ放しになった窓からは心地よい風が入ってくる。

私が椅子に腰かけると、陛下はふわり、と私の頭を撫でた。

「そなたには苦労をかけたな。宮を渡すのは私のせめてもの償いと思うがよい」

お優しいお声。

手つきもどこまでも、柔らかく優しい。

私は今日自分の身に起きたことや、これまでのことを振り返った。

そしてどうして、陛下が今ここにいらっしゃったのかも、考える。

「陛下は」

「うん？」

「私が絶対に、陛下を嫌ったりしないって、疑ったりしないって、思っていらっしゃいますよね」

失言、ではない自信が私にはあった。

こういう話がしたくて、陛下はいらっしゃったのだから、私のこの話題選びは正しい。

私の頭を撫でている手を引っ込めて、皇帝陛下は目を細める。口元にはいつも浮かんでいるような、この世の中を面白がっている笑みは浮かんでいない。

「違うのか?」

長い沈黙があった。

月明りが作る影の位置が、私の言葉と陛下の言葉の間に変わるくらいの時間は黙して、陛下は口を開く。

「で、あろうな」

「違わないです」

「あれだけ散々、転生者アピールされたら、無理でしょう。嫌うの」

「ハハッ」

私がはっきりとした物言いをすると、陛下は短く笑った。

同郷意識、とでも言うのか。

お互いにそれを「わかっている」と自覚すると、どうも、油断しきってしまう。

「いつからそうだとわかった?」

「ヒントは常々陛下がくださっていましたけど、実はプリンを召し上がられたご様子を聞いた時から、あ、陛下って同じ転生者じゃない?　って思ってました」

私はその場にいなかったが、イブラヒムさんがプリンをナイフで切り分けて召し上がったのに、陛下はスプーンですくって召し上がった、と、そう教えて貰った。イブラヒムさんから。

プリンに対して並々ならぬお気持ちをお持ちのイブラヒムさんが「もしやプリンの正しい食べ方は」と私が神殿に滞在中に聞いてきたので、その際の雑談で、だ。

「それは少し、予想外だったな」

答えると皇帝陛下は首を傾げた。

「しかし、なるほど、そうか」

「陛下は常々、私にヒントをくださっていました。目的は、陛下は私と「同じ」だと気付いて、親しみを感じること。実際、陛下がそうなのでしょう」

レンツェが陛下にしたことを振り返ると、いくら幼子だから見逃すとしても、今の私の待遇はあまりに過ぎたものだ。

簡単に言えば周囲にはっきりとわかるほどの特別扱い。

こうして陛下の居住区に、レンツェの王族が足を踏み入れるなど、いや、王族でなくとも、ただの子供が入り込めるなど、ありえない。

私をただ利用したいだけなら、ここまでしなくてもいいはずだ。

そして、私にそれを自覚させた上で、陛下は私をどうしたいのか。

『あ、もしかして一緒？』と自覚した時に、私の中にはある変化があった。

例えば、血の繋がりがあるから、家族だからと、相手の欠点を「まぁ、しょうがない」と受け入れてしまえたり、ただの知人であれば縁を切るような相手でも「家族だからな」と、なんだかんだと面倒を見てしまったり、付き合ったりしてしまうような、そんな「情」あるいは「慣れ合い」。

そんな感情が、湧き上がってくる。

転生者と転生者であるから、そう感じるのか。どうしようもないほど、不思議なほどに湧き上がる。

私はただでさえ、この世界での肉親への情が薄く、だからこそ「同じ」である陛下へのこの妙な情が、たまらなかった。

そして、私が「そうなる」と理解した上で、あれこれと私にヒントを出し続けた皇帝陛下を、客観的に「怖い」とも思う。

陛下も私と同じように私に対して「情」を抱いてくださっているだろうに、陛下は私を利用して、必要なら切り捨てられる。

「……」

私はじっと、陛下を見つめた。

「陛下が私を使って何をなさりたいのか、わかっているつもりです」

別に、このまま陛下にいいように扱われたって、私は構わなかった。

利用されている自覚を持たせてくださるだけ陛下はお優しいとさえ思っていた。

「陛下は、今でもまだレンツェが憎くてたまらないのでしょう」

「…………」

「征服して、蹂躙して、何もかも奪われて、踏み躙《にじ》られて、それでも陛下はまだ、何もかもを憎んでいらっしゃる」

私だけは、陛下にそれを指摘してはいけなかった。

レンツェの王族であるエレンディラが、どの口で言うのかと、絶対に、指摘してはならないことだった。

だけれど、陛下は、私が同郷者だから。

私が同じ転生者だから、私が指摘しても、それは陛下の身を突き刺す刃とは感じない。

「……だから、必要だったのでしょう。周囲に対して、あるいは、ご自身に対しての、一種の儀式のようなもの。対外的には私が、レンツェの王族である私が陛下に「許され」るための千夜千食。これで禊《みそぎ》は終了したと、そう周囲への説得。……内面的には、」

「そなたが許せというのなら、私は許せるはずなんだ」

この世界で、祝福者が憎しみを持つことの危険性を私は肌で感じた。

あの妙な空間で、押し潰されそうになった、憎悪や憎しみ、負の感情。そうしたものを持ち続けると、きっと祝福者は堕ちてしまうのかもしれない。

陛下はそれを御存知だ。

憎み続けないためにレンツェを滅ぼして、それでも憎悪は消えなかった。

だから許すための儀式が、形式が、説得力が、必要だった。そうして選ばれたのが私、エレンディラで、そしてシュヘラザード。

「許したくなどはない。が、憎み続けたくもない」

憎まないためにレンツェを滅ぼしたが意味がなかった。

だから、私の提案を受け入れてくださったのだ。

もうレンツェをどうしようと意味がないから、私がレンツェの国民の命乞いをしても、陛下は受け入れてくださった。

淡々と話される陛下の瑠璃色の瞳は煌々と燃えるように輝いている。

私に何もかも理解させて、その上で、私が大人しく利用されるだろうと思っていらっしゃる。

実際私に、損はない。

私の身の上としてはこれ以上ない待遇が結果的に約束される。

けれど。

「私は、可哀想な被害者にはなりませんよ」

ぐいっと、私は陛下の腕を掴む。

ただ黙って、利用されていると知りながら受け入れる従順さ。そうあれば陛下は私を利用した加害者になる。陛下はそれでいいと思っている。私の何もかもを顧みない、ただ報酬だけは与える無遠慮さを貫いて、私をただ、巻き込まれただけの被害者にしかさせないおつもり。

「私は陛下の共犯者です。陛下に、レンツェを許せと、求めた加害者です。千夜千食は陛下のためのものではなくて、私のためのものでもあったはずです。私の料理は……」

言って、私はそこでぱたりと言葉を止めた。

「……待っててください！」

部屋を飛び出す。

陛下が私の名を呼んだのは聞こえた。けれど私は走って、走って、わたあめを呼んで、道案内をお願いする。

たどり着いたのは深夜の調理場。

明け方までまだ時間があるけれど、既に調理人たちは仕込みなどを始めていて灯りがついている。

そこに飛び込んできた幼女、の私。

「すいません！　ちょっと、料理させてください！」

「え⁉」

「シュヘラザード様⁉」

「レンツェの姫様⁉」

「「こんな時間になんで厨房に⁉」」

深夜、王宮の調理場に現れた私を、当然ながら厨房の人たちは困惑して迎えた。

「こんばんは！　いい夜ですね！　ちょっと場所と材料を提供してください！　お願いします！」

私は勢いそのまま丁寧に頭を下げる。

すると、これでも皇帝陛下に扱いを「他国の王族」と認められた私であるので、厨房の人たちは慌てて私に頭を上げさせようとする。

「いや、あの、お止めください！　事情は……え？　あぁ……はい、なるほど、畏まりました。皇帝陛下にお出しするお料理でございますか。はぁ」

進み出て私に近付いてきたのは糸目に黒髪の穏和そうな男性調理人さん。この場で一番立場が上なのだろう。私の突然の訪問について、私に少し遅れてやってきた陛下の黒子さんがサッと耳打ちすると、ゆっくりと頷いた。

「わたくし、この第七食房の夜間帯を預かっております、雨々《ウゥ》と申します」

「紫陽花宮のシュヘラザードです」

「はい、お噂はかねがね。——皇帝陛下より、姫様のお手伝いをするように、とのことでございます。尊き方のお手伝いができるなどこの上ない喜びでございます。どうぞ何なりとお申し付けくださいませ」

雨々さん、私に対しては慇懃というか、きちんと礼儀正しく、なんならニコニコと好意的な態度であるが、先ほど黒子さんの説明の最中に面倒くさそうな様子を見せたの、気付いてますからね。

「あの、お仕事の邪魔してごめんなさい」

「いえいえ、姫君は何もお気になさる必要はございませんよ。このくらいの時間はさほど忙しくはありません」

ちらりと調理場の様子を見てみると、今は仕込みのお時間なのだろう。日中大忙しの調理場を支えるのはメイン稼働時間以外のこうした仕込みがどこまでできているかというのは、前世の食堂で働いていた私にも理解できる。

私が申し訳なさそうにすると雨々さんはにっこりと微笑む。この世の胡散臭さを集めて人の形にしたらこんな感じなんだろうな、という手本のような微笑みだが、少なくとも私に敵意や反感は抱いてなさそうなのでＯＫです。

雨々さんは他の調理場の人たちにいくつか指示を出して、あとは私の手伝いをしてくれる様子。必要な物を、と言ってくれるので私が卵や牛乳、お砂糖が欲しいと言うと雨々さんは細い目を僅かに開いて首を傾げた。

「もしや、姫君がお作りになろうとされているのは、賢者様が研究されているという芙麟《ふりん》なるものでしょうか？」

「……なんですかそれ？？？」

「おや？　確か……レンツェにて姫君が偉大なる皇帝陛下に献上された……この世のものとは思えぬほど美味なる一品、口の中でとろけ滑らかに喉を通り、食べた後には喉から夜鳴鶯《ナイチンゲール》のごとし美しい声が零れ、一口食べれば一年若返り、寿命がのびるという……料理では？　賢者イブラヒム様が熱心に研究されていて、料理のことですから、我々料理人たちにも噂が入ってくるのですよ」

「チョット何ノコトカワカラナイデスネー」

芙麟。ふりん。プ……うん。わかりませんね！　うん！　わからないな！

私は無関係です！　ね！

視線を逸らし否定する私に、雨々さんは深く頷いた。

「なるほど。えぇ、左様でしょう。左様でしょう。情報は安売りしてはなりません。私のような者に気安く知らせてはなりません」

ちょっと勘違いされている気はする。あれか。私が、レンツェの秘術を秘匿しているとか、雨々さんを信用していないから言わないとか、そういう解釈をされた。

まぁ、いいか……。

とにかく協力的な雨々さんに手伝って貰い、私はレッツクッキングを開始することにした。

4　女子会

「と、いうわけで……っ、持ってきました！　さぁ、陛下！　やりましょう……！」

「ほう。何をだ？」

「女子会です！」

どん、と、私はぐっつぐつに熱した器の載った木製のお盆に、黒子さんたちが続々と持ってくる果物や生クリーム、ジャム、バターの入った小さな器。

ちょっとお酒の入ったアイスティー。硝子の杯の中にカットした氷がカラカラと互いにぶつかって綺麗な音を立てる。

雰囲気が出るように灯りはランプ。ふわふわなクッションをいくつも用意して頂いて、椅子ではなく絨毯の上に座って食べられるように料理を並べていく。

「じょしかい」

「作りましたのは、クレープ生地に、アイスはちょっと時間がなかったのでまたの機会に！　クレープ詰め放題です！」

「……じょしかい」

目を丸くして、私に言われるがままに絨毯の上にあぐらをかいて座る陛下。黒子さんたちがきちんと陛下の側にクッションを置き、体が痛くないように支えるのはさすがです。

「さぁ陛下！　どんなクレープがお好きですか！」

「……じょしかい。うーん……女子会、かぁ。なんでそうなる？？？」

ふわり、と、陛下は微笑まれた。

呆れているような、脱力しているようなご様子。

私はせっせと、クレープ生地を広げて、木苺のジャムを塗る、そこにチーズや果物を置いて包みながら、きっぱりと答えた。

「生産性のないことをするためです」

「生産性のないこと」

「陛下は頭の良い方で、ご自分の感情や行動が周囲にどう影響を与えるのか、きちんとお考えになられているのでしょう。だから、レンツェを憎み続けることを「無駄」だと割り切って、そこにご自分の時間や感情を割くことを「不要」だと判断されたんですよね」

「まぁ、そうなるな」

レンツェを憎み続けたくない、という陛下の言葉を私は思い出す。あれは別に、憎むことが辛いとか、憎むことを止めたいという嘆きではない。ただ無駄だからだ。そんなことより考えること、心を占めなければならないことが陛下には多くある。

リソースを割きたくない、ということで、そのために私を使って千夜千食の儀式が必要だった。

対外だけではなくご自身を納得させるために。

「陛下はそうなさるでしょう。そうなさるとお決めになられたのなら、そうなるのでしょう。でも、私は嫌です」

千夜千食。

私の料理を使って、陛下は「よし、憎しみは消えました」「もう何も問題ありません」というお顔をされたい。の、だとしても。

どん、と、私はぐっつぐつに熱した器を陛下の前に置く。

これはクレープではなくて、パンプディング。

マチルダさんの作ったパンに、私が作ったプリン液を注いで焼いたプリンの派生形。

「私は、陛下に美味しくて可愛いものを食べながら、愚痴とか、あれこれ、お話を聞きたいです。ええ、そうです。愚痴って欲しいんです。女子会ですから。男の人が話すみたいに、会社とかで大人が話すみたいに、解決策とか方向性を求めた話し合いとかじゃなくて、ただ、埒もない話を、ぐだぐだと、して欲しいんです」

綺麗な絨毯の上で、お洒落なランプを囲んで、月明りに照らされて。七色の珍しい果物とか、可愛いプディングとか、美味しいクレープを食べながら、冷たいアイスティーとか、ハーブティーを飲みながら、この世の憎悪を煮詰めたような愚痴を、陛下に言って欲しい。

「……死体の話とか出るぞ?」

「イチゴジャムは控えましょう!」

「胸糞悪いオチしかない話になったり」

「ミントティーですっきりしましょう!」

「時系列とかバラバラだし」

「小説にするわけじゃないからＯＫです！」

「……話したところで、何の意味もないことばかりだが……」

「陛下」

まだぐだぐだと抜かしやがられる陛下の手を私は取った。

細くて白くて、女性らしい手だ。この手がレンツェの王族の首を次々と刎《は》ねたし、このローアン、アグドニグルという巨大な国を治めていらっしゃる。

「そもそも料理なんて、胃に入れれば皆一緒ですし、盛り付けとか、突き詰めれば無意味なことです」

「それ言っちゃうか……？」

「でも、楽しいです」

意味がないと切り捨てることのできるものなど、実は殆どないんじゃないだろうか。

あれこれと意味を付けるのは人の価値感とか立ち位置で、料理はその最たるものだと私は思う。

「なので、全く生産性のない女子会をしても、愚痴り大会をしても、ＯＫなんです」

私はただ、個人的に嫌なのだ。

陛下がご自分の感情を切り捨てて、ただ前に進むのが。

自己満足。陛下が良しとされていることを、掘り返す傲慢さ。そういうことを考えないわけじゃないけれど。

「……」

千夜千食、陛下は私に付き合ってくださる。私も陛下に付き合う。

ので、そこに、ただ料理を食べる以外のことを持ち込んだっていいじゃないか。

「話を聞きます。千夜。陛下のどんなお話でも、私は聞きます。上手い返しとか、言葉が出るわけじゃないですけど……でも、私は陛下の話し相手になりたいんです」

食べて愚痴って、夜を越えて。

何も変わらない翌朝を迎えるのなら、それは生産性がないから意味のないこと、無駄なことと、切り捨ててしまうのかもしれなくても。

私が千夜千食を提案したのは元々はレンツェのため。

だけれど、レンツェの国民を救いたいと求めた心の根はエレンディラのもの。

「私が同郷だからか？」

「はい？」

「……なぜそこまで、私に関わろうとするのか。私が引いた線を越えてくる必要はないだろう？」

必要なラインは陛下が決めてくださっていて、私は陛下に猫かわいがりされていることだってできた。そうすれば必要な物はなんでも与えられる。それをどうしてわかっていて、越えるのか。

「陛下が好きだからですが？」

私は途端、不思議な思いに駆られた。

鞭打たれても、利用されても、いっそ見捨てられても、私はこの人が好ましい。

レンツェが傷つけたからその罪悪感とか、私を庇護してくれる存在だからとか、権力者だから好意的に接した方がいいからとか、そういうのを度外視して。

「だって陛下、かっこいいじゃないですか」

エレンディラを虐め尽くしてきたレンツェの王族たちを、ご自身の力で蹂躙されたその姿。

阿鼻叫喚、血塗れの王の間だったけれど。

そこに君臨する赤い髪に軍服姿、剣を携えた長身の女性。

かっこよかった。

あの時の私の胸の内にあったのは、エレンディラを虐めた兄姉たちへの憎悪。

幼い子供を見捨てた大人たちへの敵意。

それらを、どろどろとぐちゃぐちゃと身の内を巡り巡っていた感情を、陛下の堂々とした姿がかき消した。

「……かっこいい私が好きなのか？　なのに愚痴ったら台無しじゃないか??」

「陛下が好きなんですが?·?·?」

不思議だった。

アグドニグルの人たちは、皆陛下のことが大好きだろう。陛下だって皆のことを大切に思っている。なのにどうして、陛下は、愛されたことのないエレンディラが、人に好かれることを不思議がるのはわかるとしても、どうして、陛下のように皆に愛されている、ご自身も愛情に溢れた方が、こんなに、自分が人に好かれることに疑問を感じているんだろう。

「うーん、うーん……あ、えーっと、そうですね。私はいわゆる……ギャップに弱いタイプなのかもしれません」

「ギャップ……？」

「普段凛としている陛下がちょっとカッコ悪い姿とか、近寄りがたい雰囲気の陛下がおっちょこちょいなことして可愛く見たりとか……そういうの？」

「私は普段から常に完全に完璧だが？？？？」

「えっ？」

「え？」

驚かれるが……え、そうかなぁ……。

そうだった、かなぁ……。

陛下、割とお茶目なところあるような……。

真面目に皇帝陛下されている場面は多く見てきたけど……最近だと酒瓶片手にぐだぐだしてたりしたし……。

「……しかし、そうか。そなたは、私が好きだったのか……」

好かれているご自覚はあっただろうけれど、また少し意味合いが異なったのかもしれない。不思議そうに首を傾げつつ、陛下はアイスティーを口に含む。

「女子会、なぁ」

「お嫌ですか？」

「前世ではしたことがなかったから正直とても嬉しい」

したことないのか、女子会。

日本人だとは思うが、おいくつでお亡くなりになった方なのか。

あまり前世のことを聞くのはちょっとマナー的に良くないような気もして、私は質問はしない。

私にとって陛下は陛下だし。

陛下は部屋を見渡す。

急ごしらえで整えられた、どこかアラビアンナイト風なお部屋。絨毯の上には銀のお盆。ちょこちょこと小鉢がその上に載っていて、果物やナッツ、ヨーグルトに生クリーム、ジャム、雨々さんが作ってくれた焼き菓子なんかも届いていた。

「うむ」

それらを見て、陛下はゆっくりと頷く。

「良いな」

「でしょう」

「しかし、何を話せばよいか直ぐには思い浮かばぬな」

「次はサイコロでも持って来ましょうか？　ほらこう、お題を六面に記入して、転がして決めるの」

「そういう番組があったような……」

ありましたねー、と懐かしくなり私も頷く。

陛下は私の手元をじっと見ていた。

もしや、私がクレープを包むのを待っておられる……？

「陛下」

「うむ、私はチョコとか好きだが、今回はないので、そなたのお勧めで良いぞ？」

「クレープパーティーはご自分で包むんですが？」

「私皇帝なのに？？？」

いや、陛下がご自分で包んでくれないと、私はただクレープを包む係の人になるじゃないか。

食べて愚痴って、クレープはご自分で作って欲しい。

「なるほど……」

「黒子さんたちにやって貰うのはちょっとどうかと思います」

「……」

傍らの黒子さんがサッと陛下の目くばせでクレープ生地に手を伸ばしたので、私は突っ込みを入れた。すごすご、と、黒子さんの手が引っ込む。

「……」

「……陛下」

「私がやってぐちゃぐちゃになったやつ食べるより、綺麗なクレープがいい」

「やる前から諦めたら試合終了だって安西先生も言ってたじゃないですか」

「そなた前世トーク解禁になったら遠慮なくぶっこんでくるな」

陛下も突っ込みを入れつつ、仕方ない、とクレープ生地に手を付けた。

「……私はな。餃子も包めない女なんだぞ」

「あれはまぁ、コツがいりますし……小さいですし……クレープは簡単ですよ。ほら、特にルールもありませんし、好きな物を載せればＯＫですよ」

私が説明すると、陛下は真顔になってトッピングの具を載せ始める。

テキパキと、できたクレープは生クリームを詰め過ぎてパンパンだったし、食べようとすると生地が破けてしまって散々だったけれど、「それみたことか！　それみたことかー！」と、陛下は楽しそうだった。

そうして夜が更けていく。

お茶を飲んで、お菓子を食べて、陛下がぽつりぽつりと語ってくれる「愚痴」は、まだ些細なものばかりだった。

その日から、私は陛下の夜の話し相手として、毎晩陛下の寝所に招かれることになった。

番外：イブラヒムの淡恋物語～笑ったら負け～

「どうも、イブラヒムのやつが恋をしているようでなぁ」

皇帝陛下のご厚意により、私のための宮が建てられることになってから半年。まだ工事は終わらず、相変わらず私は紫陽花宮でお世話になっていた。

千夜千食も開始され、翌朝には新聞がイラスト付きの皇帝陛下のご様子の記事を発表し、私名義で開かれた料理屋でそのお料理が食べられるようになる、というシステムがいい具合に回り始めた頃である。

今夜の献上品は「なんか甘い、腹にたまるものが食べたい」というご希望を昨日頂いたのでマチルダさんにブリオッシュを焼いて頂いた。

フランスパンと異なり、水ではなく牛乳とそれにたっぷりのバターを用いて作るパン。パンの一種だと思うけれど、材料がケーキなどのお菓子と類似点が多く、パンとケーキの中間にいるような存在だ。

私から作り方のレクチャーを受けたマチルダさんは「なんて贅沢なパンなんだ！」と仰天されていたが、震える手で大量の砂糖を混ぜる様子はとても面白かった。

まぁ、それはさておき。

ただブリオッシュを献上するのでは能がない。

ので、私はブリオッシュを使った「ボストック」というおやつを作った。

作り方はいたってシンプル。
一、砂糖と水をひと煮立ちさせてシロップを作る。
二、バター、砂糖、卵黄、薄力粉、ナッツを粉砕したもの（アーモンドパウダー）を混ぜ合わせる。
三、スライスしたブリオッシュの表面に粉砂糖をふって、焦げ目がつくまで高温の窯で焼く。焼いたブリオッシュに一のシロップをたっぷりしみこませて、表面に二を塗る。さらにアーモンドのスライスしたものをたくさん散らして、また高温の窯で焼く。大体十五分くらい。
仕上げにラム酒を底に塗って、表面に粉砂糖を振りかければ中はしっとりふわふわ、表面はコーティングされてカリカリ甘々な、大変美味しいお菓子の完成である。

「……へ、へぇー……」

陛下がサクサクと三つ目のボストックを召し上がられる頃、ふと呟かれた言葉に私は顔を引き攣らせた。

例の騒動から一ヶ月……。

私は色々忙しくしていたので……イブラヒムさんに会うことがなかった。

「うん？　信じておらぬな？　まぁ、私も人から聞けば一笑に付しただろうが……どうも、あれの様子がなぁ」

「……と、おっしゃいますと」

「うむ。どうも上の空なのだ。基本的な執務は行うのだが……時折ぼーっとしており、そうかと思えば、何かを見て顔を赤くする。我が国の賢者は三人、普段競い合ってお互いを意識し合う関係なのだが、他二人から「あんな腑抜けじゃ張り合いがない」とクレームが入ってな……」

「は、はぁ……」

「メンタルケアというわけではないが、スィヤヴシュがそれとなく聞きだしたところによると……夜会で出会った娘に懸想したようでな」

んんんっ、と、私は飲んでいたハーブティーを吹き出しそうになる。

だが耐えた。

「へ、へぇー、それは、それは……」

「一目ぼれだそうで、どこの娘かとスィヤヴシュが聞くと、どうも、それがイブラヒムを悩ませている原因のようでな」

私は内心ドキドキとした。

……十中八九。まぁ、うん、間違いなく、イブラヒムさんの恋のお相手は、例の銀の髪に褐色の肌の異国の御令嬢だろう。

「イ、イブラヒムさんのお眼鏡にかなうなんて……いったいどこの方なんでしょうね！」

「うむ、それが春桃のところの侍女のようでな。イブラヒムはジャフ・ジャハンに近付くわけにはいかないのだ」

アグドニグルの宮中での権力のバランスがあると陛下は暗におっしゃる。

賢者三人に、太師や宰相、色んな人が宮中にはいらっしゃり、その誰が誰と親しくするのか、絶妙なバランスで成り立っているそうだ。

「……春桃妃様の……侍女?」

しかし私はそれより気になるのは、なぜ例の銀髪の御令嬢が春桃妃様のところの、なんて話になっているのかだ。

さらに聞いてみると、どうも、かなり……話は拗《こじ》れているようだった。

まず、イブラヒムさん。

あの夜から例の銀髪の御令嬢がどこのどの方なのか、必死に探ったらしい。しかし探しても探しても見つからない。誰と来たのか、誰が招待状を出したのか、イブラヒムさんの持つ権力を全て使っても全く一切合切、何も判明しない。

(そりゃそうだ)

そこで手がかりは、あの宴にてカイ・ラシュ殿下が御令嬢と顔見知りらしかったこと、そして頭には春桃妃様の庭でしか育てられない珍しい花が飾られていたこと。

その花はカイ・ラシュ殿下の同伴者だったシュヘラザード姫、つまり私もその晩にカイ・ラシュ殿下から頂いていて、シュヘラザードの頭にあったことは私を認識している大勢が証言している。

「例の娘はどうも異国の、それもそなたと同じく砂の民の血を引いている者のようでな。イブラヒムの推測によれば、おそらく、春桃がそなたへの詫びにと同郷の娘を召し抱えてそなたの侍女にしようと、あの晩カイ・ラシュの手引きで引き合わせようとしていたのだろう。が、そこにあの騒動だ。そなたが知らぬのも無理はない」

「んんんんんっ――――――！」

私は奥歯でガリガリとスライスアーモンドを噛み砕いた。甘くて美味しぃー！

イブラヒムさんは、まぁ、そういうわけで例の御令嬢が春桃妃様の侍女、蒲公英宮で密かに匿われているとお考えになられたらしい。公式に春桃妃様から私に侍女を送っては問題だからだ。

私は春桃妃様に申し訳なくなった。

……ご迷惑を……おかけしている……ようで……本当に……。

権力バランス的なところで、イブラヒムさんが直接、第一皇子のお妃様に「貴方のところの侍女に会いたいのですが」などと申し込むことはないだろうが……それとなく、打診はされているだろうし、こんな感じで陛下のお耳に入っている以上……それとなく、春桃妃様のお耳にも、存在しない筈の侍女の存在が……問われている筈である。

ご懐妊され安静にしないといけない時に……！　本当に申し訳ない！

カイ・ラシュが上手くやってくれていればいいが……どちらにせよ、本当に申し訳ない。

「しかし……惹かれ合う男女が、宮中のしがらみの所為で会えぬのは不憫でな」

「惹かれ合うだんじょぉおお!?」

「はは、シェラ姫。そなたには少々早い話題だったか？」

私の反応が先ほどからアレなもので、陛下が微笑まれる。げふげふと咳をしたり、狼狽えているのは何も色恋沙汰が恥ずかしく不慣れなお年頃だから、というわけじゃないんですよ。

「いえ、あの、そういうわけじゃ……いえ、でも、あの……え？　惹かれ合う男女？？？？」

　このまま春桃妃様や蒲公英宮には無言を貫いて頂いて事態が風化してくれるのが一番良い結末だと思うが、そうはならない気配を察して私は顔を引き攣らせる。

「うむ、どうもな。イブラヒムの話を聞くと……その娘の方もイブラヒムのことを好いてくれているようでな」

「え……それ、イブラヒムさんの勘違いじゃ……」

「はは、幼いそなたには男女の機微はわからぬだろうが、聞いた感じ、良い雰囲気だったそうだ。多少なりとも好意を持っていることは間違いなさそうだぞ」

　ダンスを踊りながらした会話や、その時の御令嬢の表情、微笑みや自分に向けられる眼差しを……イブラヒムさんは何度も何度も思い返して、ぼうっとされているそうだ。

……ここで、はい。

どうしてそうなったのか、致命的な、認識の違いがあります。

イブラヒムさんは賢者。

賢者の優れた記憶力と洞察力を、賢者としてイブラヒムさんを認識している陛下やスィヤヴシュさんたちは疑わない。それどころかその証言は一〇〇％、事実であり真実であると、そう肯定的に判じられる。

　恋で目がくらんだかもしれないという判断は「イブラヒムに限ってそれはないだろう」と、そういうフィルターがかかる!!

大惨事じゃねぇか!!

「まぁ、確かに、春桃の侍女を賢者イブラヒムの妻にするのは、少々都合も悪いものだ。立場を弁えている春桃が頑なに「そんな侍女はおりません」と存在を否定するのも無理からぬこと。だが、あのイブラヒムが研究を忘れる程熱を上げる娘など、そうそう現れるものでもあるまい。あの子にはこれまで苦労をさせてきた、幸せになれる道があるのなら、叶えてやりたくてなぁ……」

ぼそり、とおっしゃる陛下の瞳は慈愛に満ちていらっしゃる。

「それで、そなたに一つ頼みがあるのだが」

「は、はいぃいい!?」

「思い悩むイブラヒムの食が細くなっておる。プリンはあれの気に入りであるし、どうだろうか。私の名で春桃の元から例の侍女を呼び寄せるゆえ、設けた一席にて二人に特別なプリンを振る舞ってくれないか?」

宮中のしがらみや権力闘争のあれこれは、全て皇帝陛下が引き受けるという、格別のご配慮。そこまでなさる。異例中の異例の扱いを、イブラヒムさんのためになさるという皇帝陛下……は、大変、素晴らしいご判断でいらっしゃいますね……ッ!

その相手が、銀色の髪の褐色の肌の御令嬢、つまり、私じゃなければなッ!

「ぐぬぅっ!」

「イブラヒムは常日頃から、そなたにあまり好意的な態度ではないが……これを機にそなたへの態度も良くなろう。そなたにとっても悪い話ではないと思う」

ぐぅっ、陛下……！　さりげなく、私へのご配慮もされたご決断なんですねッ！

善意が痛いッ！

くっ……ッ！

貫き通せるかこの嘘を!?

私は一瞬考えてしまった。

もうここまで来たら、カイ・ラシュとメリッサだけを共犯者として、貫き通せるか……！

どこまで!?

ウェディングまでになるだろ!!

なんとか婚約破棄されるよう持っていければいいが、こんなに皇帝陛下が乗り気でバックアップされると宣言されているのだ。

「無理ですぅうぅっ！　嫌ですっ！」

あれよあれよと結婚式まで待ったなしルートに突入する未来しか見えない！

わぁあああ、と私は泣きだして陛下の御膝に縋りついた。

「無理です！　嫌です！　陛下ぁああ！」

「そ、そんなにイブラヒムが嫌いなのか!?　そこまで確執が深かったのか!?　私が鞭を打たせた所為か!?」

そういえばそんなこともありましたね。

けれど問題はそこじゃない。

「……シェラ姫がここまで嫌がるとは……」

いいえ、陰険眼鏡だとは思っていますが、イブラヒムさんのことは基本的には嫌いじゃないです。もし本当に、イブラヒムさんと相思相愛になれる良い感じのお嬢さんがいらっしゃるのなら、私だって全力で応援したい。

だけれどその花嫁は誰ー!? イッツミー!

無理に決まってんだろ!

「うーむ、まぁ、シェラを巻き込まずとも良いか……」

「その例の御令嬢私なんです」

「まぁ、顔合わせの見合い形式の場ならどうとでもなる。別にプリンがなくとも……は?」

一人で抱え込むとロクなことがない。

ここはもう、自白してしまうのが一番だ。

今より悪い展開になる、なんてことはないだろう。

私が神妙に頭を下げて告げた言葉に、皇帝陛下は停止した。

「…………なんて?」

「私がメリッサの奇跡で大人になった姿でイブラヒムさんとダンス踊りました」

「……」

「……」

「……××××」

片手で顔を覆い天井を見上げた陛下の口からは、アグドニグルのスラングが漏れた。

いや、もう本当に……申し訳ない。

「……どうしよう」

「……どうしましょうね……」

長い沈黙の後に、皇帝陛下がぽつりと呟かれる。私は気まずげに顔を逸らした。

「……イブラヒムに……例の娘と絶対に会わせてやるよ！　と……大見栄切ってしまったんだが」

「誠にもって申し訳ないです」

「……クシャナ・アニス・ジャニスの名で……誓ってしまったんだが」

「誠にもって申し訳ないです」

皇帝の御名の重さは、私にだって想像はできる。

もう只管謝るしかない。陛下も私を責めるわけではなく、ただ茫然とされている。

「……普通、推測できないだろ……あの駄女神……余計なことを……」

「誠にもって申し訳ないです……」

「私の名で誓ってしまった以上……反故《ほご》にはできぬ」

陛下はやおら、ぐいっと、決意されるように顔を上げた。

「……はい？」

「見合いは決行だ！　あの駄女神を引きずり込んでそなたを着飾らせれば、私は約束を破ったことにはならないね！」

「陛下!?　ご自身の保身のためにそんなことしますぅぅぅ!?」

黒子さんたちがすかさず、立ち上がった陛下の背後に紙吹雪を散らせる。ヤッタネ陛下！　ナイスアイディア！　とでも言うような背景効果だが、全く以てナイスアイディアではない！

叫ぶ私の両肩を、陛下がぐっと、摑んだ。

「イブラヒムの恋路のためだ。シュヘラザード、そなた、地雷女になってくれ」

（要約：見合いは決行するが、イブラヒムが愛想をつかすように振られてこい）

突然投げられるミッションインポッシブル。

「この件で理解した。あいつ……女運が壊滅的なのだろう……金輪際、女にうつつを抜かせぬよう……徹底的に地雷女になってこい。あいつの一生はこの国でみてやるゆえ……研究に励めるよう、とことん、あいつに女のトラウマを植え付けてこい！」

「そこまでしないと駄目なんですか!?」

「賢者の執着心舐めるなよ！　これまでどれほどの女があいつにアプローチしたか！　奇跡的に芽生えた恋心なんだぞ!?　土壌に塩を撒いて永遠に何も実らない不毛の地にしない限りイブラヒムは諦めないぞ!?」

万が一、私の正体がバレた場合、イブラヒムさんが他国に行ってしまう可能性が「マシ」な未来で、最悪「現実を受け入れられず自死する」かもしれないと、陛下は真面目なお顔でおっしゃる。

お、大事《おおごと》になった……。

「で、でも……地雷女になるなんて……ど、どうすれば……」

前世でも今生でもまともに男女のお付き合いなどしたことがない。

狼狽える私に、陛下は深く頷いた。

「案ずるな。良い手本をすぐに連れて来させよう」

「お手本」

「丁度いいのがいるだろう」

私も知っているような口ぶり。首を傾げる私に、陛下はその人の名を口にした。

「誰ぞバルシャをここへ」

現在牢に監禁中、元聖女のバルシャお姉さん。

いや、怒るぞ、地雷女って言われたら。

＊

「うぅ……」

私の前に引き摺られて連れて来られたのは、確かにバルシャお姉さん……だと思う。

「……へ、陛下」

小さく呻くその女性。痩せ細り、体中から汚臭が漂う。唇は青白く、カサカサとしていて、肌という肌は汚れ、あちこちに齧《かじ》られたような傷がついていた。髪は汗や汚物で汚れ固まっていて、たった一ヶ月で人はこんなに変わってしまうのかと、私はショックを受ける。

これがかつて、噴水の脇に腰かけて淡く微笑んでいた美しい人だとは、とうてい思えない変わりようだ。

捕らえられたバルシャお姉さんが、どんな扱いを受けていたのかひと目でわかる姿。

「うん？　どうした、シェラ姫」

「あの……ど、どうして……」

こんな扱いをしたのか、私は陛下に問いかけた。

バルシャさんは……聖女だ。

神聖ルドヴィカという、アグドニグルとは別の権力を持った組織に籍を置く人間で、その聖女様がこんな風に扱われるなど……私は思ってもいなかった。

「どうして？　あぁ……そういえば、この糞袋も当初そのような言葉ばかり吐いていたらしいな??　自分は聖女だから、こんなこと許されない、とか。神の裁きが下るぞ、とか、そんな風に叫んでいたらしいが……はっ、ははっ、はははは！」

豪華な椅子に腰かけて、杯を手に持ちながら皇帝陛下は愉快そうに音を立てて笑った。

「片腹痛いわ」

「……」

「シェラ姫、こちらへ」

おいでおいで、と陛下は私を膝の上に乗るよう手招きをされる。

ここで「なんか嫌」と言える雰囲気ではない。私は慎重になりつつ、陛下の膝の上に座った。

ゆっくりと陛下の手が私の長い白髪を撫でる。その手はどこまでもお優しい。

私を背中から抱きしめつつ、陛下は私の顔をバルシャさんの方へ向ける。

「あれをよく見ておくが良い。欲深く、他人が得をすることに己が損をすると感じ、それを耐えられぬ女の末路である。欲深いことは悪ではないが……それに見合う努力も覇気も才覚も、補えるだけの運もなかった愚物。ふん、神が人を救うものか。民に救いを齎すのは王族、ゆえに、支配し統治できるのだ」

「……ちゃんと、バルシャお姉さんには怒っているんですね？」

「……ちょっとはこの私の皇帝モードに怯えてもいいんだぞ？？？」

「今更ですから……」

「あ、そう……？」

地雷女のお手本でバルシャさんが連れて来られたので、もう前提からちょっと……怯えるには前フリが失敗していると思う。

陛下のこのノリノリな皇帝モード、怖いか怖くないかと言われれば「チビりそうな程怖い」けれど、それはそれ。

ちゃんと陛下が「私のパーティー邪魔しやがって」とか「こいつの所為でシャンデリアが！」と、

きちんとお怒りになられているのがわかり、私としては安心だ。

まぁ……知り合いの優しいお姉さんが酷い扱いをされているのは、ショックはショックだけれど……。

「私のレンツェ時代に比べれば……待遇良いと思いますし……バルシャさん、大人だし……」

何の罪もなかった可愛い幼女エレンディラが、陛下によってこんな目にあわせられているのなら、私は陛下に怒っただろうが……バルシャお姉さん……私に色んなもの押し付けた人だからな……。

「まぁ、そなたがあの糞袋の姿を見てショックを受けなかったのなら良い」

「いや、驚きましたけど」

まぁ、それで陛下への感情が変わるということはまずない。

私はうーん、と唸りながらとりあえず陛下のお膝から飛び降りる。ひょいっと降りて、バルシャお姉さんの側に近付いた。

「……」

悪臭に鼻だけでなく目まで痛くなる。

本来、皇帝陛下の前に連れて来られるなら最低限身を清められていそうなものだが、それすらバルシャお姉さんには許されなかったのだろう。

「あの、バルシャお姉さん……」

私はそっと声をかけた。

お腹が空いているなら食事を作るし、お風呂だって、ここへ連れて来た以上、入れさせて欲しいとお願いすれば陛下も拒絶はしないはずだ。

ただ、勝手にやってはバルシャお姉さんの自尊心を傷つけるような気がして、私は声をかける。

「……ッ！」

しかし、私の姿を認めたバルシャお姉さんは、うつろだった瞳に強い敵意、殺意を滴らせて鋭く睨んできた。両手両足は縛られていて、私を害することはできなかったけれど、起き上がった反動で揺れる体をそのままに、私に嚙み付こうと頭を振り上げ、私は黒子さんの一人に抱きかかえられ距離を取る。

「お前……ッ、お前！　お前さえ、いなければッ！」

なぜだか私に強い憎しみを抱いているらしく、吠えてくるバルシャお姉さん。

「私!?　え!?　私ですか!?」

「なんで生きてるのよ!!」

「死にたくないからですけど!?」

「確かに呪ったのに！　何もかも押し付けたのに！　なんで……！　私の力を返しなさいよ！」

私の力？

あ。

そういえば、どうしてバルシャさんはこんな姿のままなんだろう。

癒しの力を持つ聖女さまのバルシャお姉さん。

「あんたが盗ったのよ！　この泥棒！　盗人！　卑しい子！　薄汚い異人のガキ……！」

「喧《やかま》しいな。舌を抜いておくか？」

「そこまでするのはちょっと……それに、ボキャブラリーが乏しくて……もっと頑張って罵って欲しいです」

あれこれ喚いてくださるバルシャお姉さんの言葉なんぞ、レンツェ時代の罵倒に比べれば、所詮箱入り娘の精一杯の悪口である。

「私がバルシャお姉さんの聖女の力を奪ったんですか？」

「いや、ただ消失しただけだ。そなたに憎悪や悪意を押し付けたゆえ、神の祝福を失ったのだろう」

「……？」

「もがき苦しんでいる姿が見られなくなったら、見守る意味がないだろう？」

うーん？

陛下は当然のようにおっしゃるが、私にはちょっとよくわからない。

まぁ、つまり、バルシャさんは私に悪意と憎悪を押し付けて自分は黒化を回避したから、神様から見放された、ということか。

シビアだね！

「これの身柄を、神聖ルドヴィカも受け取り拒否しておってな。まぁ、煮るなり焼くなり好きにしていいからこっちに責任おっかぶせるな、ということだろう。元々面倒ごとの種とわかって受け入れたゆえ、あちらの要望を呑んでやるつもりでいる」

なので陛下はバルシャお姉さんを尋問後、生かさず、かといって殺すこともせず「不衛生な地下牢で放置。ご飯は二日に一食ネ！」という待遇で、放置し続けたらしい。

「まぁ、そういうわけで……とりあえずここに、この紙に……この素晴らしい地雷女の特徴を書いて勉強しようじゃないか」

「あ、そうでしたね、そういえば」

「地雷女!?　何の話……!?」

叫ぶバルシャお姉さんは、黒子さんによって口に猿轡《さるぐつわ》をかまされモゴモゴとした音しか出せなくなる。

「えぇっとまず……外見は、すごく清楚で清純そうで……家庭的そうな感じですよね」

「表向きはこの糞袋は魅力的な女でそれなりに人気もあったんだがな……元婚約者の話によれば、付き合ってみると依存度が強く、あれこれ口出ししてくるようになったらしい」

「なるほどなるほど」

頷きながら、私と陛下は紙に日本語で「地雷女の特徴」を書きだしていく。

「元婚約者もな、自分の人生と私生活が全て振り回されてこの女が望む通りに振る舞わなければならなかったと話している。つまり……そなたはあのイブラヒムを振り回せばいいのでは？」

「なるほど……そうですね……！　イブラヒムさんに……仕事と私どっちが大切なの!?　的なことを聞けばいいんですね……！」

確かにそういう女性は面倒くさそうだ！

イブラヒムさんも仕事というか賢者なご自分にプライドを持っていらっしゃるだろうし……第一、ポッと出の女より、アグドニグル、皇帝陛下への忠誠心の方が強いに決まっている。

「つまり私が、陛下に嫉妬するっていうのも、良いかもしれませんね」

「おぉ、それは良い手だな！　糞袋もそなたや私に、身の程知らずにも妬みや嫉《そね》みを抱いておるしな！」

「婚約者だったクルトさん、なんかもう疲れたとか言ってましたもんね。一緒にいて疲れる女を目指します」

「確かあれこれと貢ぎ物も要求していたようだな。まぁ、小貴族の次男に、糞袋を満足させられる財力は皆無だったわけだが……イブラヒムの貯金に手を付けろ！　一年分の国家予算くらいはため込んでるぞきっと！」

「いいんですか⁉」

「良い！　あとで私が臨時ボーナスで補てんする！」

「さすが陛下！　かっこいいー！」

「ふははは！　そうだろう、そうだろう！　これでイブラヒムも女へのトラウマまっしぐらだな！」

わーい、と私たちはあれこれ名案が浮かんできて二人でキャッキャと作戦会議を続ける。

別にバルシャさん……ここに呼ばなくてもよかったんじゃないかとそんな風に思うが、これも、陛下の皇帝ムーブの一つなんだろう……。

バルシャお姉さんは、呪った私が元気で健やかで、そして、皇帝陛下の「お気に入り」になって、親し気にしている様子を見せつけられとても悔しそうだった。

＊

「……どこか、おかしなところはないか」

「うーん、何度も確認したけど、いつも以上に身なりは整っていて良し、眼鏡に指紋もゴミの汚れの一つもないし……今の君の姿なら、陰険眼鏡って陰口を叩くやつはいないと思うよ」

つまり、普段は誰か言ってるのか、それ。と、普段のイブラヒムであればジロリ、と自分の隣を歩くスィヤヴシュを睨み付けたところだろう。だが、今日この場に挑むイブラヒムにはそんな余裕はない。

……昨日は、いや、実は、この予定が組まれた一週間前から、ロクに眠れなかった。

それでも前日は「寝不足で思考が定まらない中、あの麗しい方にお会いするなど言語道断」と、スィヤヴシュに依存性の低い睡眠薬を処方して貰い、強制的に睡眠をとった。

前日の昼間には、本日分の全ての仕事を終了させ、特急料金を支払って王室も御用達の商人がこの日のために仕上げた衣裳を受け取り、鏡の前で何度も自分の姿を確認し、着つけを手伝ってくれたスィヤヴシュを苦笑いさせた。

「……私の体や息は……大丈夫でしょうか」

「え？」

隣を歩くスィヤヴシュは、イブラヒムが口を開くたびに肩を震わせている。笑うのを必死で耐えているのだ。爆笑したいが、イブラヒムは真剣なので、友としてそれを笑うのはよくない。

「……普段の食生活が、体臭や口臭に影響していると……先日本で読みました。私は男ですから、その、女性は良い匂いが……あの方は、とても良い匂いでしたが……私は、不快な臭いはしないでしょうか」

相手が五感から取り入れる情報が重要であることをイブラヒムは気にしているのだ。見た目は良く取り繕えているとイブラヒムも何とか自分を安心させられる程度には保てていて、話し方も、賢者として皇帝陛下の話し相手になる身であるので、相手を不快にさせない会話はできる。

であれば、生き物としての臭いはどうだろうかと、イブラヒムは行きついたらしい。

「……その、女性に魅力を感じさせる男というのは、女性を本能的に刺激する匂いをさせるそうですし……」

性的な魅力の香り、要はフェロモンのことである。

イブラヒムはそういったものは自分には出ていないだろうかと、淡い期待を抱いているらしい。

「う、うーん、うーん……！　そういうの、ジャフ・ジャハン殿下とかはありそうだけど、君は、ど、どうかなー！　清潔感溢れる君は女性に不快感を与えなくていいと思うよ！」

無理だろ、とは一蹴にしない。スィヤヴシュは友には優しい男である。

「少し体も鍛えてみたんだが」

「……へ、へぇ」

学問の塔に閉じこもって、学術書より重い物を持ったことがなく、長距離は馬車か籠か、転移の魔法を使う男が……体を鍛える。

「街に売っていた本によれば……女性はあまり筋肉質に見えなさそうな男が、実は鍛えている、という意外性を好まれるそうです」

「へ、へぇ……そ、それは知らなかったなぁー……」

嘘だろ。

あの賢者イブラヒムが……街で売ってる……おそらくは、大衆向けの……娯楽雑誌を……読んだのか……。

発見されてから千年、世界で八人しか解読できなかったと言われている「黒の書」を最年少で解読した、多くの知識を持つ賢者イブラヒムが……恋愛指南書とか、読んだんだ!?

スィヤヴシュは思い返す。

……あのイブラヒムが。

例の騒動後、妙に態度がおかしく、ボケボケしていた友が……恋患いになんてかかっていたと気付いた時は、「うわ、何それ面白そー!」と思っていたけれど……。

(……こんなに、真剣なんだな……あの、君が)

自分以外は皆屑。皇帝陛下にだけ興味と関心を抱き、誰にも心を開かず他人を見下し続けてきたイブラヒムが……。一般人の恋愛経験談を必死に調べ、外見を気にし、相手に好かれようとしている……！

「うっ……」

思わず涙で前が滲み、口元を押さえたスィヤヴシュを、イブラヒムは怪訝そうに見上げる。

「？　どうしました」

「君の幸せを……！　祈っているよ！」

「……大げさなやつですね。そ、それに今日はただの……顔合わせです。今すぐどうこうなるわけじゃないんですから……」

「それでもやっと、念願の再会だろ⁉　夜会で出会って少しの時間で別れちゃった君の大切な……えーっと、名前は、なんだっけ？」

「……お名前を聞くことはできませんでしたよ」

「あ、そうだった。でも内心、君のことだから何か名前を付けてこっそり呼んでるんでしょ？」

「……」

これほど焦がれる相手なのだから、何か名前を付けているはずだ。

名前を付ければ形がはっきりする。思いを固めるにも必要なことで、イブラヒムがしてないわけがない。

「……」

「なんて呼んでるんだい？　異国の姫君とか？」

「……安直ですね」

フン、と、スィヤヴシュの出した名にイブラヒムは馬鹿にするように笑った。

普段であればこ憎たらしい態度だが、今のスィヤヴシュはニッコニコである。

「えー、じゃあ何だい？」

「……まぁ、貴方には色々と協力して頂きましたからね。特別に……教えてあげてもいいでしょう」

「うんうん」

「……彼女は、とても美しい黄金の瞳をしていました」

うっとりと、思い出すように目を伏せるイブラヒム。

うんうん、とスィヤヴシュは頷く。

「ただの黄金、触れれば脆く形が変わってしまう金属とはわけが違う。その輝きは、まるで流れ落ちた英知が固まって、何千年も時を刻み込んだかのようでした。……ゆえに、私はあの美しい方を、琥珀《こはく》の君と……そう、呼んでお慕いしているのです」

あれこれとイブラヒムは「琥珀の君」と呼ぶ理由を続けるが、スィヤヴシュはその辺のうんちくにはもう興味がない。

ただニヤニヤと、イブラヒムの話を聞いて、今日のお見合いが成功することを心から祈った。

＊

青い空、白い雲！

今日は、楽しい……お見合い！

アグドニグルはローアンが誇る、この大陸で最も美しいと称される朱金城の中庭。この庭でしか見られない珍しい南国の鳥とか、植物は多くあるらしい。七色の小魚が自由に泳ぐ池。宝石をあしらった橋、咲き誇る綺麗な花々……こんな状況でなければじっくり堪能したいほど見事な場所だけれど、私は今、それどころではない。

「……可憐だ…………」

「…………」

お庭の一部にある屋根のついた休憩所。多分なんか名称があるんだろうけれど、私にはわからない。

豪華なテーブルや椅子が用意されて、そこにちょこんと座る私と、その向かいにいるのはイブラヒムさん。

ここに案内されてお互い顔を合わせて…………かれこれ、もう十分ほど、イブラヒムさんはじぃっと、私の顔を見ては、頬を赤らめ、ため息をつく。

「あ、あのー……」

「し、失礼……！　その、も、申し訳……ない……貴方とこうして……こうして、再び……お会いできるなど……夢のようで……」

穴が開く程見てくる、というほど見つめられて私は思わず自分から声をかけてしまった。イブラヒムさんは、慌てて、しどろもどろになりながらも、何度も何度も「お会いできて光栄です」と繰り返す。

本当に、誰だこいつ、と私は突っ込みを入れたい。

普段私《シェラ》に対してする態度と本当に違い過ぎる。恋は人をここまで変えるのかと、私は恋をしたことがないので、ただただ驚きだ。

カイ・ラシュの思い詰めた結果の恋心とも、ヤシュバルさまの罪悪感から来る過保護とも違う。

私の一挙一動に注目して、ご自分の印象を少しでも良いものにしようと集中されているご様子のイブラヒムさん。

……ちゃんと、嫌われてあげないとな。

私はイブラヒムさんのことが嫌いではない。

関わる人間の中で、自分と精神的に一番似てるのはイブラヒムさんかなー、と思うくらいには、興味と関心がある。

ので、ちゃんと振られてあげようと、自分が面倒な目にあっているからというだけではなく、イブラヒムさんへの一方的な友情から決意した。

それがいけなかった。

＊

（……）

自分がこんなに情けない男だと、イブラヒムは認めたくなかった。

今日のために、天候はしっかり確認して「良い天気ですね」から始まる会話を何百通りも自分の中で想像し、会話運びはスマートに行える自信がイブラヒムにはあった。

だが、実際に……久しぶりにお会いする琥珀の君を前にして、イブラヒムは自分が想像していた会話や何もかもが一瞬で頭の中から吹き飛んだ。

あまりにあまりにも、可憐な姿が、そこにはあったからだ。

夜会の、人工的な灯りの中で見た姿とはまるで違う。いや、あれも美しかったが、太陽の輝く光の中にいる彼女は、健康的な微笑みと触れれば折れてしまうような体の細さが嘘のように噛みあっていて、目が離せなかった。

瞬きをすればその姿が消えてしまうのではないかと恐ろしくなり、イブラヒムは必死にその姿を目に焼き付けた。それが無礼な行動だったと気付いたのは、随分と経ってから。

琥珀の君の戸惑うような声に我に返り、イブラヒムは慌てる。

「あの、イブラヒム様……折角ですから、お庭をお散歩でもしませんか？」

「は、はい……是非！」

情けない。

女性の方から言い出して頂くなど、なんという情けない男なのだろうか。

イブラヒムはせめて自分がエスコートしようと、手を差し伸べるが、あの夜に踊った記憶が脳裏に蘇り、体中がボッと熱くなる。

手に触れるなど、とんでもないことだ……！

あの時は、夜の宴の際は、そういう、男女で触れ合うこともさほど気にならない雰囲気があった。

しかし今は、さんさんと輝く太陽の下で、未婚の女性の手に触れるなど、なんという破廉恥な行為だろうか。

いや、手を握りたいという強い欲はある。だが、彼女のような麗しい方にそれを強制するなど、そんな恥知らずな振る舞いはできない。

イブラヒムは恥ずかしさから早足になって先を行ってしまう。

しまった、彼女を置き去りにしてしまったと思って振り返り、ボッシャン！

「?・?・?・?　っ、!?　……?・?・?」

イブラヒムは何が起きたのかわからなかった。

いや、即座に賢者の冷静な頭が思考する。

落ちたのだ。

自分が。

池に。

今。

なぜ？

突き飛ばされたから。

誰に？

「あらあら、あら、あら、あら、まぁ。このような日差しの良い日ですものね。賢者殿も行水を行いたいと思うのも頷けますわ」

「……」

「イ、イブラヒムさん、じゃなかった、イブラヒム様……！」

慌てて駆け寄る琥珀の君はすぐにイブラヒムを池から引き揚げようと手を伸ばしてくれるが、イブラヒムはそれを軽く手で制し断って、自分を突き飛ばした人間（の、姿はすでに見えないが）に指示を出したであろう者を見上げた。

「これはこれは……なぜ貴方がこちらに？」

池にかかった橋の上にいるのは、煌びやかな衣を纏った女の集団。侍女をぞろぞろと連れて、日傘の下にいるのは栗色の髪の女。頭には大きな真珠の連なった髪飾り。

第三皇子殿下の正室、真珠宮《ペルネ・ディネイシュ》の女主人アジャ＝ドゥルツ夫人だ。

今日、この場はイブラヒムと琥珀の君のためにと整えられている。陛下の御名で他の者は立ち入れないようにされているはずだが、貴人がなぜこの場にいるのかとイブラヒムの視線は厳しい。

「なぜ？　この庭は妾《わらわ》たち妃にとって憩いの場ですわ。自由に出入りして構わないはずです」

「今日は誰も立ち入らぬようにと皇帝陛下の御命令が下っております」

「あら、そうなのですか？　それは……聞いていなかったわ。ねぇ、誰か知っていて？」

夫人が周囲の侍女たちに問いかけると、彼女たちは一様に首を振る。

「……まぁ、賢者様がお間違いになるはず等ありませんものね。となると、誰か……妾にそれを告げる筈のものが故意に情報を隠匿したのやもしれません。嘆かわしいこと……宮中の陰謀でしょうか？　妾のか弱い立場ではその者を探し出し処罰を与えることもできませぬ」

「……」

「しかし、陛下が命じられたことを、知らぬとはいえ破ってしまったことも事実。妾は慎んで陛下より罰を賜りましょう。えぇっと、それで、本日は……賢者殿と？　その見知らぬ女の逢引のためにこの場が貸し切られ、それを阻害した第三皇子殿下の正妃たる妾が鞭打ちをされる、ということになるのですね」

イブラヒムは今すぐこの女の口を閉ざしてやりたかった。

第三皇子は宮中にて、それほど立場が強くはない。

獣人族を束ねアグドニグルへ忠誠を誓った第一皇子ジャフ・ジャハン殿下。

医術面で革新的な取り組みを多く行い、奇跡や魔法に頼らぬ治療法を生み出し国に貢献する第二皇子殿下。

個人の武としても、また軍事力で他の皇子たちより特出し陛下の信頼の厚い第四皇子ヤシュバル殿下。

彼らと比べてしまえば、第三皇子殿下はこれといって強みもなく、唯一、多くの妃を持ち子供の数も多い。まだ一番上の子でさえ十にならないが、ゆくゆくは他国や有力貴族と縁を結ぶのに有利、というくらいだろうか。

だがあえて王族の血をバラまく必要もなく、また、誰もが知る事実として、皇子の誰もが陛下と直接の血の繋がりはなく、元々が人質であった者。皇子の子がどの程度、価値があると思われるのか、イブラヒムはそこまで期待していない。

その立場のあまり良くない第三皇子の正妃が何をしに来たのかと考えれば、単純に「邪魔しに来た」のだろう。

琥珀の君は第一皇子殿下の御正室、春桃妃様の侍女。

（その彼女が私と、そ、その……け、結婚……、コホン。もし、婚姻関係に至るとすれば。学問の塔の主人たる私の力が彼女の主人である春桃妃の側につくと考える愚か者も出るだろう。それに、琥珀の君はあのレンツェの小娘、じゃなかった、シュヘラザード姫のために宮中に招かれた者。第一皇子と第四皇子同士に縁ができる）

皇子殿下たちは今のところ、どの兄弟同士もお互いに一定の距離を保ってはいる。

ギン族を滅ぼしかけた金獅子の長とまさか結託することはないだろうと思われるが。

陛下に罰せられることを覚悟で、アジャ＝ドゥルツ夫人としては、なりふり構わず特攻をかけてきた、というわけだ。

宮中では、イブラヒムを「平民上がり」と見下し疎む者は多い。イブラヒムがどれ程有能さを示そうと、何をしようと、認めず嫌う者はどうしようもないことだ。そういう連中に隙を見せぬようにするのが精々で、上手くやろうとは思わない。

なので今回、アジャ＝ドゥルツ夫人が「イブラヒムの所為で」鞭打ちの刑、でなくとも何らかの処罰を受けた事実が広まれば、宮中の馬鹿どもがそれをどう利用するか。

（この場にいることを不問にしてやり過ごすのが最も効率がいい、が……）

「イブラヒム様、あの、いつまでも池にいると……」

思考を巡らせるイブラヒムに、琥珀の君の優しい声がかかる。

手を差し出してくる愛しい人に、イブラヒムは微笑んだ。

「ありがとうございます。ですが、あなたが濡れてしまう」

暖かくなってきた頃とはいえ、池の水は冷たい。池に入った自分が彼女の手に触れれば、その冷たさで彼女の熱を奪ってしまうし、美しい衣に水滴一つ落としたくなかった。

「いつまでもイブラヒム様がいると、池の魚に迷惑ですよ。水の生き物は繊細なんですから……」

「なるほど」

確かにそうだ。

この池の魚は一匹で金貨数枚に値する。

こんな状況で、国の財政にまで頭が回るなどなんて素晴らしい女性なのだろう。

イブラヒムは感心して、さっと池から上がった。

こうまでずぶ濡れでは、今日はもうこれでお開きにした方が良いだろう。どういうつもりか現れたアジャ＝ドゥルツ夫人の悪意に愛しい方を巻き込みたくもない。

イブラヒムは冷静に判じて、琥珀の君に別れの言葉を告げようとして、いつの間にか彼女が橋の上、つまりはアジャ＝ドゥルツ夫人と向かい合うように立ってた。

「あの、イブラヒム様にちゃんと謝ってください。あとタオル……布とか、持ってくるようにどなたかにお伝えください」

「……はて、なんでしょう。この無礼な娘」

「下がりなさい端女《はしため》。布が欲しければお前が走って取りに行けばいいでしょう！」

アジャ＝ドゥルツ夫人は扇を広げて、不快な物を見るように視線を遮った。側の女たちが声を上げる。

「いや、私がいなくなったら、もっとイブラヒム様をいじめるでしょう。突き落としたのはそちらなのだから、せめて布くらい用意してください。……大騒ぎになりますよ!?」

「琥珀の君」

「ホホホ、おかしなことを申すな」

イブラヒムはすぐに割って入ろうとしたが、水を吸った服は重くすぐさま動けない。体力も筋力も乏しいイブラヒムがもたついていると、アジャ＝ドゥルツ夫人が声を上げて笑った。

「騒いだところで妾になんの不利があろう。妾はこのアグドニグル、第三皇子殿下が正室アジャ＝ドゥルツ。そなたはなんじゃ？　たかだか使用人の分際で、妾になんぞできると思うたか」

「……あのっ、本当に……本当に、このタイミングで、謝っておいた方が良いと思います……！」

「ホホホホホ、見苦しいぞ」

焦ったように顔を顰める異国の娘にアジャ＝ドゥルツ夫人が勝ち誇ったような笑みを浮かべる。

琥珀の君は必死に首を振り、何やら「ノーノー！　ストップ！」というような言葉を小声で呟いているがその意味がわかるものはこの場にはいない。

自分が絶対的有利、強者であると信じて疑わないアジャ＝ドゥルツ夫人の笑い声が響いた。

＊

ステイ……！

待って！　お待ちください！

私は必死に、必死に、屋根の上でこっそりとこちらの様子をご覧になられている陛下に訴える。

イブラヒムさんとのお見合いだかなんだか、の会。

陛下主催なのだから、陛下がどこぞから眺めていないわけがないだろう。なぜイブラヒムさんも、突然現れたお化粧の濃い……ケバめなおばさんも、思い至らないのだろうか……！

イブラヒムさんが池に落ちてから、何やら双眼鏡らしいものをこちらに向けて眺めていらっしゃる陛下が「アクシデント⁇　アクシデント⁇」とそわそわしていらっしゃる。お付きの黒子さんたちもそわそわとタオルらしきものを持ってスタンバイされている……！

今のところ「うーん、続投？」判定が出ているので、何やらケバめなおばさんは気持ちよくマウントが取れていらっしゃるが……ここで、陛下がご登場されたら、事態はややこしくなる……！

頼むからイブラヒムさんに謝って！　と、私が必死に訴えると、ケバめなおばさんは私を馬鹿にするように笑うのみだ。

あぁっ、屋根の上の陛下がグッグッと準備運動してらっしゃる……！

飛び込んでくる気満々でいらっしゃる……！

黒子さんたちも背中に羽みたいなの背負って一緒に飛ぶ用意万全だ……！

「うぅ……ッ！」

このケバおばさんが何をしに来たのかよくわからないが……私は、目的を忘れてはいけない！

この場で、イブラヒムさんにきちんと嫌われる……振られるような女を演じなければならない！

そうしたら陛下も「お？　続行？　じゃあ邪魔しちゃ駄目だな」と大人しくしていてくださるはずである！　メイビー！

嫌われる女……こういう状況で、権力マウントを取る……！

自分の力じゃないものをアテにする！

えぇっと、確か、前世で読んだ……悪役令嬢モノの、勘違い系頭お花畑ヒロインはこういう時……！

「イブラヒム様はとっても偉い方なんですから、謝らないと困るのはそちらですよー！」

びしっと、行儀悪く指をさす。

この女性が何者かよくわかっていない無知な娘。

自分がこの場で何かするのではなくて、他人任せな無責任さ。

難しい言い回しも、気の利いた返しもない、わやわやとした、子供の訴え以下の叫び。

「ホホ、ホホホ、はははは！」

「まぁ！　この小娘！」

「何を言うかと思えば……！」

「物を知らなすぎるにも程があるのでは？」

当然ながら、ケバおばさんたち一行は一笑にした。私の訴えが的外れであり、地位で言えばこちらの方が上なのに、無知な小娘と嘲笑する。

よーし！

良い感じな頭の悪い女判定を頂けた！

イブラヒムさんも、さぞかし私にがっかりしているだろうと、ワクワクして後ろに駆け寄ってきたイブラヒムさんを振り返る。

すると、期待通り、イブラヒムさんはショックを受けたような顔をして立ち尽くしていた。

うんうん、そうでしょう。そうでしょう。

異国の御令嬢にどんな幻想を抱いていたのか知らないが、目の前にいるのは、礼儀作法もあったものではなく、目上の貴人に対して無礼な言動をする浅慮な小娘。宮中の人間関係も考慮せず、喚くだけの頭の悪い女である、と。これで理解して頂けた。

失望し、目を大きく見開いているイブラヒムさんは気の毒だが、これでいい。

私は心の中でミッションコンプリート、と呟こうとして、次の瞬間、ぐいっと、イブラヒムさんに腕を引かれた。

……ワッツハプン??

「……それほどまでに……それほどまでに、私を、信じてくださるのですか」

「………………はい？？？？　？？？」

「彼女達が王族の一員だとしても、皇子殿下の庇護下にある者だとしても……私の方が価値があると……彼女らが得ている力より、私が勝ち取った力の方が……尊いと……それほどまでに、信じてくださるのですか……！」

ぎゅっと、抱きしめてくる、池の水ですっかり冷たくなった体。

僅かに震えているのは寒さからというばかりではないのだろう。

……………………いやいやいやいや、でもでもでもでも、なんでそうなる？？？？

「今まで……これほど純粋な好意を向けられたことはありません……ッ」

おい、しっかりしろ賢者！

なんでそうなるんだ！

どうしてそうなるんだ……！

あわわわわ、と、口から洩れるのは悲鳴なのか驚きなのか自分でもよくわからない！

私が混乱していると、イブラヒムさんはぐいっと、私を背に庇い、ケバおばさんたちに向かい合う。

いつも私《シエラ》に向けている以上に厭味ったらしい笑みを浮かべ、ふん、と鼻を鳴らした。

「何を企んでこの場にいるのかは、まぁ、予想が付きますが……貴方程度の考えにこの私が陥れられると本気で思い込めているのなら、誠に以て羨ましい楽天家でいらっしゃいますね」

「平民風情が、この妾を笑うか」

「笑います。えぇ、当然でしょう？　私は恐れ多くもアグドニグル皇帝クシャナ陛下よりこの国の〝賢者〟に封じられた者。己の才覚でこの場に存在することを許された者。私を池に突き落とした者は誰であれ、しかるべき処罰を受けて頂きます」

「……それがどういう意味か、わかっておるのか」

「降りかかる火の粉は払ってきたつもりですが、火元を根絶やしにするのも、良い機会でしょう」

「……おのれ……ッ」

カッ、と、目に見えてケバおばさんのお顔が赤くなった。周りにいる侍女たちも侮辱されたと怒りを露わにして、イブラヒムさんを睨み付ける。

「さて、ではいい加減、下がって頂けますか。アジャ＝ドゥルツ夫人」

イブラヒムさんはそれらの敵意や憎悪を受けても素知らぬ顔で、涼やかに出口の方を指差した。

それで従わなければどうなるのか、私にはわからないが、あんまりよろしい結果にはならないのだろう。悔し気に呻きながらも、ケバおばさんたち一行はすごすごとそのまま去って行った。

「……お見苦しいところを、お見せして申し訳ありません」

「え、いえ、いえ、その……私こそ、何もできずに申し訳ありません」

ケバおばさんたちには一瞥もくれず、イブラヒムさんはすぐに私に向かい合って、頭を下げた。

人に頭を下げるなんてことを全くしなさそうな人が、たいした身分もない女性に丁寧に頭を下げる。

「……貴方のおかげで、決心が付きました」

「は、はい？」

「……これまで、私はさほど、宮中の権力闘争に興味はなく、それなりに均衡《きんこう》が取れていればいいというだけだったのですが……決めました」

な、何をだ……。

「貴方を妻に迎えた時、誰も貴方に手出しができない程の夫になってみせます。貴方に最大の栄誉を与えられる男になります」

「？？？？　？？？？　⁇」

おい、話が飛躍しているぞ!?

まともに手も握れない男がどうして一足飛びで結婚ルートに突入してるんだ！

私はゾワァアアッと、全身に寒気が走った。

やるんだよ！

今、ここで！

じゃないと取り返しがつかなくなるよ！　ナウ！

「わ、私はですね……！」

「はい」

「仕事より私を優先してくれる人じゃないと無理ですし……！」

「御安心ください、仕事はあくまで生きるための手段。貴方を最優先すると誓います」

くそっ！

「私は寂しがり屋なのでずっと一緒にいられる人じゃないと……！」

「わかりました。私の助手になりませんか？　簡単な書類整理や部屋の片づけをして頂ければ十分ですので」

おい職権乱用！

「ほ、欲しい物が……沢山あって、私は、浪費癖があるので……！」

「これまでの蓄えもありますし、賢者として得た収入以外にも私は特許をいくつも取っていますから、王族の歳費程度の支出は問題ないかと」

なんでこの人これまで独身だったんだよ！

ぐぬぅ、と私は負けそうになるが、ここで負けるわけにはいかない。

奥の手だ！

「陛下より愛して頂けないと嫌ですね」

ぴたり、と、これまでよどみなくこちらの無茶な要求に答えていたイブラヒムさんの表情が、ここにきて凍り付いたように固まり、停止した。

よっしゃ！

さすがは陛下は偉大ですね！

陛下を称えよ！

と、私は内心ガッツポーズを取る。

「はい、私は重い女なので、夫となる方の心に自分以外の女の存在がいることが無理です。なので、イブラヒム様が陛下より私を愛してくださらないのなら、妻にはなりたくありま、」

「……陛下より、ですか」

「光栄です」

「……は？」

「……それほどに、それほどに、私を求めてくださるのですね」

……ワッツハプン。

「この国で最も優れた尊き存在であらせられる皇帝陛下。その方を敬愛することはアグドニグルの民にとって当然のこと。私にとって陛下以上の存在になることを望んで頂けるとは……それほどまでに、私を思ってくださるのですね」

私はイブラヒムさんを池に突き落としたい衝動にかられた。

リセットボタンがあるなら連打する。

全てにおいてポジティブシンキングなこの初恋拗らせ男を、どうすれば撃退できるんだろ。

無理だ。

もう、私如きには無理だ。

イブラヒムさんは何やら「小さな家で、子供は三人」などと寝言をほざいていらっしゃる。

とても幸せそうなお顔だ。

こんなに穏やかで幸福な顔をしている人間など、これまで見たことがない。

今が人生で最も幸せな瞬間で、そしてこれからそれが更新され続けるのだと信じて止まないイブラヒムさんを前に、私は只管無力だった。

ちらり、と陛下の方を見れば両腕を交差させ「作戦失敗！」というジェスチャーをしているが、そんなことはわかっています。

「あぁ、今日はなんという幸福な日でしょう……！」

感極まったように呟くイブラヒムさん。

私は乾いた笑いを浮かべるしかなかった。

どうしよう。

「キャンキャン！　キャワワワン！」

「うん？」

茫然と、今後来るであろう強制ウェディングイベントを思って私が頭を抱えていると、足元で何やら、きゃんきゃんと、よく知った鳴き声。

「うん？　なんだ駄犬」

「キャワワン！」

真っ白いふわふわとした毛の、小型犬。

わたあめが私の足元にじゃれついていた。

当然、イブラヒムさんはいつものようにわたあめを邪険に追い払おうとして、私の手前、それを止める。

「え、なんでここに……」

今日は用事があるからお留守番しててね、とシーランにお願いしたのだけれど、なんでここにわたあめがいるのか。私が首を傾げると、こつん、と足音がする。

「珍しい菓子を頂いたから、君もどうかと声をかけにきたんだが。イブラヒム、シュヘラとの用はもういいだろうか」

黒髪に赤い目、全身真っ黒な衣を着た背の高い人。

ヤシュバルさまが、自分の元に駆けてくるわたあめをひょいっと抱き上げげつつ、こちらに話しかけてくる。

っていうか、え、なんで……ヤシュバルさま、この姿の私が……シェラって、知って……。

言ってないですし……そもそも、見せてもいないのに……。

「……」

「……」

「……?」

沈黙。

混乱する私と、真顔になるイブラヒムさん。

ヤシュバルさまは不思議そうに、わたあめと一緒に小首を傾げる。

「も、申し訳ありませんでしたァアアアアアア！」

私は反射的に膝をつき、額を地面に擦りつけた。

イブラヒムさんがじぃいっと、私を見つめるのを感じる。

目まぐるしく、回転していらっしゃるだろう頭の中。

様々なピースを、組み合わせて何度もやり直していらっしゃるのが、さすがにわかる。

「と、取り押さえろ！　今だ！　イブラヒムを押さえよ――――！　猿轡をかませろー！　舌を噛ませるな――――！」

その瞳に完全な理解の色が浮かぶ間際、バッ、とどこからか黒子さんたちが一斉に現れて、陛下の号令と共にイブラヒムさんを拘束する。

「は、放せっ！　殺せ！　死なせてくれッ！　もがもがもがッ！」

バタバタと抵抗するイブラヒムさん。

どこからともなく現れた陛下は「ふぅ」と汗を拭うような仕草をして、私の手を取り、立ち上がらせる。

「間一髪だったな」

「いや、完全にアウトですよ」

「死なきゃいいんだ」

「……陛下？　それに、シュヘラ……これは一体」

黒子さんたちに何か薬を嗅がされ意識を失ったイブラヒムさんを心配そうに見つめながら、ヤシュバルさまは眉を顰める。

「ちょっと色々あってな。ところでヤシュバル。よくこの娘がシェラ姫とわかったな？」

「わたあめが駆け寄ったからわかったんですか?」

「いや?　見ればわかるだろう?」

何故そんなことを聞くのかというお顔をされる。

「確かに……少し、背は伸びたようだが……子供の成長は早いと聞く」

「いや、そういうレベルじゃないと思うが」

思わず陛下が突っ込みを入れる。

「実は、この姿、奇跡で大きくして貰ったんですけど、イブラヒムさんが知らない女の人だと勘違いしちゃってですね……なんと言いますか、結婚しそうになりました」

「……さすがにそれは、大事だな」

「ですよねぇ～、陛下と一緒にどう振られるか考えたんですよー」

「可能なのは側室になることだが、この場合、復興したレンツェに賢者が取り込まれることになるので、根回しが難しいのではないか?」

「ヤシュバルさま、そういうことじゃないです」

イブラヒムさんは別にシェラのことが好きになったわけじゃない。あくまで、幻想の乙女。イブラヒムさんが夢想した女性が好きなのだ。

「君が演技をしてイブラヒムを騙していたわけではないのだろう?」

「え?　ええ、まぁ。そうですけど」

「君は君なのだし、ただ姿が少し大人になっただけの君にイブラヒムが好意を抱いたのなら、それはいずれ、イブラヒムが君に対して、女性として好意を持つということだろう」

「そういう未来はちょっと……こないと思いますけど」

イブラヒムさんはシェラのことが大嫌いなのだし、今回のことで余計……まぁ、うん、嫌われただろうな。本当、申し訳ない。この件に関しては本当、申し訳ない。

私はイブラヒムさんが運ばれた方向に頭を下げ、ため息をつく。

さて、そういうわけで、メリッサの奇行から始まった今回の騒動は一応の決着を見せた。

その後、自死をなんとか思いとどまったイブラヒムさんが「旅に出ます。捜さないでください」という書置きを残して飛び出して、一週間で連れ戻されたり、記憶をなくすために真鍮の壺に閉じ込められた魔神と契約しそうになったりと、色々あったが、それはまた別のお話である。

番外:アグドニグルの皇后さま!

「…………え?　アグドニグルの……皇后さま?」

絢爛なるローアンは朱金城。

三日後は一年で最も月が美しく輝く〝黄金月日《ラケシュ・ブルショツタム》〟で、お月見のお祭りがあるため、後宮内もバタバタと慌ただしい。

色々あって自分の宮を頂くことになった私ですが、建設が終わるまでヤシュバルさまのいらっしゃる紫陽花宮から、皇帝陛下の寝所のある瑠璃皇宮へ移住しております。

さて、六人の皇子殿下や皇帝陛下。皇子殿下たちの奥さんたちやそのお子さん、要するに王族の方々がそれぞれ持つ「宮」は朱金城のおおざっぱに「後宮」と呼ばれるエリアに建てられている。たると、と呼ばれる長いトンネルのようなものを通ってのみ、ぐるりと高い壁に囲まれたそのエリアへ中宮から後宮へ入ることができる。

前世で読んだ中華もののファンタジーのように「後宮は男子禁制!」という強い縛りは特にない。そもそも男子禁制なのは、皇帝が男性だからで、アグドニグルの皇帝クシャナ陛下は女性だ。しかし、皇子殿下や皇帝陛下は後宮からあちこち移動され、外に出ることができるけれど、基本的に後宮の女たちはここから出ることはない。

手続きをすれば出ることはそれほど難しくはない。が、女性たちは出る必要性を感じていないようで、後宮の中のみで生活を完結させている。

これは後宮に入るような身分の女性は、名家の出であるので、元々が家の外に出る習慣のない、邸の奥で大切に育てられそれぞれに疑問を覚えることのなかった者たちだからだろう。

そうなると、後宮の女性社会。うっかり放っておくと、女のこってりとした感情の煮凝《にこご》りのような場所になってしまう。

皇帝陛下は女性だが、六人の皇子殿下は男性。女の園で、何も起こらないわけがなく、実際のところ、私も軽くそれに巻き込まれたことが……何度かあった。

私が正式に後宮入りするのは宮が完成し、お披露目会を開いてからということになっているものの、ちょいとした……具体的には、第三皇子ツォルネルラ殿下の奥さんたちが、それはまぁ、ちょこちょこと、嫌がらせをしてきてくれやがるようになりまして。

春桃妃様の個人的なお茶会にお呼ばれした際に「あのケバい集団を池に突き落とした際にする言い訳を一緒に考えてください」と言ったら、兎の耳のふわふわとした春桃妃様は困ったように微笑まれた。

妊娠半年になった春桃様のお腹はぽこっと出てきたらしいけれど、元々沢山打掛やら何やらを着ていらっしゃる方なので、ちょっとよくわからない。

「あまり酷いようでしたら、一度……皇后様にご相談した方がよいかもしれませんわね」

「…………え？　皇后さま？　アグドニグルの……？」

「あら、御病気で、シェラ姫がいらっしゃる少し前から、公の場にはいらっしゃらなくなっていますから、お会いしたことがなかったのかしら……？」

「……アグドニグルに、皇后さま？？？」

お優しい方よ、と春桃妃様はおっしゃるが、私はちょっと……頭に入ってこない。

皇后さま、というのは、皇帝陛下の奥さん、ですよね？

後宮の主人でその方に後宮で困ったことを相談するのは……まぁ、わかります。わかりますが……。

皇后さま。

「……男の人ですか？」

「まぁ、シェラさんったら、おかしなことをおっしゃるのね。皇后、というのは女性のことですよ」

「ですよねー」

あれ？　なんで私が変なこと言った感じになるんだ？？？

「……陛下の奥さん？？？？」

＊

「私の前の皇帝は男だったからな。皇后、この国で最も身分の高い「女」という役職はそう簡単に廃止するのもまずかろう」

その夜、いつものようにお料理を献上するために陛下の元を訪れると、私は「奥さんいたんですか!?」と聞いてしまった。

この場は無礼講。女子会。何でもありと言えば何でもありで、例えば仕事を終えた後に気軽に入ったファミレス、のような感覚。

寛いだ恰好の陛下は柔らかなクッションの上に体を横たえてのんびりと答えた。

「良家の娘にとって、後宮に入ることは一種のステータスであり、人気の職場。外交面でもファーストレディ同士でしか行えないこともある。ので、私が皇帝だろうと、後宮は必要だし、皇后もいないと困るだろ」

「確かに……」

たまたま生まれた時代が女性の皇帝だったばっかりに、本来なら後宮で身分の高い妃にまでのし上がれるかもしれない才能が埋もれてしまうのは勿体ない。

アグドニグルは女性でも家長となることはできるが、当然ながら家の長というのは一人きり。次女でも三女でも、また家長としての才覚はなくとも、後宮でなら発揮できる能力もあるだろうと、そういう野心的な女性は中々多いそうだ。

あと単純に後宮はこの国でファッションの最先端。

位付きの妃たちはそれぞれお抱えのデザイナーや商人を擁していて、お茶会や唄の会、様々な宮中行事がコーデバトル。家門と家業とその他色んな、利権や思惑なんやらを抱えつつ、その年の流行が作られる。

……それ、私もそのうち巻き込まれるんだろうか。

そういえば春桃妃様のところも、いつも呉服屋さんっぽい方が出入りしていたし、言われてみれば私は一度も、春桃妃様が同じ服を着ているところを見たことがないな。

……私も正式に宮を持ったら、コーデバトルで差をつけろ！　とか、やることになるんだな。そっか。

「そう言えば陛下は画家さんとか、アーティスト関係の保護に力を入れていらっしゃるんでしたっけ」

以前イブラヒムさんがそんな話をしていた記憶がある。

「うむ。文化芸術が数多く花開くことは、国家としてこれ以上ない喜びであり、また国民の生活を豊かにする。奨励して過ぎることはまずない」

「アグドニグルは軍事国家なので、軍人になることが一番だって思ってる人が多そうですけど」

「職業軍人として、自国への愛国心、国防の意識から軍人であらんとする心はあっぱれであるが。軍人とて公私がある。私《し》にて、芸術に触れ心を癒し、また自らが想像することもあるだろう。戦いはあくまで国のための仕事に過ぎぬ。生きるために行う仕事の他に、人には必要なものが多くあろう」

「陛下は変わっているって言われませんか？」

「支持率は良いぞ」

そうでしょうね、と私は相槌を打つ。

上に立つ人間が、兵士の私生活についてまで考慮されることが果たしてあるのだろうか？　あったとしても、それを実際に配慮して「一人の兵士にも命があり、価値感があり、人生がある」と、しっかりと自覚してくれるものだろうか。

少なくとも、レンツェの王族にはそういう人はいなかっただろうと確信がある。

「で、話はそれたが。なんだ、シェラ姫。百夜《びゃくや》に会いたいのか？」

「百夜？」

「皇后の名だ。白《はく》家の娘で、白皇后という。白家は百夜の三代前の家長が戦場でちょっとした武勲を立てて、下級貴族に取り立てられた家でな。だがまぁ、色々あって落ちぶれて、豪族の妾にと娘を差し出した。それが百夜だ」

それがどうして、今はアグドニグルの皇后陛下になったのか。私が話の続きをお願いすると、陛下はにやり、と笑った。

「シュヘラザード、そなたの名として、それでよいのか？」

「私は暴君に殺されたくなくてお伽噺を必死に紡いでるわけじゃないのですが……あぁ。なるほど」

私は陛下の言わんとすることを理解して頷いた。

陛下が私に求めるものは決まっている。

話の続きが聞きたければ、話したくなるような料理を持ってこい、ということだ。

＊

「白皇后がどのような方か?」

「はい。えぇっと、ヤシュバルさまにとっては、お義母様に?　えっと、で、あれ?　陛下のことを母上と呼ばれてましたし、えーっと、あれ?」

母親二人になるな。

いや、ヤシュバルさまだって実の御母上はいらっしゃるはずだし、母親が三人という状況に??

私が混乱しているとヤシュバルさまは落ち着かせるように一度頭を撫でてくださって、簡単に説明してくださる。

「皇后陛下は『皇后』という役職につかれているという考え方だ」

「皇后陛下は、普通皇子殿下の母上的立場では……?」

「……君にわかりやすく言うとだな……立場的には、太師や将軍といったものと同じだと考えていい」

「……?　?　?　つまり??」

「家族というより上司だな」

サバサバされてますね。

他の皇子殿下たちとのご関係もそうだが、アグドニグルの王族たち……あんまりファミリー感がない。

「白皇后陛下は長く陛下をお支えされ、後宮の妃たちの手本となるに相応しい賢女であらせられるが……このところ、病に臥せっておられるようだ」

「春桃妃様もおっしゃっていました。ご容体はあまり良くないのですか？」

「元々あまり体の強い方ではないから、季節の移り変わりに崩された体調が中々戻らないのだろうというのが宮中の考えだが……」

あとで知った話だが、上司だとさっぱり言われたわりにヤシュバルさまは皇后陛下に滋養の良いとされる食べ物や薬、体を温めるための軽い羽毛布団など数々の贈り物をされていたようだ。ヤシュバルさまなりにご心配だったのだろう。

「白皇后と言えば、そうだな。ご活躍は後宮内部のことや婦人としての行動からのものが多かったが……一つだけ、熱心に取り組んでいた政策があったな」

「と、言いますと？」

「これは本来皇后の仕事ではないと、発案当時はかなり文官たちの反感を買ったらしいのだが、飢饉対策だ」

「それは、とても良いことで、反対されることはないと思うんですけど……」

どうしてそれが反感を買うのかと私は首を傾げる。

「不作や不興、飢饉対策は国にとって重要なもので、常の課題でもある。白皇后が言わずとも、文官たちとて常に頭を悩ませてその年ごとに必要な手、数年先を見越した手をいくつも打ってきていた。それを皇后が自身の権力を使い、一つ強引にねじ込ませたのだから、彼らからすれば面目を潰された、あるいは自分たちの領域に本来関係のない者が入ってきたと感じたのだろう」

「タヒねばいいのにー（大人のメンツは大切ですものね）」

「うん……?」

「あ、いえ、なんでもありません」

いっけネ！

うっかり本音と建て前が逆になってしまったヨ！

けれど私を純粋無垢で可愛い保護対象だと信じてくださっているヤシュバルさまは聞き間違いか何かかと思ってくださったようだ。よし。

「それで、その飢饉対策ってどんなことをされたんです?」

「芋の栽培の義務化だ」

「いも」

飢饉対策。芋。

……ジャガイモか?

「いや、でも、この国……ないよな。ジャガイモ」

私の食卓に出た記憶はないし、あったら絶対にポテチにして陛下に献上してる。

「じゃがいも?」

首を傾げるヤシュバルさま。

うん。

ジャガイモもヤシュバルさまの口から聞くと可愛く感じますね。

「芽とか基本的に食べると毒の芋です」

「なぜそれを栽培していると思ったんだ……？」

「え……飢饉対策といえばジャガイモだと思ったので……」

「まさか、レンツェでは毒芋で食い扶持を減らすのか……？」

怖いよレンツェ。まぁもう滅んだけど。

ヤシュバルさまはレンツェならやりかねないと呟きながら、私を安心させるように「我が国ではそのような非道なことはしないし、君が大人になってレンツェに戻った時も、そんなことはさせない」とお約束してくださった。

うん。

ヤシュバルさまに蒟蒻栽培の件。内緒にしててよかった！

イブラヒムさんやスィヤヴシュさんも私が毒芋調理を喜々としてやったなんて言わないだろうし、毒性あることはずっと内緒にしとこ！

今後、なんかヤバそうなブツを扱う時はイブラヒムさんだけ巻き込もう！

「あ、それでヤシュバルさま。皇后陛下がお命じになったお芋ってどんなものなんです？　でも、芋料理ってあんまり食卓に出た覚えがないような……」

里芋っぽいものを煮たやつとか、餅状にしたものなら出てくるが、数としてはそれほど多くはない。

皇后陛下が栽培を奨励して収穫量が増えているものなら、しょっちゅう出てきそうなものだが。

「当然でございます。芋というものは基本的に、平民の主食。または野戦食でございます。この紫陽花宮にて、そのような物を頻繁にお出しする必要はございません」

お茶を入れ替えに近付いてきたシーランが、やや憤慨したように答える。

「シェラ姫様の健やかなご成長と嗜好《しこう》を把握するために、数度お出ししたことはございますが、幸いシェラ姫様に好き嫌いはなく何でも召し上がられる方でいらっしゃいますので」

なるほど。好き嫌いが激しく、万が一芋しか食べたくないお年頃だったらという可能性も無きにしも非《あら》ず。

私はそう言えば色んな主食が出てきてたな、と最初の頃を思い出しつつ、首を傾げた。

「東芋《クムシュラ》?」

白皇后陛下が各地方に、とりわけ干ばつ地に植えるように半ば強制している芋の名らしい。痩せた土地でもよく育ち、根が肥大して濃い紫色の皮に包まれ、中は真っ白だという。白い花を咲かせ、その茎まで煮て食べられるので確かに飢饉対策としてこれほど適した物はない、というのが、現在の評価だそうだ。

＊

「東芋というものは、宮中じゃあまり好まれてはいませんね」

その日の夕方、私は仲良くなった料理人雨々《ウウ》さんに東芋を仕入れて頂くようにお願いした。

以前は夜間の仕込み担当だった雨々さん。

彼曰く「雑用押し付け係」「下っ端料理人」「下級使用人」「本来姫様のお声がかかるような人間ではない」と大変ネガティブな発言をされているが、仕込みの速度と食材知識が豊富なので、引き抜きました。

マチルダさんはパン作り、小麦や窯の扱いには長けているけれど、調理全般に関しては私の補佐を十分にできる程ではないし、朱金城内のことは朱金城に長く勤めていた人間でなければわからない。

と、いうことで、私がスカウトすると表面的には「拝命いたします」としずしずと神妙に受け入れ、物陰で「よっしゃぁあああ！　下剋上！」と、叫んでいらっしゃった雨々さんは、一足先に私付きの使用人となり、宮が完成した暁にはその食房の責任者となることが決まった。

「御入り用とあれば直ぐにでもご用意できますが、姫君様のお作りになられる料理ということは、皇帝陛下へ、ということでございますよね。正直に申し上げまして、陛下のお口に合うかどうか……」

「それは、私が美味しく調理できないということでしょうか」

「いえ。シュヘラザード姫殿下の豊富な知識、多種多様な調理法におかれましては私も常々敬服致しますところにございますが……あえて東芋を用いられる必要があるのかと、具申いたします」

朱金城には他にもっと調理すべき食材が流れてくるし、皇帝の口に入るというのなら、当然それに値するだけの物であるべきだろう、という雨々さんのご意見。

もっともらしく言ってるが、この方の性格を私は知ってる。

『平民が食べる芋とか仕入れてもつまらないからヤダ』

である。

雨々さん。

野心溢れる下級士官の出のこの方。

食材オタクでもある。

要は国の金で珍しい食材を集めて調理したいし、可能なら試行錯誤したい。そんな雨々さんにとって、千夜千食、皇帝陛下に色んなお料理を作る私の下で働くという環境はとても魅力的なものだったそう。

「東芋……その調理方法を、はたして雨々さんは……調べ尽くした、と言えるのですか?」

「……と、おっしゃいますと?」

「これまで、私が陛下にお出しした料理で、雨々さんが『知っていた』あるいは『想像はできた』ものは、いくつあるでしょう?」

「………………」

洋食って基本的に料理形態が異なるから想像できないよね!

私の言葉に雨々さんは沈黙した。が、少しの間の後、口を開く。

「東芋であれば、よく知っております。私も地方の生まれ。飢饉対策として、幼い頃から触れ続けた食材でございますので。あれは、煮るか、蒸すかという調理法で摂取可能な状態にできます。生食は腹痛を起こすため控えるべきでしょう」

水にさらしてアクを抜き、煮物にするなら崩れやすいので少量の水で芋が動かないように、弱火で煮る。また皮を付けたまま煮るのも有効。

蒸した場合は若干の甘味が出るので塩を加えると更に甘さが引き立つ。練って固めて表面を焼き上げて食べても良く、天日干しで乾燥させれば保存食にもなる。

あれこれ、と、知りうる限り、考えつく限りの調理法を連ねていく雨々さん。

……フッ。

「勝った！」

「何!? ま、まだ、何かあるというのですか!? 姫君はまだ東芋を見たことすらないというのに!?」

「フハハハハ！ 今の調理法や食材の特徴を聞いて、この私が何も想像できないと思うのですか!?」

「くっ、もしや……今のは私から情報を集めるためにわざと!?」

「今更気付いたところでもう遅いのですよ!!」

よいしょっと、私は自分用の木箱の上に乗って仁王立ちになる。

「聞いた感じどこからどう聞いてもサツマイモ！ つまりはスィートポテト！ かくなる上は、石焼き芋一択!! おやつに最適ですね！ やった！」

「石焼き!?　姫君……!?　まさかまた、未知なる調理方法を……!?」

「ふははは!　調理に関しては、私はイブラヒムさんを凌ぐ才媛!　さぁ雨々さん!　大人しく東芋を仕入れ……私の美技を目に焼き付けた方が人生楽しいですよ!　メイビー!」

「くっ……調理人として……なんて抗えない誘惑……!　末恐ろしい姫君だ……!」

ちなみにこの私と雨々さんの茶番は調理場の隅で行われていて、マチルダさんや他二名の調理人さんたちはこの間にせっせと掃除や在庫チェック、パンの仕込みなんかをしている。あとわたあめはキャベツを食べている。

私の楽しそうな笑い声が響いていたので、カイ・ラシュもこのあと遊びに来たりもした。

＊

「美味い物を食べれば、そなたもきっと良くなろう」

出会った頃と変わらぬ、美しい皇帝陛下はいつもと変わらぬ微笑みを浮かべて白皇后を見下ろしていた。

食が細くなったのは、何も病だけが理由ではない。

百夜はそっと鏡に映る自分の顔を見た。

あと数年で百を越える女にしては肌の皺は少なく、肉も垂れてはいない。だが、どこからどう見ても老女という、白い髪に青白い女がそこには映っていた。

十二の時に、親から金で売られ豪族の慰み者になる筈だった自分は、婚礼衣裳のまま川に飛び込んだ。

今ならわかる。

酷い飢饉の年だった。いや、百夜が生まれる前から続く不作。

百夜が物心ついた時からの仕事は穴を掘ること。

掘って掘って掘って、埋める。

枯れ果てた大地は、まるで神の怒りでも買ったかのように一向に回復する兆しがなく、おぞましい数の犠牲者を呑み込んだ。

遠く離れた、豊かな土地の豪族に娘一人売って、救える命があるのなら。

貧しいが先祖が武功を立てて貴族になれた家。平民の生活の厳しさをよく知っている。

近隣の飢えた者が、時折近くまでやってきては引き返すのを、両親は気付いていた。

娘一人でも、遠くに逃がしてやれるのなら。

近くの村で、旅人が村人が墓を掘り返しているのを目撃した話を聞いた。

その旅人が、仲間を奪われ命からがら逃げてきたことも聞いた。

だが当時の百夜はそんなことは思いも寄らない幼い娘。

親に見捨てられた。売られたのだと、泣いて、悔しくて、恨んで、喚いて、川の中。

「臣妾を川より拾い上げられた際の陛下も、同じことをおっしゃいましたね」

「ずぶ濡れで震えていた痩せた小娘相手に他に何を言えばよかった？　そなたは全く口を利かない

し。なんか全体的に怒っていたし」

何が駄目だったのか？　と、当時を思い出すように目を伏せてから皇帝は首を傾げる。

川を流れ沈んでいく百夜を救い上げたのは、軍服姿の女性だった。

装飾品も豪華な着物も何もかも流されて下着となっていた百夜を見た軍人女性は、口減らしから自ら川に飛び込んだ娘なのだろうと思い込んで、百夜にあれこれと話しかけようとしたのだが、なぜ邪魔をしたのかと百夜は燃えるような目で睨むばかりだった。

「死のうとした者を邪魔すれば、それは憎まれましょう」

「でも、生きててよかっただろう？」

「……」

な？　と、皇帝が微笑んだ。

けして……その後の人生が、良いことばかりだったかといえば、そうでもない。

百夜はその軍人女性をまさかアグドニグルの皇帝だとは思わず、ただ階級の高そうな軍服を着ていたので「私を後宮に入れて」と迫った。後宮に入れば両親はもう手出しできず、後宮であれば飢えることはないと、そう考えてのこと。

「……そう言えば、陛下は……最近、第四皇子殿下に婚約者を決めたとか」

過去を思い出し続ける自分の思考を、百夜は振り払った。

臥せってからの百夜に負担をかけないようにという配慮か、それとももう皇后としての役目は果たせないだろうと見限ったのか、百夜が政治の相談を受けることはなくなった。

百夜の持つ宮、白蓮宮《ロタス・ディネイシュ》に皇帝が通うこともなくなった。

最も、お支えしなければならない時に、百夜は自身が床についてしまったことを、今でも深く後悔している。

「レンツェの王族だが、そなたがそんなことで反対するわけはないだろ？」

「臣妾は常に、陛下のお望みを叶えるためにここにおります。陛下のお決めになられたことに、異を唱えることはございません」

「え、何か怒ってないか？」

「そのようなことはございません」

怒ってる人って絶対そう言う。と、クシャナは眉を寄せた。

拗ねたような仕草。

百夜は「怒っていませんよ」と、今度は少し、柔らかな声で言った。

「なら良いが」

「……」

自分の一挙一動を、きちんと気にかけてくれることに百夜は胸を躍らせた。

何十年とお傍にお仕えさせて頂いても、陛下が自分をきちんと尊重してくれていると感じられることは、百夜にとって喜びであった。

百夜はクシャナの側にいたかった。

有能であればお側に置いて貰えると気付いてからは、無学無教養の田舎の痩せた娘が血反吐を吐く程の努力をして、後宮での地位を築いた。

何度も男との結婚を勧められたことがある。

その度に、百夜は真面目な顔で聞いたものだ。

『……陛下は、臣妾がいなくて……後宮を御せるのですか？』

『うん。無理だな』

百夜は皇帝クシャナにとって最良の「皇后」であり続けた。

その自負が、未だ百夜の命の炎を消さずに燃やし続けてくれている。

「まぁ、これでも食べて機嫌を直せ。シェラ姫の今宵の献上品、そなたもきっと気に入ると思ってな。ここまで持って来させた」

「……」

皇帝が合図をすると、陛下の黒子達がそそくさと支度を始める。

「……なんです、これは……壺？」

「熱いので触れないようにせよ。壺の中に小石を敷き詰めてな、こう、密封して、加熱したのだ」

机の上に、その壺の中から取り出された物を見て百夜の表情は硬くなった。

「……東芋」

忌まわしい記憶の蘇る物だ。

白皇后と言えば、東芋を国中に植えさせた「芋皇后」というあだ名が流れたこともある。笑いたければ笑えと、百夜は気にもしなかった。それだけ必死だったのだ。

国中を襲った恐ろしい飢饉は百夜の脳裏に焼き付いた。

その二年後に、クシャナがどうやったのか、国中の土地を回復させ、再び作物がよく実るようになったものの、百夜はまたいつ、あの恐ろしい出来事が起こるか怯えていた。

だから国中に植えさせた。

不作でも、酷い土地でも育ち、地面の中で太くなる東芋。

甘味は僅かにあるが、美味いかと言えばどうしても肯定できかねるもので、不作でもない土地になぜこんなものを植える必要があるのかと不満の声は多かった。

だが百夜はそれを黙らせた。

後宮に上がり位を得て、ふと故郷の家族に自分の今の姿を見せてやりたくなって。復讐心から、故郷に便りを届けさせたところ、故郷の家には誰もいなかった。

ただ、何か引きずられたような痕跡と、骨が竈の裏に捨てられていたと聞いた。

「皇帝陛下が口になさる食材ではございません。なぜこのような物を……」

「まぁ見ているがよい。作り方はシェラ姫より聞いていてな。まずこの東芋を半分に切る」

壺から出した東芋を横にして、皇帝は切り口が長くなるように半分に切った。

そしてそこに、牛酪《バター》を塗り込み、更にもったいないくらいの砂糖を表面にかける。

牛酪も砂糖も滋養強壮に良いが、これほどかけては食べにくいだろうに、昔から大雑把な方だと百夜は苦笑する。

しかしその量にも意味があったようだ。

「そしてこの表面を……火で炙《あぶ》るッ。百夜、危ないからそなたは下がっているように」

「は？　陛下、炙る……」

　ささっと、黒子たちが百夜の前に立ち、壁を作る。

　隙間から見えるのは、二つ持つ祝福の内の一つ、雷の祝福を発動させ瞳の色が紫に変わっているクシャナの姿だった。

　バジバジッ、と、東芋の表面を火花が飛ぶ！

「ふふん。どうだ、百夜。私の能力があれば、これこのように、美味しそうなブリュレを作るのも造作もないこと！」

　その作業、焼き鏝《ごて》で良かったのでは？　と、冷静な百夜は思わなくもなかったが、派手な演出を好まれる方なので仕方ない。

　見れば表面の砂糖が溶けて硝子のように輝いている。やや焦げているのは陛下が加減を誤ったのか、それともそういう仕様なのか。

「更に！　ここにシェラ姫がヤシュバルと共同製作したアイスクリームを添えてしまう……！　おいおい、深夜に焼き芋のブリュレ、アイス載せとか……私が皇帝だから許される行為だな……！」

　ササッと黒子が差し出す、何やら氷の魔法が込められた器の中の、白いものを陛下は芋の上にぽん、と載せられた。

「さぁ、一口目はそなたにやろう。この、ほっくほくの焼き芋に、パリパリとした表面、さらにひんやりとしたアイス……ハッ、蜂蜜を持て！　私は天才かもしれん」

何やら陛下が楽しそうである。

……百夜がこれまで、見たことのない楽し気なご様子だ。

シェラ。シュヘラザードという姫を、陛下はことのほか気に入られたご様子。

こんなことはこれまで一度もなかった。

いや、皇帝として必要な人材を気に入り、ご寵愛を向けられることはあった。皇帝陛下は存外情の厚い方で、懐に入れた者はとことん可愛がられるところはある。

だが、百夜は長年の付き合いから、シュヘラザード姫はそれらとは、全く違う「別格」の存在としてクシャナが側に置いているのだと気付いた。

「……これは。まことに」

「美味であろう?」

毒見の意味も込めて、百夜は躊躇わずに口に含んだ。

……仄かな苦みは、焦がした砂糖の部分か。

口の中に広がるのは、熱い東芋の、ねっとりとした食感。牛酪や砂糖由来のものではない。芋独自の甘さだが、違和感を覚えた。あの東芋はこんなに甘い物ではなかったはずだ。

熱い口内は、同時に含んだ冷たい白いものに即座に冷やされる。

あいすと陛下が呼んだ物だ。まろやかな、それでいて爽やかな食べ物は東芋の濃い味をなめらかにしてくれた。

……これが、あの東芋か。

不味い不味いと、皆に嫌われた物か。

「東芋は、スィートポテトに似ていたが、味……糖質はまるで異なっていた。私も、正直に言えば、まともに食えるものではないと思っていたが、シェラ姫のこの調理法なら、このように美味しく食べることができる」

「……」

仕組みとしては単純だそうだ。

密閉できる大鍋に小石を敷き詰めて、そこに芋を設置。加熱すると遠赤外線が放射されて、密閉空間の中反射し合って芋の表面をまんべんなく加熱する。

面白いことに、表面温度は二百度以上の高温になって皮や表面は水分を失いパリッパリになるのに対して、内部の温度は百度にも満たない。

「芋のでんぷんは六十度に達すると水分を吸収して糊化し、さらに酵素がでんぷんを加水分解して麦芽糖……甘くなるのだが、東芋はその性質が少し特殊で、その作用が倍の効果に……つまり、東芋は石焼き芋にすると、甘くて美味い、ということだな」

皇帝の説明を受けながら、百夜は自分のこれまでが……揺らぐ思いがした。

なぜ、この方法を……今まで誰も発見できなかったのだ。

東芋は不味い物。

ただ、飢饉には強く、食べるものがなければ命を繋ぐために齧りつくしかない。人にとって、忌み嫌われる存在だった。

それが、こうもあっさりと。

百夜の脳裏にあった、飢餓の恐怖。

人が人としての尊厳を保てなくなる恐ろしさ。

それらを関連付けていた東芋の味の全てが、一瞬で書き替えられた。

湧き上がってくるのは悔しさだ。

自分の掌を見る。

皺だらけで細い。老いゆく手。

このまま、ここで死ぬなど。

あまりにも。

「陛下、お願いがございます」

東芋のブリュレを半分ほど食べてから、百夜は居住まいを正した。

床についてあとは静かに死ぬだけだと決めていた女の、強い光の浮かんだ瞳を見て、クシャナは緩やかに口の端を釣り上げた。

＊

アグドニグルは朱金城の、後宮。その朝は早い。夜明け前から下級女官たちは身支度を終えて各々の仕事に取り掛かる。街の人口百万人はくだらないローアンの人口密度と比例して、城で働く人間も多い。

仕える王族は皇帝陛下とそのご家族、と言葉にすればそれだけであるけれど、合計すれば百人以上はいる王族だ。粗相のないよう、万事滞りないようにと、気を引き締めてかかって大げさなことなど一つもない。

その後宮で朝、一番のイベントといえば〝玻璃《るり》の間〟での総触れだ。

美しい後宮内でも一際贅を尽くした大広間に、毎朝後宮の美しい女たちがその日一番、着飾って集う。

皇帝への挨拶をするためのイベントで、これは元々アグドニグルの皇帝は「男性」であった頃の習慣。この時、新しい宮女はそれとなく前の方の列で平伏し、顔を上げた際にその美貌が見初められ、その晩の皇宮へ呼ばれる、とかそういうもの。

当然のことながら、現在はそういうシンデレラストーリーは宮女たちの中では起こり得ず、ただの朝礼の場となっていると、そのように説明を受けた。

「面《おもて》を上げよ」

朝からきちんと皇帝モードのクシャナ陛下の静かなお声が、静寂の支配する玻璃の間に響き渡る。

その声を合図に、最前列からゆっくりと平伏していた女性たちが顔を上げた。その練習でもしたのかと疑いたくなるほど、一糸乱れぬ完璧なシンクロ。

当然だが、前の列に行くほどに身分の高い女性、ということになる。

春桃妃様は第一皇子殿下の唯一のお妃様でいらっしゃるので、当然最前列の、中央。皇帝陛下から見て一番最初に目に入る最高のポジションだ。

少し前まではこの朝の総触れには春桃妃様の長子であるカイ・ラシュも参加していたのだけれど、先月八つになったカイ・ラシュは「男子」として扱われることになり、この「女性だけの朝の場」には参加できなくなる。

代わりに、カイ・ラシュは他の皇子殿下たちと同じく、文武、百官たちが集う政治の場で朝のご挨拶をするようになるそうな……頑張れ。

さて、それはさておき、私シェラもこの度、この朝の回に初参加です。

どこで？

最前列で？

いいえ。

皇帝陛下のお隣でッ!!

なんでだよ!!

「……」

顔を上げた女官の方々や、皇子殿下たちの妃、側室の方々の視線が私に集中する。

全く動じていないのは事前に私の参加を聞いていた春桃妃様くらいだ。

「かねてより」

皇帝陛下の御言葉は続く。私に向けられていた視線が即座に消えるのだから、陛下の御威光は凄まじい。

「第四皇子を婿とするレンツェの姫の教育を、誰に任せるべきか、それは余を悩ませる一つであった」

うん。嘘だと思う。

イブラヒムさんのハートブレイク騒動がなかったら、私の教育をイブラヒムさんにぶん投げるつもりだったの、私気付いてますからね……。

「しかし、何一つ思い煩うことなどなかったのだ。我が後宮には才色兼備の美徳を兼ね備えた貴人が多く集まり、それらを束ねる皇后がいる」

陛下が終わるや否や、一人の女性がゆっくりと、陛下や王族のみが通れる扉から現れた。

銀に輝く髪には黄金の髪飾り。

黄金の竜を刺繍した美しい装いの、老婦人だった。

え。

おばあちゃん？

皇后、と陛下が呼んだその女性。

私の前で立ち止まり、柔らかく微笑んだ。

「……？」

ぞわり、と、なぜか私は寒気がする。

なんだこの……敵意、じゃない。負の感情、でもない……譬《たと》えるなら、そう。

学生時代に……校長先生とか、そういう、滅多に会わない、でも立場が上の人に会ってしまったような、そしてその人物がこちらをどういう人物か認識して視覚に故意に収めてきているような……。

蛇に睨まれた蛙！

「臣妾の全てをこの姫君にお教えいたします」

それはもう見事に美しい、最敬礼をして陛下の前に傅《かしず》いた皇后陛下……。

……待って！

なんで!?

私の混乱と動揺を完全に無視して、皇帝陛下は満足気に頷かれた。

あとがき

この度は、千夜千食物語二巻をご購入頂き誠にありがとうございます。前巻発売から早一年、正直続刊は難しいのかと胃がギリギリしておりました。続刊の話を頂いても詳しいスケジュールの共有がなく、胃がギリギリしておりました。大丈夫ですか、本当に世に出ていますか。このあとがきは十月十一日、残業を終えた帰宅途中の電車の中で書いております。……本当に世に出ていますか？

二巻の見所と言えば、個人的には賢者イブラヒムさんの奇行……ではなく、恋物語でございますね。他人の恋バナはどうして面白いのでしょう、読者の方も楽しんで頂けていれば幸いです。イブラヒムさん夜会バージョン、イラストレーターの鴉羽先生がとても素敵なデザイン&カラーイラストにしてくださいました。下書きやデザインを頂いた時、残業続きで人類イヤイヤ期に入っていたのですが、鴉羽先生の美麗イラストで浄化されました。クリアファイルとかにしてくださいませんかアース・スタールナさん。駄目ですか。あの絵は人を救うと思います。

さて、今回謎のおじいさんが少し登場しましたが、三巻が出ない時も考えて、ここでサラッとお伝えしますが、あのおじいさん、陛下の恋人だった方でございます。ＷＥＢ版でまた出てますので、三巻が出なかった場合はＷｅｂ版を追いかけてください。感想を貰えると喜びます。頼む、売れてくれ。

二巻はついに陛下とシェラ姫がお互い前世日本人ネタを共有できました。陛下が転生したのは◯◯年前なので前世の記憶はもう掠れてるのですが、誰とも共有できない話をできる相手というのは尊いもので、ぜひシェラ姫生存の命綱になって貰いたいです。

最後になりましたが、二巻発売に尽力してくださいましたアース・スタールナ担当のT様、あとだし情報にも対応してイラストを描いてくださいました鴉羽凜燈先生、Ｗｅｂのくせのある私の文章に根気強く校正をいれてくださいましたオペレーター様、なろうで感想をくださる読者様、ＳＮＳで構ってくれるフォロワーさん、二巻発売に関わって頂きました全ての方々に深くお礼申し上げます。

それでは、またどこかでお会いできたら幸いです。

2巻おめでとうございます。

続刊を拝見できて
とても嬉しいです！

イラスト描かせて
いただき
ありがとうございました

イブラヒムさん
あの後、
色々ヤバめの本を
漁りまくったのだろうか
……？
と
気になって仕方なかった
ので……。

EARTH STAR
LUNA

千夜千食物語 ②
敗国の姫ですが氷の皇子殿下がどうも溺愛してくれています

発行 ―――― 2023年11月1日　初版第1刷発行

著者 ―――― 枝豆ずんだ

イラストレーター ―――― 鴉羽凛燈

装丁デザイン ―――― 村田慧太朗（VOLARE inc.）

発行者 ―――― 幕内和博

編集 ―――― 筒井さやか

発行所 ―――― 株式会社アース・スター エンターテイメント
〒141-0021　東京都品川区上大崎3-1-1
目黒セントラルスクエア　7F
TEL：03-5561-7630
FAX：03-5561-7632

印刷・製本 ―――― 中央精版印刷株式会社

ISBN 978-4-8030-1853-0